dtv

1899, gegen Ende ihres Lebens, bewirbt sich Emily Kempin-Spyri, die erste Juristin im deutschsprachigen Raum, um eine Stellung als Magd bei einem Pfarrer. Geschrieben ist ihr Brief in der Irrenanstalt zu Basel. Vorangegangen ist der einzigartige Aufstieg der Pfarrerstochter, ihr Kampf für die Frauenrechte in der Schweiz und später in New York, ihre Ehe mit dem sozial engagierten Pfarrer Walter Kempin, Geldnöte, Auseinandersetzungen – schließlich der Ruin. Eveline Hasler deckt in diesem packenden, beunruhigenden Roman ein Stück verschwiegener Geschichte auf. »... eine Geschichte von erschreckender Aktualität. Was sich da vor ziemlich genau 100 Jahren zwischen Zürich, New York, Berlin und Basel zugetragen hat, enthält schicksalhaft zugespitzt all jene Elemente, die das Leben einer verheirateten Frau und Mutter mit eigener beruflicher Karriere auch heute noch bestimmen ...« (Klara Obermüller in der ›Weltwoche‹)

Eveline Hasler wurde in Glarus/Schweiz geboren. Sie studierte Psychologie und Geschichte in Fribourg und Paris. Bekannt wurde sie zunächst mit ihren Kinderbüchern, die in zahlreiche Sprachen übersetzt sind. Für ihren Roman ›Der Riese im Baum‹ (1988) wurde sie mit dem Schubart-Literaturpreis ausgezeichnet. 1994 erhielt die im Tessin lebende Autorin den Meersburger Droste-Preis für ihr Gesamtschaffen. Weitere Werke: ›Novemberinsel‹ (1979), Erzählung; ›Anna Göldin. Letzte Hexe‹ (1982), ›Ibicaba. Das Paradies in den Köpfen‹ (1985), ›Der Zeitreisende. Die Visionen des Henry Dunant‹ (1994), Romane; ›Auf Wörtern reisen‹ (1993), Gedichte.

Eveline Hasler

Die Wachsflügelfrau

Geschichte der Emily Kempin-Spyri

Roman

Deutscher Taschenbuch Verlag

Von Eveline Hasler
sind im Deutschen Taschenbuch Verlag erschienen:
Anna Göldin. Letzte Hexe (10457)
Novemberinsel (10667)
Ibicaba. Das Paradies in den Köpfen (10891)
Der Riese im Baum (11555)
Der Buchstabenvogel (dtv junior 7516 und 7563)
Der Buchstabenclown (dtv junior 7530 und 7572)
Der Buchstabenräuber (dtv junior 7532 und 7584)
Die Buchstabenmaus (dtv junior 75034)

*Der großzügigen Unterstützung durch die Pro Helvetia
verdanke ich die Kontinuität, mit der ich an diesem Buch
arbeiten konnte.*

Ungekürzte Ausgabe
November 1995
5. Auflage Mai 1997
Deutscher Taschenbuch Verlag GmbH & Co. KG,
München
© 1991 Verlag Nagel & Kimche AG, Zürich/Frauenfeld
ISBN 3-312-00175-7
Umschlagkonzept: Balk & Brumshagen
Umschlaggestaltung unter Verwendung des Gemäldes ›Meditation
(Portrait of the Artist's Wife)‹ von William Merrit Chase
Satz: IBV Satz- und Datentechnik, Berlin
Druck und Bindung: C. H. Beck'sche Buchdruckerei,
Nördlingen
Gedruckt auf säurefreiem, chlorfrei gebleichtem Papier
Printed in Germany · ISBN 3-423-12087-8

Basel, Sommer 1989.

Emily Kempin-Spyri? Die erste Juristin?

Der Direktor der Psychiatrischen Universitätsklinik winkt ab: Wir haben Ihnen doch geschrieben: Es gibt keine Krankengeschichte.

Vor den Fenstern des Direktionsbüros liegt der Platz in nachmittäglicher Flaute, der Asphalt flimmert.

Die Sekretärin kommt aus dem Nebenraum: Wir können kein Dossier finden, nicht einmal eine Personalkarte.

Sie sehen, sagt der Chefarzt und blickt über den Rand seiner Halbbrille, diese Frau hat es nie gegeben, hier wenigstens nicht.

Ich habe aber Kopien von Briefen, insistiere ich. Emily Kempin hat sie geschrieben, sie datieren von 1899, aus der Friedmatt.

Der Psychiater erforscht mich mit seinem Blick.

Sie ist am 12. April 1901 in Ihrer Klinik gestorben, fahre ich fort. Ich vermute, Sie haben aus dieser Zeit ein Sterberegister?

Der Chefarzt ist unruhig geworden; er geht ans Telefon, hat jetzt seinen Vorgänger am Draht.

Emily Kempin-Spyri? Der Name sagt auch dem Vorgänger nichts. Dafür erwähnt der Vorgänger seinen Vorgänger, der oft berühmte Persönlichkeiten aus der Kartei entfernt hat. Aus Datenschutzgründen. Ja, erzählen Sie das Ihren Lesern, sagt der jetzige Chef aufatmend, Sie müssen doch Ihren Lesern eine Erklärung geben können.

Er läßt seinen Blick von mir weg über die Wand schweifen, wo sich die Trostangebote der Welt darbieten: Jesus, Buddha, Kloster Neuburg.

Ich stehe auf. Sinnlos zu wiederholen, daß Teile eines Dossiers nach draußen gelangt sind, nicht zur Zeit des Vor-Vorgängers, später eben.

Besagte Dame war gar nicht an unserer Klinik, es findet

sich weder eine Krankengeschichte noch eine Karteikarte, schrieb mir im Juni 1989 Professor W. P. Eine Frau stellt Nachforschungen an über eine Frau, die von ihrer Zeit nicht vorgesehen war, und die es heute, hundert Jahre später, immer noch nicht geben darf.

Es gibt sie doch.

Im Park der Friedmatt, auf den Kieswegen auf und ab gehend, sehe ich sie aus dem Blattschatten auftauchen: schmal geworden, in helle Baumwolle gekleidet.

Es ist das Jahr 1899, Emily ist 46 Jahre alt.

Am 11. März hat man sie von der Klinik Berolinum in Lankwitz bei Berlin in die Irrenanstalt Basel, Friedmatt genannt, überführt. Ihr Wunsch, in die Anstalt Burghölzli in Zürich eingeliefert zu werden, ist überhört worden.

Ihre Schritte sind kaum vernehmbar im Kies. Sie ist aus einem der Pavillons mit den Laubsägeveranden gekommen; sie geht, als ziehe sie etwas im Leib zusammen, etwas Schweres, ein Gewächs. Ich weiß: sie wird daran sterben am 12. April 1901. Unter einem Baum steht sie still. Langstielige, silbrig befilzte Blatthände, bewegt vom Wind. Hängesilberlinde, steht auf einer kleinen Tafel am Stamm, der Baum, eine Seltenheit, vom Kantonsgärtner sorgfältig registriert: Hängesilberlinde Nummer fünf, Stamm- und Kronenumfang vermessen und notiert, auch das Alter durch Expertise festgesetzt. Hundertfünfzig Jahre, schätzt man. Ich darf Emily also unbesorgt unter ihr spazieren lassen. Ich kann heute, im Jahre 1989, eine Broschur kommen lassen mit dem Titel *Bauminventar der Friedmatt.*

I am a restless woman. Almost all
my chosen companions
are restless women.

Elinor Byrns

Der 18. Dezember 1899.

Sie sitzt am Mahagonitisch. Ein Tintenklecks wie ein Teufelskopf ist in den Lack der Tischplatte eingedrungen. Der Schatten einer Palme verfängt sich in ihrem matten, von Schwester Rosa geschnittenen Haar. Sie darf neuerdings zum Briefeschreiben in den Salon der Pensionäre kommen. Eine Gunst? Nein, sie habe diese Sonderregelung »verdient«. Mache Fortschritte. Keine Fluchtversuche mehr, keine Protestaktionen.

Dr. Wolff hat es nach seiner Morgenvisite gesagt, die schmalen Lippen unter dem Schnauzbart zu einem Lächeln verzogen. Sie hat ihn lange angeschaut.

Die alte Munterkeit ist in ihre Augen gekommen. Sie mag dieses Gesicht, so kultiviert, hätte man in Berlin gesagt. Ganz anders als das gerötete Gesicht des Direktors Wille. Sie hat seine Visitenkarte unter dem Kopfkissen aufbewahrt: Dr. med. et phil. Wolff. Aus Karlsruhe. Mitte dreißig, Sekundärarzt. Noch läßt ihn Dr. Wille wenig entscheiden. Dabei hätte er, was die Anstalt betrifft, Verbesserungsvorschläge. Sie ist mit seinen Gedanken vertraut, während seiner Arztvisite hat sie ihm den einen und andern Vorschlag entlockt.

Sie schreibt an dem Brief.

Ach, immer noch derselbe? Die Stimme der Oberwärterin. Die ist so schrill, könnte Fensterglas schneiden.

Immer noch derselbe. Ich schreibe ihn ins reine. Die Oberwärterin lacht.

Es paßt ihr nicht, daß Emily eine Sonderbewilligung hat. Die Extrawurst, sich mitten in den Salon zu setzen. Hinter ihrem Rücken hat sie mit Dr. Wolff gestritten: Die

7

Friedmatt, eine Welt in der Welt. Es muß, hier wie drau-
ßen, Klassen geben: Insassen dritter Klasse, Tagespreis ein
Franken achtzig, Insassen zweiter Klasse, Tagespreis drei
Franken fünfundsiebzig, Insassen erster Klasse sieben
Franken und dann, für die Crème de la Crème, das kleine
Hotel zwischen Bäumen, die hier aus und ein gehen nennt
man nicht Insassen, sondern Pensionäre. Von Preisen wird
da nicht geredet. Nur betuchte Irre kommen in den Genuß
der gedrechselten Mahagonisäulen, der Bücher hinter
Glas, der Zeitungen an den mit Haken versehenen Holz-
stäben, nichts Aufregendes natürlich, nichts Brandaktuel-
les, nur Beschauliches, eine Prise Kultur. Hier hat Emily im
Pfarranzeiger das Inserat gefunden. Hat es mit dem Fin-
gernagel aus der Zeitung herausgetrennt.

Jetzt schreibt sie den Bewerbungsbrief ins reine. Zum
dritten Mal.

Reiner wird er nicht mehr.

Basel, Irrenanstalt, den 18. XII. 99

Herrn Pfarrer A. Altherr, Basel

Sehr geehrter Herr!
In No. 50 Ihres geschätzten Blattes suchen Sie für einen
größeren Haushalt ein Fräulein oder Witwe von zuverläs-
sigem Charakter. Ich erlaube mir ergebenst, mich um diese
Stelle zu bewerben. Ich bin seit Februar dieses Jahres in
hiesiger Anstalt … Ich sehne mich nach nützlicher Arbeit
und Bewegung, wie die mannigfachen Pflichten in einem
Haushalt sie bieten. Dann aber bin ich noch vollkommen
existenzlos, mein Bureau, das ich in Berlin gehalten habe,
ist natürlich geschlossen, meine Clientel kennt mich nicht
mehr, mein Name ist mit dem Odium der Geisteskrank-
heit behaftet. Ich bin vollkommen mittellos und alleinste-
hend; von meinem Manne schon seit Jahren getrennt,
meine Kinder sind in der Welt herum zerstreut, meine Be-
ziehungen zu Freunden und Verwandten abgebrochen.

Die letzteren haben sich meines Studiums der Jurisprudenz wegen schon seit 15 Jahren von mir gewandt. Aus
diesem Grund und weil ich mich von den extremen Frauenrechtlerinnen schon seit Jahren zurückgehalten resp.
mich gegen ihre Forderungen auf dem Boden der Gesetze
ausgesprochen hatte, ist es mir schon in Zürich und Berlin
in der letzten Zeit nach meiner Ortsveränderung finanziell
schlecht gegangen ...

Was meine Befähigung für die nachgesuchte Stelle an-
betrifft, so bitte ich Sie zu glauben, daß ich trotz meines
Studiums die Künste und Fertigkeiten einer Hausfrau
nicht verlernt habe. Meine selige Mutter hat uns darin für
das ganze Leben lang tüchtig gemacht. Außerdem habe
ich erst studiert, als ich schon in höheren Jahren gestanden
und eigene Kinder, damals von 3 – 8 Jahren, gehabt habe.
Ich kann daher auch kochen, kehren, nähen, aber auch ein
wenig schneidern, namentlich aus alten Kleidern neue machen; ich liebe alle Kinder und beschäftige mich gern mit
ihnen und bin überhaupt zu jeder Arbeit, auch Geschirr-
waschen und Reinemachen gerne bereit. Auf Verlangen
werde ich mich auch mit Gartenarbeit, die ich verstehe,
beschäftigen.

Meine Ansprüche sind von Hause und Natur aus sehr
bescheiden, außerdem aber sehe ich meine mittel- und exi-
stenzlose Lage zu klar ein, als daß ich mich nicht allem willig und fröhlichen Herzens unterziehen würde. Ich bin mit
einem Monatslohn von 10 frs. zufrieden, halte aber eventuell auch daran nicht unter allen Umständen fest, wenn
Ihre schutzbefohlene Familie vorziehen sollte, mich erst
einen Monat auf Probe ohne Lohn zur Hülfe zu nehmen.

Wenn Ihnen, wie ich vermute, meine Abstammung und
Herkunft nicht unbekannt sind, ich bin die Tochter des
Herrn alt Pfarrer Spyri, so bitte ich Sie höflich, mich der
betreffenden Familie zu empfehlen.

> Hochachtungsvoll ergebenst
> Frau Dr. Emily Kempin

Da steht schon wieder eine der Wärterinnen hinter ihr. Die Hügin hat eine Art, geräuschlos in Stoffschuhen sich hinterrücks zu nähern. Neugierig ist die, wittert mit der fleischigen Nase, beschnuppert die Dinge, läßt unter der faltigen Oberlippe die Zähne sehen.

Nein. Nicht lesen.

Emily zieht die Schulter hoch wie ein Schulkind, das sich gegen Abschreiben schützt.

Die Hügin kann unter dem abgewinkelten Arm Emilys Namenszug sehen: Dr. Emily Kempin.

Schwungvoll, diese Unterschrift! lacht die Hügin. »Doktor« – klingt gut, was!

Die Schneidezähne sind immer noch zu sehen, obwohl die Hügin aufgehört hat zu lachen.

Emily richtet sich auf, dreht abrupt den Kopf: Ich habe den Doktortitel verdient. Kein Doktor Marriage.

Schon gut, Frau Kempin.

Frau Doktor Kempin.

Nicht einmal die Rosa Clarissa, die ihr von den Wärterinnen noch die liebste ist, wird den Brief zu sehen bekommen. Nur Dr. Wolff. Direktor Wille wird ihn natürlich lesen, er, der alles, was hier geschieht, überblickt. Fast alles.

Bevor sie zum Pavillon zurück muß, händigt ihr die Hügin die zerlesenen Zeitungen aus. Auch die Schere wieder? Ja, die Schere.

Dr. Wolff hat Emily eine der sonst streng gehüteten Scheren zugestanden, zweimal die Woche von drei bis fünf, speziell für ihre »Weltordnungen«. Um fünf sind alle geliehenen Gegenstände abzuliefern, das ist Vorschrift.

Aufrecht im Bett sitzend, schneidet sie ins Zeitungspapier. Die Spitze der Schere fährt Figuren aus dem Reklameteil entlang: Umrisse einer Frau im Pelzmantel, die Pelzmütze wie ein Schiff auf den Locken. Die Schere frißt sich weiter. Ein Mann mit Zylinder, der ausgestreckte linke Arm mit dem weißen Handschuh zeigt auf einen patentierten eins a Aktenkoffer. Behutsam, nur behutsam, damit das zerknitterte Papier nicht reißt. Um deutlich zu sehen, muß sie den Kopf weit hinunterbeugen, längst bräuchte sie eine Lesebrille, es wird das erste sein, was sie sich nach der Entlassung vom Lohn des Pfarrers leistet. Nun kommt das Zerschneiden der Figuren: säuberlich den Kopf mit dem lächelnden Mund abtrennen, den linken Arm mit dem Pelzmuff.

Schweißtropfen sammeln sich über ihren Brauen. Ein Männerbein in gestreifter Hose, eine Damennase, ein Männerfuß im Lackschuh liegen auf ihrer Bettdecke.

Nun alles in die Schachteln geordnet: in eine Frauenschachtel, in eine Männerschachtel.

Als es gegen fünf geht, will ihr die Clarissa Rosa beim Aufräumen helfen.

Schnell, Frau Kempin, alles muß weg bis zur Arztvisite.

Fort mit dem Spuk – Clarissa klaubt einen Männerarm aus dem Leintuch, wirft ihn in die Frauenschachtel.

Ein Schrei.

Emily fischt den Arm unter den weiblichen Einzelteilen heraus. Schaut Clarissa Rosa vorwurfsvoll an.

Heute morgen lag im Brief der Tochter Agnes eine Postkarte aus Amerika. Von Stanleyetta Titus, ihrer ehemaligen Schülerin an der *Woman's Law Class,* der ersten Rechtsanwältin im Staat New York.

Emily zerschneidet mit Sorgfalt die Freiheitsstatue: Fakkel, Krone, Kopf, das Gesetzbuch, die Brust des Riesenweibs. Dr. Wolff, der ausnahmsweise früher gekommen ist, schaut nachdenklich zu. Wissen Sie, wer die Statue geschaffen hat, Frau Kempin?

Bartholdy.

Es wundert ihn nicht, daß sie die Geschichte der Statue kennt. Sie verwechselt nichts. Weiß Einzelheiten, zum Beispiel, daß die Liberty in Paris im Hinterhof der Werkstatt von Gaget et Gauthier in 200 Einzelteile zerlegt und in Kisten verpackt worden ist für die Verschiffung nach Amerika.

Erinnern Sie sich an die Statue, Frau Kempin?
O ja. Sie lächelt.

Wie sollte sie je ihre Gefühle, die hoffnungsvolle Beschwingtheit vergessen, damals, beim ersten Anblick der »Liberty Enlightening the World«?

Herbst 1888.

Da ist sie im Morgenlicht.

Endlich sieht sie sie mit eigenen Augen.

Liberty, Kolossalfrau des Rechts.

Ein bißchen entrückt, verhüllt von querfliegenden Nebelstreifen.

Sie hört die Rufe der Passagiere. Das Schiff scheint zu schwanken, hat plötzlich Schlagseite, als erweise es der Lady seine Reverenz.

In Tag- und Nachtträumen hatte sie sich diesen Moment vorgestellt, in den unruhigen Nächten an Bord, wenn in der Kajüte das dröhnende Vibrieren der Maschinen das Wimmern der kleinen Tochter, die an Halsweh litt, übertönt hatte.

Eine kühle Brise weht, sie spürt sie nicht, so wenig wie die kleine Agnes, die an ihrem Rock zieht.

Das ist ein Moment, wo sie allein sein muß. Nur die Fremde, die sich durch die Menge ihr nähert, die will sie einbeschließen. Fanny Weber aus New York: Sie haben sich auf dem Schiff kennengelernt. Gemeinsames entdeckt in den durchdiskutierten Nächten. Fanny Weber, Arztfrau in mittleren Jahren, hat Emily von ihrer Gründung erzählt, die den Armen ihr Recht verschaffen soll. Prominente Frauen hat sie für ihre *Arbitration Society* begeistern können. Seit vier Jahren bemüht sich Fanny Weber in Manhattan um die Besserstellung der Mittellosen, sie hat Hygiene- und Kochkurse organisiert und dabei einsehen müssen, daß die meiste Not aus der Unkenntnis der Gesetze herrührt. Die *Arbitration Society* will den Armen helfen, ihre

Rechte wahrzunehmen. Noch sucht Fanny Weber nach einem Juristen, der ihr Hilfswerk leiten und die Mittellosen vor Gericht vertreten kann, wo die Anwälte der Reichen das Recht auf ihre Seite ziehen. Und jetzt hat sie auf der Heimreise von einem Italienurlaub auf dem Schiff die erste Juristin Europas kennengelernt. Emily Kempin, die man in Zürich zwar doktorieren ließ, der man es aber nicht gestattet, mit dem erlernten Beruf Brot zu verdienen für sich, den arbeitslosen Ehemann, drei Kinder. In New York möchte sie werden, was man ihr in der Heimat verweigert: Anwältin, Dozentin.

Walter Kempin stand mit den zwei größeren Kindern neben Dr. Weber in der Nähe des Steuerhauses. Die beiden Männer hatte man auf der Überfahrt oft zusammen gesehen, der ältere, ein Sechziger mit weißem Haarkranz, geröteten rundlichen Wangen, der jüngere hager, mit ängstlich besorgtem Blick. Der Arzt, in Bayern geboren, sprach Deutsch, gut für Kempin, der das Englische noch nicht beherrschte.

Die Männer hatten an der Reling ihre Frauen entdeckt: Emily, klein und mädchenhaft neben Fanny, Morgenwind im gekräuselten Nackenhaar. Man sah es ihnen an: beiden Frauen war nicht nach Gesellschaft zumute, sie standen schweigsam, Emilys Blick auf die Statue gerichtet.

Die Freiheit – eine Frau, dachte sie.

So etwas kann nur den Franzosen einfallen.

Delacroix hat die Freiheit mit entblößter Brust und Trikolore auf der Barrikade gemalt, und die hier trägt Gesetzbuch und Fackel. Schau sie dir an: Diese Frau, von Männern erdacht, von Männern errichtet, hält Wind und Wetter und der Geschichte stand, weil sie keine Madame Lafayette oder Frau Kempin ist oder sonst eine Frau aus Fleisch und Blut, die nach der Fackel, nach dem Gesetzbuch greifen könnte.

Ich habe es in Zürich erfahren: Man hält die Frauenhand für zu zart, um ein Gesetzbuch zu halten. Auch die

Unterscheidung von Gut und Böse, das Urteil über Richtig und Falsch gilt seit jeher als Männersache. Zwar halten in der Bibel ein paar Jungfrauen Lampen in der Hand, aber ihnen sind ebenso viele Törichte zugesellt, die den Spiegel hochhalten, um darin zu lesen, wie die Männer sie sehen wollen: sanft, gut und ein Teil ihrer Geschichte.

Man vergißt, daß die Hälfte der Menschheit aus Frauen besteht und daß der neue Mensch, nach dem die Welt sich sehnt, eine Menschin sein könnte.

In der *Züricher Post* waren in den letzten zwei Jahren vermehrt Berichte erschienen über die Frauen in den Vereinigten Staaten: ganz selbstverständlich wirken und bestimmen sie in allen öffentlichen Bereichen mit. Redaktor Curti hatte ihr einen Artikel zugeschickt über die Juristin Belva Lockwood, die gegen Widerstand sich ihr Recht erkämpft hatte und nun Zugang bekam zum Obersten Gerichtshof im Staat Iowa. Eine Notiz war beigelegt mit der Bemerkung, in der Neuen Welt seien die Strukturen offener, Vorurteile weniger erhärtet, er wünsche, es werde dort auch Platz sein für sie, Emily...

Die Strahlen der Morgensonne, kräftiger schon, wärmten ihr Rücken und Nacken, während das Schiff an Geschwindigkeit gewann und sich von der Liberty entfernte.

Sie wandte sich um, sah Manhattan, durchsichtig, blau umflossen. Die Häuser stiegen gegen den Horizont an wie eine Woge. Ein Brocken schimmerndes, driftendes Eis.

Durch die Narrows fuhr das Schiff Hoboken zu, bewaldete Hügel, am Ufer zog eine Villa mit Badehaus die Blicke der Einwanderer an, das Sternbanner über kurz geschnittenem Rasen, blonde Kinder winkend am Strand, der erste amerikanische Traum.

Das Schiff müsse eine Weile im Hudson vor Anker liegen, könne noch nicht am Pier anlegen, gab der Kapitän durch das Sprachrohr bekannt. Ohne den Fahrtwind wurde es drückend schwül, Unruhe breitete sich unter den Passagieren aus. Die amerikanischen Heimkehrer dachten an den berüchtigten Zoll, die Einwanderer an die Formalitäten, noch einmal, so kurz vor dem Ziel, sahen sie sich zu Geduld gezwungen.

Zwar wurden die Kajütenpassagiere nicht, wie die Reisenden im Zwischendeck, mit Booten nach Castle Garden zu der gefürchteten Immigration-Station gebracht. Die Personalkontrolle in Hoboken arbeitete schnell und human. Dies und die Aussicht auf eine komfortablere Überfahrt, interessante Reisegefährten hatten die Kempins bewogen, die Mehrausgabe für die fünfköpfige Familie mit Dienstmädchen auf dem Erstklaßschiff zu riskieren.

Die Kempins hatten sich nahe der Ausstiegsrampe auf die kleineren Gepäckstücke gesetzt. Die Kinder waren unruhig, dies und das wurde ihnen verwehrt zu tun, damit nicht die Kragen, die Seidenschleifen der Hemden im letzten Moment noch beschmutzt würden. Im Sonntagsstaat wollten sie die Neue Welt betreten, hatte ihnen Emily gesagt. Agnes schaute blaß aus all der weißen, mit Spitzen verzierten Baumwolle, das Halsweh hatte sie geschwächt, und der Schreck der letzten Sturmnächte saß ihr noch in den Knochen, wo alles in der Koje geklappert hatte: Türen, eine lose Holzbohle in der Wandverkleidung, sogar die Zahngläser in ihrer Halterung.

Bald ist alles überstanden, Agnes. Emily versetzte der Jüngsten, um Farbe in ihre Wangen zu bringen, mit den Fingerspitzen kleine Klapse, wie einem Neugeborenen, das in der Neuen Welt Mühe hat zu atmen.

Nie mehr übers Meer, nie mehr... Die belegte Kinderstimme klang jammervoll.

Ich schon! Gertrud protestierte. Zürich will ich wiedersehen, die Großmutter, die Freundinnen!

Dann müssen wir fliegen wie die Vögel, sagte Robert

und blickte fragend zu seinem Vater auf: Können Menschen denn nicht fliegen?

Zwei haben es versucht, Dädalus und Ikarus. Walter hatte abwesend geantwortet, sein Blick war schon über Masten und Segel vorausgeeilt über den Hudson, Manhattan versuchte er auszumachen hinter Schwaden von Dunst.

Als die größeren Kinder darauf beharrten, daß er erzähle – jetzt sofort –, fing Walter widerstrebend an: Dädalus, ein kunstfertiger Grieche, Baumeister oder Steinmetz, hat eines Tages mit Flügeln über Land und Meer fliegen wollen. Vogelfedern hat er genommen, erst kleine, dann größere, hat sie mit Fäden verknüpft, in Wachs getaucht und miteinander verbunden. Mit der Hand hat er sie gebogen, ihnen Schwung gegeben, wie gewachsen haben sie ausgesehen, die Flügel.

Dann hat er ein zweites, kleineres Paar gemacht für Ikarus, seinen Sohn. An einem Morgen am Strand hat er Ikarus gesagt: Fliege nicht zu hoch und nicht zu tief, immer mir nach! Keine neuen Luftbahnen, keine Kapriolen, keine Luftsprünge…

Ein Freudenschrei ließ Walter abbrechen. Der Anker war gelichtet worden, das Schiff nahm Kurs auf den freigewordenen Pier.

Hinter einem Wald von Masten, im Morgenlicht leuchtender Segel sah die Neue Welt eher ernüchternd aus. Buden aus Holzbrettern, wie Schorf über die Anlage verstreut, ein Verhau aus Draht, hinter dem Freunde und Bekannte den Rückkehrern zuwinkten. Im Gewoge der Menge versuchte ein uniformierter Träger, sich Emilys Handkoffer zu bemächtigen, dabei ging Agnes verloren. Emily suchte das Kind zwischen den zweirädrigen, mit Gepäckstücken beladenen Karren, fand es endlich in der Schlange vor der Immigration-Station. Die Kempins stellten sich hinter den Wartenden an, nur langsam rückte man vor. Die Luft war feucht und stickig, es roch nach brackigem Wasser. Hinter den Masten zogen sich Wolken zusammen.

Schwüle, Wetterleuchten des Neuen.

Als die Kempins an die Reihe kamen, verstand Walter die Frage des Beamten nicht, ob er noch Pfarrer sei? Emily drängte sich neben ihn, antwortete, als die Frage wiederholt wurde, mit einem Nein.

Was denn?

Journalist.

Bei welcher Zeitung?

Das wird sich ergeben.

Also arbeitslos. Kurzentschlossen drückte er einen Stempel auf das Papier.

Der Beamte, in Hemdsärmeln, ohne Uniform, fragte nicht nach Emilys Beruf, mit gerunzelter Stirn schaute er auf die Abkürzung Dr. jur. vor ihrem Namen.

Was heißt das?

Es ist mein Titel, sagte sie. Und leise, als müßte sie sich dafür entschuldigen: Ich habe an der Universität Zürich in Jurisprudenz doktoriert.

Der Beamte sah erstaunt zu ihr hoch: Sie sah klein aus, fast kindlich. Er lächelte, wollte etwas sagen, aber die Schalterlücke war jetzt grau ausgefüllt von der nachdrängenden Menge. Kinder?

Ja, drei: Gertrud, Robert Walter, Agnes.

Go ahead, sagte der Beamte, winkte ihnen zu.

Vor den alphabetisch geordneten Gepäckräumen warteten sie auf ihr Frachtgut.

Nach drei Stunden waren die 22 Kempin-Kisten immer noch nicht vollständig beieinander für die Zollkontrolle.

Elsbeth, das sechzehnjährige Dienstmädchen, war mit den Kindern zu den Piers geschickt worden, nun standen ihm die Tränen zuvorderst; die Kinder wollten nicht mehr spazieren. Durst, stöhnte Robert. Hunger, widersprach Gertrud.

Der Vater mahnte zur Geduld, während Emily in ihrem

seltsamen Englisch auf einen der Zollbeamten einsprach. Die zwei größeren Kinder sahen eine Weile gebannt zu, wie ihre Mutter den Mund verrenkte, um die noch ungewohnte Sprache zu sprechen. Scheu wiederholten sie das eine oder andere ihnen bekannte Wort, das ihnen die Mutter auf dem Schiff beigebracht hatte: How long, where, oh, I see. Als die restlichen Kisten immer noch nicht kamen, fing Robert zu quengeln an, er wolle mit einer der Fähren hinüber nach Manhattan.

Was man denn hier so lang mache?

Geduld, wiederholte der Vater. Er ging mit den Kindern und dem Dienstmädchen zu einer der Buden, an denen es Getränke gab, auch mächtige mit Fleisch belegte Brote. Preise, doppelt so hoch wie in New York, schimpfte ein Landsmann neben ihm.

Ein fliegender Händler bot Stellmesser an: Schutz vor dem lichtscheuen Gesindel nachts in New York. Er selbst war lichtscheu. Als einer der Hafenpolizisten nahte, ließ er seinen Bauchladen in einem Sack verschwinden.

Ein Mann von der »New Yorker Bibelgesellschaft« wollte Walter bekehren: Mit Gott in die Neue Welt, sagte er in rollendem Deutsch. Walter versuchte den Eifrigen loszuwerden: Er sei selbst Pfarrer, glaube, was in der Bibel stehe.

Alles? fragte der Mann mit dem blonden Schnauzbart. Als Walter nickte, machte er lachend eine Handbewegung, als schließe er dieses »alles« ein, dann beugte er sich zu Agnes hinunter und schenkte ihr eine nur fingergroße Bibel.

Emily erfuhr unterdessen in der Gepäckhalle, warum immer noch einige der Kisten fehlten: Sie waren aus Versehen mit anderem Frachtgut nach Castle Gardens transportiert worden. Leider Ihr Fehler, sagte der Beamte, Ihre Kisten sind nur mit Nummern, nicht mit Buchstaben bezeichnet gewesen.

Man habe den Irrtum aufgeklärt. Die Kisten kämen noch heute aus Castle Gardens zurück.

Sie sagte Walter, der eben mit den Kindern von den Piers zurückgekommen war, Bescheid; ihre Stimme klang dünn, übertönt von den spitzen Schreien der kleinen Agnes, eine Wespe hatte sie beim Siruptrinken gestochen.

Walter hörte sich ihre Erklärung an, sein Gesicht war blaß geworden. Er preßte die Hände zusammen, und Emily schaute auf seine Knöchel, die vom Pressen weiß erschienen. Sie kannte das: sein Ausrasten in Engpässen. Es spielte sich immer gleich ab, er verlor den Boden unter den Füßen, ruderte mit den Armen, warf mit Vorwürfen um sich: Klimbim, Spyri-Kram, unnötiger Mist...

Sie blieb ruhig, bis auch er jäh verstummte, erschöpft, mit verlorenem Blick.

Er schaute an sich hinunter, als müsse er feststellen, ob es ihn noch gebe.

Wortlos sah er auf sein Schuhwerk, er sah es zum ersten Mal so glänzend, so geschniegelt. Auf der Landebrücke hatte sich ein kleiner Negerjunge mit einer Bürste auf seine Schuhe gestürzt und von unten, vom Staub der Neuen Welt aus, immer wieder gerufen: Schön in die Neue Welt, Mister, kostet zwei Pennies, schön in die Neue Welt für zwei Pennies.

Ein neues Schiff war angekommen, gegen 800 Passagiere im Zwischendeck, in Booten mußten sie weiter nach Castle Gardens. Grau, eine breiige Masse, entquollen die Menschen dem Schiff.

Gegen Abend kamen die Kempin-Kisten endlich nach Hoboken zurück, nun war aber die Zollkontrolle geschlossen, erst in der Morgenfrühe, vor Ankunft des ersten Schiffes, sollte sie wieder öffnen. Die Kinder lehnten an den Gepäckstücken, übermüdet. Am Quai brannten schon Laternen. Walter hatte die Adresse des von Schweizern geführten Hotels Naegeli in Hoboken bekommen.

Geh du mit den Kindern schlafen, sagte er zu Emily.

Nein, du, sagte Emily. Im Notfall kann ich englisch sprechen. Er gab nach. Versprach noch, nach drei Stunden Schlaf zurückzukommen, sie abzulösen.

Schon waren fünf Stunden vergangen.

Unter dem Vordach des Gepäckraums saß Emily im schwachen Licht der Laternen auf einer der Kisten. Sie trug noch immer den Strohhut mit dem karierten Band, das aus dem Saum ihres karierten Reisekleids geschnitten worden war; als sie zu frieren begann, legte sie sich den wollenen Umhang über und preßte ihn über der Brust zusammen. Wachen patrouillierten vorbei, sie ertrug ihre Blicke, Fragen, Witze. Sie saß und behielt die 22 Kisten im Blick, voller Spyri-Klimbim, wie Walter sagte: zwei Bündel reinleinene Bettücher, das silberne Teeservice der Tante Johanna, das 24teilige Eßgeschirr mit Goldrand.

Sie braucht einen standesgemäßen Hausstand, hörst du, hatte ihre Mutter damals zu Vater gesagt, wenn du ihr schon die Mitgift verweigerst, so soll sie doch diese Dinge bekommen. Sie ist eine Spyri, Johann Ludwig, du kannst doch dein eigen Fleisch und Blut nicht so behandeln. Ja, nimm sie, Emily. Dein Ehemann und deine Kinder sollen sich wohl fühlen. Halte die Dinge in Ehren...

Noch hat Emily keinen Schritt in die Neue Welt gemacht, und schon spürt sie das Gewicht der Dinge aus den Zürcher Spyri-Stuben. Schlimmer noch: diese Mutterwörter, Muttertexte im Blutstrom. Man bringt sie nicht aus sich heraus, wenn auch der Kopf tausendmal sagt: Vergiß sie. Laß alles hinter dir.

In die Neue Welt gehen und die Alte mittragen: 22 Kisten aus Zürich, einen brotlosen Ehemann, drei kleine Kinder, ein heimwehkrankes Dienstmädchen. Ohne Anhang könnte sie sich frei bewegen, sich hinüberschwingen in dieses Zukunft versprechende Manhattan. Aber das ist nun einmal ihr Leben: in herkömmlichen Verflechtungen stehen und doch diesen Drang nach vorne, ins Offene spüren.

Die Schritte eines Hafenpolizisten näherten sich, verhallten auf dem Kopfsteinpflaster hinter dem Schuppen.

Hinter den Quadern der Quaimauer ahnte sie diese

zuckende, fühlige, sepiabraune Masse; Ozean, du löschst meine Spuren aus.

Ein Meer zwischen uns, Vater.

Ich bin weggegangen aus deinem Leben, fort von deiner Eisenbahn, deinen Planungen, Statistiken, Schienen. Ich muß keine Angst haben, daß du mir nachkommst, du Liebhaber des sicheren Bodens, schon eine kleine Schifffahrt auf dem Zürichsee bringt dich aus der Fassung.

Jenseits des Hudson, grünlich phosphoreszierend, Manhattan. Tausende vor mir sind hier angekommen, vaterlos, vaterlandslos, den alten Mustern entronnen. Eine Insel. Kein Fluchtweg zurück ins Immerschongehabte.

Eine Bühne, wo das bessere Ich, erlöst vom Vaterschatten, auf seinen Auftritt wartet: Vorhang auf, Scheinwerfer auf die Bühne: New York.

Keine Regieanweisungen mehr.

Da ist keine Schwester, keine Mutter, die diesen Weg schon einmal gemacht hätte. Keine Vorgängerin, in deren Windschatten sich leichter gehen ließe. Kein Vater, der Ikarus Tiefen und Höhen verbietet, nur Mittelmaß zuläßt.

Emily, erste europäische Juristin. Nach ihr werden andere Frauen kommen, Schwestern.

Breiter wird mit der Zeit der Pfad, Frauen werden sich eines Tages bewegen können in voller Natürlichkeit. Wie ein Mann? Nein, wie eine Frau.

Es dämmerte. Im Schein der Laterne Nieselregen. Walter kam mit offenem Hemdkragen, wehendem Mantel. Er habe sich verschlafen. Seine Augenlider flatterten, sein Blick suchte den ihren. Gestern habe er, um Agnes zu beruhigen, noch lange an ihrem Bett sitzen müssen. Ja, Halsweh, schon wieder. Auch diese aggressiven Anfälle, wohl eine Form von Heimweh.

Sie ist klein, braucht Zeit, sich umzustellen, warf Emily ein, zuckte dabei die Achseln, als stelle sie ihre eigenen Worte in Frage.

Aus dem Lichtkegel trat ein uniformierter Beamter auf

sie zu. Er wünschte guten Morgen. Das Zollamt werde gleich öffnen, das nächste Transatlantikschiff schon in Sandy Hooks signalisiert. Sie kämen als erste dran, die junge Lady hätte das verdient, nach so einer Nacht...

Willst du dich nicht ins Bett legen? Walter legte, in einer Aufwallung von reumütiger Zerknirschung, den Arm um ihren Hals.

Sie schüttelte den Kopf: Jetzt bin ich hellwach.

So warten wir gemeinsam.

Er wollte sich auf die nächste Kiste setzen, aber sie verwehrte es ihm mit einem kleinen Aufschrei: Nein, nicht auf diese! Sie wies auf den roten Streifen: Fragile, zerbrechlich.

Was ist drin?

Das Hochzeitsgeschenk der Kirchenpflege Enge. Er lachte. Erinnerte sich, wie sie die Lampe aus weißem Opalglas in Lagen von Seidenpapier und Sägespänen verpackt hatten. Im Schein dieser Lampe hatte Emily Latein gelernt, Römisches Recht, Englisch; sie braucht die Lampe, es wird genug zu lernen geben in der Neuen Welt.

Mit der Pferdedroschke waren sie zu der Pension in der Nähe des Washington Square gefahren.

Die Lage des Hauses war ideal, nah der Universität.

Die kleinen schäbigen Zimmer sahen sie nur abends spät, da die noch sommerlich hellen Tage ausgefüllt waren mit der Wohnungssuche und den Gängen zu Ämtern und Behörden. Mitte September mußten die Kinder für die Schulen angemeldet werden. Emily hatte eine Besprechung auf dem Universitätssekretariat am Washington Square, bis zum Jahre 1894 hieß sie noch »University of the City of New York«.

Erst nach dem Abendessen fand sich die Familie wieder zusammen, sie saßen auf den Betten, die wie Schleppkähne die kleinen Zimmer füllten, Koffer verstellten die schmalen Zwischengänge. Emily war als einzige nach dem Herumhasten noch munter, sie blätterte im Wörterbuch, machte sich Notizen für Vorträge, die sie vielleicht, irgendwo, in englischer Sprache halten würde. Gertrud und das Dienstmädchen waren in einem nur durch eine Luke erhellten Abstellraum auf der anderen Seite des Korridors untergebracht. Agnes und Robert Walter schliefen. Ehemann Walter hatte den linken Arm als Stütze unter den Kopf gelegt, die rechte Hand hielt das Wörterbuch, durch halbgeschlossene Lider nahm er die schäbige Tapete wahr, Ranken auf lila Grund, über dem Kopfende der Betten war das Muster wie ausradiert. Die elektrifizierte Lampe an der Deckenmitte streute dottergelbes schwaches Licht. Die Lampe aus der Enge war, auf Fanny Webers Rat, zum Elektrifizieren in ein Geschäft am unteren Broadway gebracht worden. Walter legte das Wörterbuch offen auf seine Brust, er mochte die Wörter, die vor seinen Augen tanzten, nicht mehr sehen.

Emily schaute herüber. Lernst du?

Er nickte schwach, unterdrückte ein Gähnen.

Sie lachte, rutschte von ihrem Bett, kam über einen unausgepackten Koffer zu ihm herüber. Sie schlang ihre Arme um ihn, kam nahe mit ihrem Gesicht, er blickte in ihre Augen, die plötzlich wieder lebendig waren, knisternd wie in der ersten Zeit ihrer Ehe. New York macht dich wach? Ist es so?

Sie lachte, küßte ihn.

Eine Aufwallung von Zärtlichkeit überkam sie, sie fühlte sich glücklich, voll neuer Kraft, die ihr Geduld verlieh mit Walters Art, sich nur zähe in Neues einzufügen. Auch mit den Kindern hatte sie diese Lammsgeduld, als fühle sie sich verantwortlich, als schulde sie allen, Ehemann und Kindern, in der Neuen Welt Glück.

Alles hat so gut begonnen, Walter.

Schau, wie uns die Webers unter ihre Fittiche nehmen.

Als Walter den Lichtschalter ausgedreht hatte, lag Emily stundenlang wach in der Dunkelheit. Seit ihrer Ankunft in New York konnte sie kaum schlafen. Szenen des Tages liefen noch einmal vor ihrem inneren Auge ab.

Sie ging neben Fanny Weber, Agnes an der Hand, den Broadway hinauf. Mit jedem Schritt registrierte die Netzhaut neue Ausschnitte: sechs- und siebenstöckige Gebäude, dazwischen, wie Zahnstummel, niedrige Holzhäuser. Droschken. Pferdetramways. Gesichter in allen Hautfarben.

Eindrücke, die durcheinanderfallen, farbige Glasstücke in einem sich drehenden Kaleidoskop.

Die Fifth Avenue als Kontrast. Efeubewachsene Villen aus braunem Sandstein. Equipagen mit fast geräuschlosen Gummirädern. In den Vorgärten herbstlich gefärbte Ahornblätter, Durchblicke auf spitzbogige Fenster, neugotische Türmchen.

Downtown, Broadstreet. Pferdewagen vor den Bankgebäuden, den Fassaden mit den gelbweißen Markisen.

Männer tragen schwarze zylinderartige Hüte, ihre Beine wie verkürzt, abgehackte, überdrehte Bewegungen.

Alles rennt, drängt, der Tag hat eine Stoßrichtung. In der Neuen Welt vergehen die Tage schneller, als habe die Weltkugel Blei im Bauch, drehe sich um eine Spur zu schnell. Man muß sich hier, um etwas erreichen zu können, stromlinienförmig machen.

Schnell, Agnes, beweg die kleinen Beinchen, das Büro schließt bald.

Gespenstisch: Nacht für Nacht kein Auge zuzutun.

Sie liegt im Dunkeln, der Kopf bleibt hell, als leuchte ihr jemand ins Gehirn mit einem irren, schieren Licht.

So wie Dr. Wille bei der allmonatlichen Untersuchung in ihre Augen leuchtet mit einem grellen Lämpchen, ihr nah kommt, allzu nah mit den von Altersflecken übersäten Händen, dem zittrigen gelblichen Bocksbärtchen.

Haben Sie meinen Brief weiterbefördert, Herr Direktor Wille?

Welchen Brief?

Den Brief an den Pfarrer, in dem ich mich für die ausgeschriebene Stelle als Haushalthilfe bewerbe.

Viele Briefe gehen hier aus und ein, Frau Kempin. Frau Dr. Kempin.

Sie haben ihn also nicht abgeschickt?

Das habe ich nicht gesagt, unterstellen Sie mir das nicht, Frau Kempin.

Begehrt sie auf, droht ihr die Versetzung zu den »Unruhigen« hinten im Park. Zwei Pavillons in der Friedmatt für »Ruhige«, zwei für »Unruhige«. Dr. Wille würde, wenn er könnte, ganz Manhattan einfrieden. Die Unruhigen voller Zukunftsvisionen, die Erfinder, die Dichter, die von Dingen faseln, die es noch nicht gibt, die Frauen, die an die Zellenwände des Frauenloses klopfen, ja, sie auch. Die Erfinderischsten kämen in die Tobzellen mit den Waschschüsseln und Trinkbechern aus Papiermaché. Alle Rastlosen eingefriedet, alle Pavillons für »Unruhige« übervoll, die Unruhigen sprengen die Mauern, schnappen sich draußen vor der Friedmatt die Ruhigen, versorgen sie, wo sie ihren Frieden haben und den Rasen pflegen und irische Schafe züchten.

Die Abnormalen draußen, die Normalen in der Friedmatt.

So sind alle Dinge auf der Welt wieder dort, wo sie hingehören.

Weltordnungen, Frau Kempin, aha, so heißt das Spiel mit den Zeitungsausschnitten, den Schachteln.

Die Clarissa Rosa tut, als habe sie Verständnis für all die irren Dinge innerhalb der Mauern.

Das gehört zu ihrem Beruf. Sie sitzt am Tischchen vor der Türschwelle, strickt an einem Jäckchen für das noch nicht geborene Kind ihrer Nichte. Die Frau muß ihre

Grenzen sehen, sonst stößt sie an Mauern, ja, nun sind wir halt hier, Frau Kempin, aber wir sind daran, vieles einzusehen, nicht? Ihre drei Kinder...

Sie blickt Emily an, wartet, bis auf dieses Stichwort hin die Augen in dem eigenwilligen, schmalen Gesicht feucht werden.

Nickt dann, preßt die Strickarbeit an ihren jungfräulichen, nie mit Kindern gefüllten Bauch.

Eine unruhige Nacht.

Die Wache ist im Flur eingenickt.

Jede vierte Nacht, wenn Clarissa Rosa Wache hält, läßt sie Emilys Tür offen, rückt den Tisch nahe an die Schwelle.

Dr. Wille drückt ein Auge zu, seit ihm die Clarissa Rosa erklärt hat, sie mache das, weil sie eher wach bleibe, wenn sie mit der Patientin Kempin ein vernünftiges Wort reden könne. Nach zehn Arbeitsstunden noch Nachtwache, das geht dem stärksten Pfleger, der stärksten Pflegerin ans Mark.

Die Gespräche weben sich, das ist ein solider Teppich, aber so gegen Mitternacht macht der Wein die Clarissa Rosa müde.

Jeder Wärter erhält täglich einen halben Liter Wein als Ration zugeteilt, verheiratete Wärter einen ganzen Liter, das ist Teil des Lohns. Ein anderes Getränk gibt es nicht. Dr. Wolff ist dagegen, die Ausgaben für die übrigen Speisen seien in der Friedmatt gering gegen die Rechnungen für alkoholische Getränke, aber Dr. Wille sagt, das Abstinentenzeug überlasse er Dr. Forel im Burghölzli, seit altersher wisse man, daß Wein stärke.

Emily kann Dr. Wolff nur unterstützen. Mit Forel hat sie damals an der Universität Gespräche geführt über Psychiatrie und Abstinenz. Sie hat Dr. Wille davon erzählt. Mit welchem Ergebnis?

Er hat gelacht. Sie haßt dieses aus dem geröteten Gesicht polternde Lachen.

Draußen ist es windig.

Vereiste Äste schaben am Fenster.

Sie denkt an den Brief. Sie will es dem Pfarrer recht machen. Meint es ernst mit dem Probemonat. Kann sie wohl die französische Zwiebelsuppe noch, die sie in der Haushaltsschule in Neuenburg gelernt hat?

In Zürich, in New York, in Dresden, in Berlin hat sie damit ihre Gäste überrascht. Nun lebt sie seit zwei Jahren ohne Küche, ist das noch ein Leben? Fünfzehn Monate in der Klinik Berolinum in Lankwitz. Und hier schon wieder ein paar Monate, seit dem 10. März.

Sie geht in Gedanken im Haus des Pfarrers auf und ab, staubt die Möbel ab mit dem Federwisch. Nein, Emily, nimm lieber ein Staubtuch. Mutters Stimme.

Mutter hat im Haushalt alles genau genommen.

Eine Spyri halt. In den bürgerlichen Spyri-Häusern ist alles stets wie aus der Schale gepellt.

Ausgenommen bei der strengen Tante Johanna. Die dichtet vormittags lieber.

Emily lacht.

Clarissa Rosa schaut erschrocken auf. Reißt die entzündeten blauen Augen auf. Veilchen-am-Waldrand-Augen. Was ist?

Nichts, nichts. Erinnerungen.

Die Wärterin nickt neben der Weinkaraffe wieder ein.

Die offene Gasflamme rußt.

Eine Auerlichtbeleuchtung müsse installiert werden, schlägt Dr. Wolff vor, man mache gute Erfahrung damit in der Anstalt in Dresden. Dr. Wille ist mit seinen fünfundsechzig Jahren nicht für diese Art von Fortschritt.

Sie will demnächst wieder energisch auf ihr Recht pochen, daß sie ins Burghölzli eingeliefert wird. Sie gehört nach Zürich, wenigstens ins Zürcher Irrenhaus. Sie ist Zürcherin, eine geborene Spyri, es ist ihr Recht.

Recht. Poch nicht immer auf dein Recht.

Da kommt sie wieder aus der Ecke, aus dem gebauschten Vorhang: Mutters leicht wehleidige Stimme. Sie pocht nie auf ihr Recht, muckt nicht auf, wenn Vater redet, dabei hat sie als Mädchen Wild geheißen: Ich habe mir eine Wilde gezähmt, pflegte Vater im Freundeskreis scherzend zu sagen.

Wie der Pfarrer Altherr wohl aussieht?

Sie schaut zur Wand, projiziert das Gesicht:

Ein kräftiger Kopf mit spärlichem grauem Haar, ein Kinn, das sich reckt und den Worten beim Sprechen Nachdruck verleiht, ein kräftiges Kinn, ein Kinnwulst, Nährboden für Barthaare. Auch eine Halbbrille gehört in das breitflächige Gesicht...

Sie lacht plötzlich glucksend, hat sich ertappt:

Das ist ja Vaters Nase! Vaters Bart! Vaters Brille!

Sie schrumpft.

Wird noch einmal klein.

Der Himmel ist gestürzt,
der Abgrund ausgefüllt,
Und mit Vernunft bedeckt,
und sehr bequem zu gehen.
Karoline von Günderode

Eine Kindheit unter Vaters Bart.

Da sitzen sie um den Tisch.

Johann Ludwig Spyri, Pfarrhelfer in Altstetten bei Zürich, löffelt seine Backerbsensuppe. Die Kinder löffeln, man hört es auf dem Tellerrand klingeln, Schweigen lastet über der Szene.

Der Vater, die Steilfalte zwischen den Brauen, zieht die Brühe ein, schluckt, kaut die Backerbsen, kaut an den Wörtern, an den Sätzen der angefangenen Sonntagspredigt.

Die Mutter hält die Kinder mit Blicken in Schach. Zugleich hat sie, mit hochgezogenen Schultern, den Ehemann im Augwinkel, ängstlich bereit, auf jeden Wink zu achten.

Da wirft die kleine Emily ein paar Wörter in die Stille.

Der Pfarrhelfer erwacht aus seinem Brüten, fängt den schalkhaften Blick des Kindes auf.

Sein Gesicht entspannt sich.

Er ist plötzlich da, schaut über den Teller in die Eßrunde.

Die Geschwister wagen nach einem absichernden Blick auf Vaters Gesicht zu lachen, das Eis schmilzt.

Spyri fällt nicht auf, daß er dem Kind mehr Zuwendung schenkt als der Ehefrau. Und Elise, geborene Wild, nimmt es ihm nicht übel.

Sie zieht ihn zum Fenster, zeigt zum Vorplatz der Kirche, wo die Kinder Himmel und Hölle spielen. Ein Mädchen aus der Nachbarschaft hat beim Spiel gemogelt, Emily nimmt die Sünderin ins Verhör, zur Strafe muß sie zurück, auf das erste, mit Kreide gezeichnete Feld.

Wie sie sich Respekt verschafft, hörst du? Pfarrer könnte sie werden oder Advokat, wenn sie kein Mädchen wäre! Das Mundwerk dazu hat sie, deine Zähigkeit. Funken sprüht sie, wenn sie etwas will. Spyris Lachen bricht ab.

Er spürt den kurzen scharfen Schmerz wie immer, wenn er daran denkt, daß seine Frau ihm fünf Mädchen geboren hat und nur einen einzigen Sohn. Der Zweitgeborene, nach ihm Johann Ludwig genannt, schlägt aus der Art. Dumpf sitzt er am Tisch, Verstand und Gemüt lassen Beweglichkeit vermissen.

Emily jedoch... Manchmal nennt er die Kleine scherzend Emil.

Sie allein hat Zugang zu seinem Heiligtum, einem zweiten Schreibtisch im Rauchzimmer, wo Spyri nach der Arbeit seinem Steckenpferd nachgeht, den Eisenbahnen und Statistiken.

Er zeigt ihr eine kleine Eisenbahn, ein Modell.

Bald werden Eisenbahnlinien das ganze Land durchziehen. Stell dir vor, du säßest da drin, Emil! In diesem eleganten Waggon...

Das Kind kommt nah, kriecht mit den Augen durch das Fensterchen, setzt sich auf die Holzbank, die nur ein Streichholz ist.

Spyri stupst mit dem Finger die Lokomotive an. Der Zug setzt sich in Bewegung, fährt mit Emily auf der von Vater vorbestimmten Spur, hält da und dort an den von Vater festgesetzten Stationen.

Noch ist sie ein Kind, ein Neutrum.

Noch hat sie, die eigenwillige Kleine, einen Schonraum, bevor die Jahre beginnen, wo sie infiziert wird mit ihrem Geschlecht.

Ds Emmeli, sagt man im Zürichbiet.

»Es« ist herzig, drollig! Ein Ausbund an kindlichem Liebreiz, loben die Verwandten.

»Es« soll so bleiben.

»Es« bleibt nicht so.

»Es« wächst. Wird immer deutlicher ein Mädchen. Der Vater hat keine Zeit, es zu bemerken, man hat zu tun, die Familie zieht 1865, als Emily zwölf wird, von Altstetten nach der Stadt Zürich um, Johann Ludwig Spyri wird Diakon in der Kirchgemeinde Neumünster.

Emily, die jetzt die städtische Sekundarschule besucht, begleitet ihren Vater auf einem Hausbesuch. Häuser mit ihren Vorgärten und Geheimnissen. Abendglanz in den Fensterscheiben. Vater und Tochter schweigend auf ihrem Gang.

Plötzlich bleibt Emily stehen, stutzt über die Entdeckung: ein Schatten, ein einziger Schatten folgt uns!

Sie weicht an den Rand des Gehsteigs aus, läßt Vater zwei Schritte vorausgehen.

Da löst sich aus dem Vaterschatten ein zweiter.

Die Abendsonne läßt ihn anwachsen. Er ist wie lebendig, klettert die Mauer hinauf.

Emily denkt sich aus: Um Mitternacht geht ihr Schatten allein, ohne ihren Körper, durch die Gassen der Stadt. Am See, im Uferkies, streifen ihn die Füße der Liebespaare, und die Liebe streift die schattenlose Emily im Bett.

Emily, so komm doch! Vater dreht sich ungeduldig nach ihr um, er muß heim an den Schreibtisch, hinter die Sonntagspredigt.

Vater Spyri hat auch in Zürich bei Tisch immer noch seine Predigt im Kopf. Äußerst delikat, was er da sonntags unter dem Schalldeckel der Kanzel auf die Kirchgänger herabrieseln läßt. In der Neumünstergemeinde wohnen viele Gebildete: Hochschulprofessoren, Ärzte – traditionelle theologische Ansichten prallen da auf materialistische, atheistische Strömungen. Der Friede muß gewahrt bleiben, kein zweites Mal darf geschehen, was sich im Jahre 1839 ereignet hat: Sturmgeläute von den eben erst geweihten Glocken. Pfarrer und Antistes Füssli ruft das kirchentreue Volk zum Marsch gegen die Regierung auf. Sie hat das Toupet gehabt, an die neue Hochschule einen gewissen David Friedrich Strauß zu berufen, einen Württemberger, der in einem Werk über das Leben Jesu die Evangelien als Mythen und Märchen bezeichnet!

An jenem Septembertag haben die Frommen die Regierung einfach hinweggefegt, der 31 jährige Strauß wird mit tausend Franken Pension in den Ruhestand versetzt, doch schon 1845 halten die Liberalen wieder Einzug in Zürich. Nun dürfen von der Kanzel des Neumünsters keine scharfen Töne mehr kommen. Nur keinen dieser erzfrommen, pietistisch angehauchten Pfarrer mehr, heißt es. Antireligiöse Weltanschauung macht sich in der Gemeinde breit, wer gebildet sein will, läßt die Kirche links liegen. Die Sekundarschulpflege verbannt den Religionsunterricht aus der Schule und macht ihn zur Privatsache. Pfarrer Hiestand muß den Unterricht am Sonntag erteilen. An den Gemeindeversammlungen wird eine Erhöhung der Wohnungsentschädigung verworfen, *unter harten Schmähungen gegen die Pfarrer.*

Gott wird nur geduldet, wenn er sich schmal macht in diesem prosperierenden Zürich, wo die Versicherungen das Gottvertrauen ersetzen, die neuerbauten Banktempel eine feste Burg sind. Für Spyris Wahl hat seine Liberalität gesprochen. Er zeigt Verständnis für den Materialismus. Man weiß auch sein Interesse für Volkswirtschaft und Statistik zu schätzen, das ihm zugute kommt bei seiner Tätigkeit für die »Schweizerische Gemeinnützige Gesellschaft«. Nach Feierabend beschäftigt er sich mit der Linienführung der linksufrigen Zürichseebahn.

Schau, Emil, sie stranguliert die Dörfer, schneidet sie vom Seeufer ab. Die Gemeinden Enge und Riesbach protestieren. Eine neue Linienführung muß geplant werden...

Emily wundert sich über Vaters Welt. Unvermittelt kommt ihre Frage: Vater, wie warst du, als du so alt warst wie ich?

Spyri schaut seine Tochter erstaunt an, sein Blick wird

nachdenklich, wandert über ihren Kopf hinweg zum Fenster.

Ein unsicherer Knabe war ich damals... Habe ich dir erzählt, wie mein Bruder und ich als Waisen bei fremden reichen Leuten aufgewachsen sind? Das Dienstmädchen, eine Spyri, hat uns stets daran erinnert, daß wir fremdes Brot essen, am Abend mußten wir unsere Wohltäter ins Nachtgebet einbeschließen. In der Schule und später noch beim Theologiestudium, zu dem sie mich bestimmt hatten, die Furcht, meine Ersatzeltern könnten mit meinen Leistungen nicht zufrieden sein.

Arbeitest du deshalb so viel?

Sein Blick kehrt zur Tochter zurück, verwundert.

Ende Juni. Über dem See, am Rand der immer noch verschneiten Bergspitzen, stauen sich Gewitterwolken.

Am Ufer spazieren Frauen in ihren Promenaderoben, die seidenen Unterröcke rascheln.

Wie die wohl schwitzen in ihren geschnürten Taillen, in ihren Korsetts, sagt Emily zu ihrer Schulfreundin.

Iris, die Tochter des Hirnforschers Gudden, hat etwas Großstädtisches an sich, der angelernte Zürcher Dialekt ist mit hochdeutschen Brocken vermischt.

Hast du noch keine nackte Frau gesehen? fragt Iris.

Sie verneint, die Mutter wendet sich beim Anziehen verschämt ab. Schon als Kind hat sie sich gefragt, wie wohl die Frauen aussehen unter ihren Kleidern, unter den Korsetts aus Fischbein.

Iris kennt hinter dem Zürichhorn einen einsamen Badeplatz, Büsche mit silberglänzenden Blättern säumen das Ufer.

Die Mädchen entkleiden sich. Bis zum Nabel stehen sie im Wasser, ihre Oberkörper von Sonnenkringeln und Blattschatten gemustert.

Sie schauen einander an, überrascht: Wie über Nacht sind sie selbst junge Frauen geworden!

Iris mit ihren festen kleinen Brüsten, ein Schwarm glitzernder Fische schwimmt an ihrer Hüfte vorbei. Emilys Beine sehen verkürzt aus, abgewinkelt, grünlich.

Meerjungfrauen sind sie, schöner als diese Puppen oben auf dem Spazierweg, mit ihren Wespentaillen, einbandagierten platten Busen, nie wollen sie so werden, nie!

Auf den Steinen, beim Trocknen, bekommt Emily schwärmerische Augen: Wie denkst du vom Heiraten, Iris?

Die Hübsche mit den rötlichen Locken meint, die meisten Männer begehrten wohl eine unbeschriebene Frau, ein Null und Nichts, das sie noch nach Gusto formen können. Mein Mann muß mich lieben, weil ich Iris bin, so und nicht anders. Ein Mann des 20. Jahrhunderts also. Emily nickt. Genau so einen möchte ich auch.

Das Licht flirrt im Schilf, an den Bergen stauen sich die Gewitterwolken.

Versprechen wir, daß wir keinen andern nehmen wollen?

Sie lachen einander an, kommen sich nahe mit den Augen, heben die Schwurfinger der rechten Hand.

Gedanken, Vorstellungen formen sich in Emily, zu denen Vater keinen Zugang hat.

Spyri merkt nichts davon, andere Probleme nehmen ihn in Anspruch: die Cholera wütet in Zürich, 450 Menschen sind ihr in kurzer Zeit zum Opfer gefallen. Am Schreibtisch entwirft er Richtlinien für die Krankenpflege, noch einmal muß alles überdacht sein, bevor er die Unterschrift unter das Papier setzt.

Da klopft es an der Türe des Studierzimmers.

Emily. Sie stellt sich vor ihn.

Der Sitzende staunt, als er plötzlich zu ihrem Gesicht aufschauen muß. Er entdeckt zum ersten Mal die Helligkeit der Haut, von der die kräftigen Brauen, die tiefliegenden Augen sich abheben, die ungewöhnliche Linie des Mundes. Da liegt in den Winkeln etwas Spöttisches, auch die vorgeschobene Unterlippe gefällt ihm nicht. Dann dieser plötzlich aufgeschossene Körper. Schlank, biegsam.

Die Brüste unter der zu eng gewordenen karierten Barchentbluse.

Es rührt ihn an, es trifft ihn: Sie ist eine junge Frau geworden. Wie hat er das übersehen können.

Höchste Zeit, seine Erziehungspflichten nachzuholen. Eigenwillen, Intelligenz, Beweglichkeit hat er an seiner Tochter bewundert, aber gerade diese Eigenschaften, das sagt auch der Pädagoge Campe, verkehren sich unter dem Vorzeichen der Weiblichkeit in ihr Gegenteil. Eigenwille wird bei Frauen zu Eigensinn, Intelligenz zu Vorwitz, Beweglichkeit zu hochfliegender Phantasterei.

Emily hat die vierjährige Sekundarschule abgeschlossen. Mit dem obligaten Haushaltjahr in der französischen Schweiz will man noch zuwarten. Zu Hause kann sie genug lernen, Arbeit gibt es in dem 9-Personenhaushalt zuhauf.

Jetzt steht sie da. Schaut auf ihren Vater herab. Nimmt auch ihrerseits wahr, daß die Zeit ihn verändert hat. Sein Gesicht hat sich vergröbert, verbreitert. Wie sein Vorgesetzter Hiestand, erster Pfarrer am Neumünster, trägt der Diakon nun die modischen Koteletten, einen Backenbart, links und rechts am Ohr vorbei zum Kinn, nur das Mittelstück des Kinns bleibt frei.

Und? Er greift nach dem Zwicker, heißt sie sprechen. Deutet an: Auf dem Tisch liegt Dringliches, er will eine Unterschrift setzen.

Was soll aus mir werden? bricht es aus ihr heraus. Spyri nimmt den Zwicker ab. Mustert die Tochter mit nackten Augen, verzieht amüsiert den Mund. Was du werden sollst? Ist das eine Frage? Schau dir deine Mutter an.

In Emilys Wangen schießt die Röte.

Die Mutter ist hochschwanger.

Sie erwartet nochmals ein Kind, einen Nachzügler.

Diese siebte, nicht mehr gewünschte Schwangerschaft macht der Mutter Beschwerden, mit eingebundenen Beinen besorgt sie, so gut es geht, die Hausgeschäfte, Emily soll sich für sie bücken, ihr beim Einkaufen die Taschen tragen. Man tuschelt in den Geschäften hinter ihrem Rücken: schwanger, obwohl die älteste Tochter schon siebzehn ist, verlobt.

Hast du denn das Kind noch wollen, Mutter?

Das halbe Dutzend hätte mir genügt, gibt sie zu.

Warum bekommst du es dann?

Die Mutter versucht vorsichtig, Emily aufzuklären. So ein Kind kommt einfach, eine Naturgewalt, die man hinnehmen muß. Emily kapiert: Die Frau ist ausgeliefert, dem Ehemann, ihrem Los als Frau.

Sie denkt darüber nach, während sie wütend die Böden schrubbt und Geschirr spült, die Strümpfe der jüngeren Geschwister stopft. Angst steigt in ihr hoch. Sie sieht sich in eine Falle gehen, jetzt schon, mit fünfzehn.

Der Vater spürt ihren nach innen gewendeten Trotz. An einem Sommertag unterbricht er seine Arbeit, ruft Emily ins Studierzimmer. Sagt Sätze wie: Ehefrau und Mutter, das ist die innerste, die ursprünglichste Berufung der Frau.

Opfer und Verzicht. Das sollst du beizeiten einüben.

Ich will aber lernen, widerspricht sie. Die Schule fehlt mir.

Ich könnte ja Lehrerin werden, zum Beispiel.

Der Vater schiebt den angefangenen Zeitungsartikel zur Seite, wird grundsätzlich: Er ist gegen weibliche Lehrer. Die Physis der Frau, ganz auf Empfangen und Gebären ausgerichtet, eignet sich nicht für den öffentlichen Dienst. Das weibliche Gemütsleben ist Schwankungen unterworfen, die Kinder an der öffentlichen Schule aber brauchen Disziplin, eine feste, männliche Hand. Der Kinnwulst reckt sich, bewegt sich beim Sprechen, verleiht den Sätzen Nachdruck.

Emily inspiziert mit den Augen Vaters Backenbart, entdeckt Graues, Widerborstiges. Gegen das linke Ohr zu schüttere Stellen.

Er spricht immer noch. Weiß, was für sie gut ist.

Die Mutter hat mich aus ihrem Leib entlassen, denkt Emily, aber der Vater hat mich noch nicht aus seinem Kopf geboren.

Er weiß mich, bevor ich mich kenne.

Werde ich nach dem Bild in seinem Kopf, sterbe ich noch ungeboren.

Das Jahr 1868 bringt erfreuliche Ereignisse für die Familienchronik der Spyris. Das Kind der Mutter kommt zur Welt: ein Knabe, Heinrich.

Vaters Bruder, Bernhard Spyri, ist zum Stadtschreiber avanciert, er zieht mit seiner Frau Johanna und dem Sohn Bernhard in die Amtswohnung im Stadthaus um.

Sie sind zu einer Antrittsvisite eingeladen.

Emily ist neugierig auf diese Tante, von der sie weiß, daß sie in kein Schema paßt. Noch hat Johanna Spyri ihren Welterfolg ›Heidi‹ nicht geschrieben, noch hat sie überhaupt kein Buch veröffentlicht. Aber im Freundes- und Familienkreis weiß man, daß die Stadtschreibergattin vormittags Geschichten ausdenkt, schon ihre Mutter, Meta Heusser, Arztfrau auf dem Hirzel, war Liederdichterin. Man lächelt nachsichtig, gönnt ihr die Extravaganz. Belegt dann mit lächerlichen Geschichtchen, daß es ihr dafür – wie kann es anders sein – an Hausfrauentugenden fehlt.

Sonntag nachmittag. Die Plüschstühle in der Stadthauswohnung von dunklem Kirschrot, man sitzt unbequem, beschnuppert sich, ziert sich.

Spyris gegenüber Spyris.

Die Erwachsenen reden eine Weile über Musik, wohl wissend, daß der Stadtschreiber ein Wagner-Freund ist. In den fünfziger Jahren, als Redaktor an der ›Eidgenössischen Zeitung‹, ist er oft mit dem in Zürich im Exil lebenden Komponisten im Café Orsini zusammengetroffen und hat seine Werke in Artikeln gefördert. Man weiß aber auch, daß Johanna Wagner nicht ausstehen mag. Sie sagt es frisch heraus: seine Musik ist schwülstig, Schwefelgeruch durchzieht sie...

Man legt das Thema Wagner beiseite. Schmunzelt noch ein bißchen über Johannas »Bergnatur«, ihre Art, sich mit einer eigenwilligen Äußerung in Widerspruch zu ihrem Ehemann zu bringen. Der Ehemann läßt sich nicht provozieren. Schade. Er denkt wohl schon wieder an seine Akten. Mittags bei Tisch soll er einen Stapel Papiere und Zeitungen neben seinen Teller legen, kaum hat er die Suppe gelöffelt, verschanzt er sich hinter den Blättern.

Emily fühlt sich beobachtet, weiß nicht, wohin mit ihren lang gewordenen Beinen.

Wo bleibt denn Cousin Bernhard? fragt sie.

Er spielt im Knabenchor, sonntags wird geprobt. Er sollte aber jeden Moment kommen. Johanna steht auf, stößt einen Fensterflügel auf.

Die Möbel im Raum sind dunkel und schwer mit ihren gedrechselten Säulen, geschweiften Profilen. Ein Zimtgeruch liegt im Zimmer wie von fremdländischem Holz; ja, Jacaranda, sagt Johanna, ihr Bruder Christian Heusser hat Truhen und Schränke aus Brasilien schicken lassen. Durch die Fensteröffnung strömt Seeluft, zwischen Uferbäumen sieht man die Wasserfläche schimmern.

Schade, daß es so kühl ist, sagt Johanna. Sie empfange Gäste gerne im Rosengarten. Sie wolle ihnen später ihren Rosenweg zeigen, von den Stunden am Schreibtisch erhole sie nichts schneller als ein kleines Gespräch mit Rosen. Ein Lächeln kommt in ihr Gesicht. Huscht gleich wieder weg, läßt die breitflächigen, herben Züge im Schatten.

Emilys Vater erkundigt sich nach Spyris neuer Tätigkeit im Stadthaus.

Onkel Bernhard erzählt von Protokollen, Akten, seine Stimme wird papieren.

Emily beginnt sich zu langweilen, fingert an der Fransenborte des Armsessels herum, flicht Zöpfchen, psst, Emily, die Mutter schießt ihr einen Blick zu.

Ab und zu versiegt Onkel Bernhards Redefluß, die dünnen Lippen machen Schnappbewegungen. Daß Emily jetzt nur nicht lacht. Mutter schießt erneut Blicke ab.

Zum Glück wechselt man an den Teetisch. In der Mitte thront das in ganz Zürich bekannt gewordene Zierstück: ein Samowar, ja, echt, direkt aus Rußland.

Johanna lobt überschwenglich die Qualitäten des silbernen, filigranschnörkligen, teekochenden Monstrums.

Die Stadtschreiberin hat ihn einer in Geldnöten befindlichen russischen Studentin abgekauft. An Gesellschaftsabenden lacht man in Zürich über die Johanna-Geschichte, die Frau Meyer, die Mutter des Dichters Conrad Ferdinand Meyer, erzählt haben soll:

Johanna hat einer Frau von Sternberg Tee serviert. Darauf hat sie die Flamme unter der Teemaschine ausblasen wollen. Keck wie eine Küchenmagd hat sie geblasen, dabei sei die *feinorganirte* Sternberg fast ohnmächtig geworden durch den übelriechenden Atem der armen Johanna...

Der Tee aus dem Samowar hat einen leichten Vanillegeschmack.

Schmeckt er dir, Elise? Johanna gießt nochmals ein.

Emilys Mutter sagt, mit einem Blick auf den Samowar:

Immer mehr Russinnen immatrikulieren sich an der Zürcher Universität... Ich verstehe die Langmut der Behörden nicht, hakt Vater ein. Man verlangt von den ausländischen Studentinnen nicht einmal ein Maturitätszeugnis!

Vermutlich will man sich kosmopolitisch geben, aber mir kann man nichts vormachen: Kaum eine dieser Russinnen kommt wirklich zum Studieren. Die angeln sich hier einen Ehemann oder bereiten die Revolution vor.

Aber die Suslowa! wirft Emily ein. Sie praktiziert in Petersburg als Frauenärztin und ist mit einem Schweizer Mitstudenten verheiratet: Ehrismann, ein Augenarzt...

Also, doch stud. marriage! Vater lacht.

Emily ärgert sich über die Art, wie Vater ein Thema mit einem rumpelnden Lachen vom Tisch fegt. Widerreden schießen ihr in den Kopf, aber da kommt Cousin Bernhard, fährt ein wie ein Wirbelwind, angelt sich das letzte Stück Kuchen. Der um zwei Jahre jüngere Cousin ist wohl aus einem Kuckucksei geschlüpft, paßt nicht in die Amtswohnung zwischen Jacarandaholz und Plüsch.

Johanna hat seine musikalischen Talente gerühmt, die soll er jetzt vor den Gästen beweisen. Der Dreizehnjährige läßt sich nicht lange bitten, spielt eine Polka, über dem Geigenbogen zwinkert er seiner Cousine zu.

Emilys Eltern klatschen. Bemerkenswert. Was soll aus dem begabten Knaben werden?

Er möchte Musik studieren, sagt Tante Johanna. Er wird Jurisprudenz studieren, sagt Onkel Bernhard.

Und Emily? Im Kreuzfeuer der Blicke fragt die Tante nach ihren Plänen. Emily wird verlegen. Wenn es nach Vaters Plan geht, fahre ich im nächsten Frühling ins Welschland, nach Neuchâtel.

Aha, in die »Löffelschleife«, um den letzten Schliff für den Heiratsmarkt zu erhalten, man lernt gutbürgerliche Küche, ein paar Krumen Französisch, spielt Klavier...

Ich will aber Lehrerin werden, unterbricht Emily sie. Sie fordert ihren Vater mit einem Blick heraus, hört befriedigt, wie er nach dem Reizwort schnappt: Frauen, Gemütsschwankungen, fragile Physis...

Johanna widerspricht: Und doch vertraut die Natur die Kindererziehung den Frauen an!

In der Familie, liebe Johanna! Da liegt der Unterschied. Was aber passiert in der öffentlichen Schule, wenn die Frau ihre Tage hat? Verzeih, daß ich das erwähne!

Johanna kann sich ein Lächeln nicht verkneifen.

Wie immer, wenn er auf Widerspruch stößt, redet sich Spyri in Eifer. Er reckt sein Kinn, der Bart sticht in die Luft wie ein Horn: Ein Freier kommt, und die Lehrerin hängt den Beruf an den Nagel. Nicht nur in der Wirtschaft, auch hier muß man sich nüchtern fragen, hat sich der Aufwand an Geld und Kräften gelohnt?

Es gibt aber immer mehr Frauen, die freiwillig oder unfreiwillig keine Ehe eingehen, Schwager.

Nun, was meine Emily betrifft, so gehört sie bestimmt nicht zu dieser Gruppe, da bin ich Prophet!

Die Gesichter der Redenden haben sich erhitzt. Rote, drehende Schleifscheiben, Wortstaub fliegt auf. Alles muß weg, was aneckt: Emilys knochige Ellbogen, die spitzen Knie, die Rotznase, Trotznase, das Kinn, der Schmollmund. Einen Löffel möchten sie aus ihr machen, hübsch poliert. Jeder kann sich darin spiegeln. Die Löffelschale füllt sich willig, wird zum Werkzeug auf dem festlich gedeckten Bürgertisch.

Du denkst, was die Frau angeht, recht konservativ, Schwager. Stimmt es, daß du öffentlich gegen eine Frauenbadeanstalt im See eingetreten bist?

Eine Ansammlung von halbnackten Frauen, weder hygienisch noch ästhetisch. Das gute Geld der Stadt Zürich ist mir für eine solche Einrichtung zu schade.

Mir scheint, du schießt übers Ziel.

Glaubst du, Schwägerin?

Stadtschreiber Spyri sitzt stumm da mit einem Foliantengesicht. Vater redet, redet. Emily entzieht sich seinen Wörtern, den sich drehenden Schleifrädern. Trotzig sitzt sie da, wird eckig, kantig, kratzbürstig.

Beim Abschied nimmt Johanna Emily zur Seite: Es freut mich, wenn du einmal allein kommst. Aber schreib mir vorher zwei Zeilen. Unangemeldete Besucher sind mir ein Greuel!

Die Dampfmaschine, Emil.

Spyri zeigt seiner Tochter eine Abbildung in den Braunschweiger Heften. Weist auf den populärwissenschaftlichen Text hin aus der Feder des Gelehrten Helmholtz: *Die Wassercirculation in der Atmosphäre hebt wie eine Wasserhebmaschine aus tropischen Meeren Dampf auf die Höhe der Berge…*

Die Welt eine gigantische Dampfmaschine.

Gottes Finger am Hebel, in grauer Vorzeit. Einmal in Gang gesetzt, funktioniert sie von allein...

Dann kann man also Gott entlassen? unterbricht ihn Emily.

Der Pfarrer schaut mit gerunzelter Stirn auf seine Tochter.

Das geht zu weit, Emil. Wo hast du das gehört? Bei Iris Gudden?

Gudden, Ordinarius für Psychiatrie, Leiter der neuen Irrenanstalt Burghölzli. Emily zieht Iris den anderen Mädchen in der Nachbarschaft vor. Spyri teilt Emilys Begeisterung nicht, ihm mißfällt, daß Gudden mit seiner Familie nie einen Gottesdienst besucht. Ich mag nicht, wenn du in diesem Haus verkehrst, Emily. Freigeister, kein Umgang für eine Pfarrerstochter.

Pfarrerstochter! Wie sie diesen Ausdruck haßt, mit dem sie oft geneckt worden ist in der Schule. Nur Iris hat sich nie um Emilys Herkunft gekümmert, für sie zählt nur Emily selbst.

Kannst du schweigen? hat Iris gefragt. Dann nehme ich dich mit, ins Burghölzli.

Hinter dem Hauptgebäude, im ansteigenden Teil des Parks, schirmt sie der hohe Baumbestand vor Guddens Blicken ab, der Arzt hat die Gewohnheit, über die Köpfe der Patienten immer wieder hinauszuschauen ins Grüne, als schöpfe er da draußen Kraft. Er hat seiner Tochter verboten, Schulkameradinnen mitzubringen ins Areal der Irrenanstalt.

Ein Schauer der Heimlichkeit. Auf diese Kieswege ist noch kein Vaterschatten gefallen. Die Pfade ziehen sich durch waldiges Gelände, es hat geregnet, Dunst steigt vom Boden auf, hängt zwischen den Zweigen.

Aus dem Dunst taucht ein Mann auf, mit weit aufgerissenen blauen Augen geht er vorbei, den Kopf schräg geneigt. Wladimir, ein gelehrter Russe, ist hellsichtig, lebt schon in der Zukunft. Freiwillig hat er sich an der Pforte der Irrenanstalt gemeldet, hier läßt man ihn in Ruhe mit den traurigen Szenarien seines 20. Jahrhunderts.

Eine junge Frau, die mit einem Unsichtbaren redet, hat im Vorbeigehen Emily am Ärmel gestreift.

Feinfühlige Menschen, die einfach weggingen durch das von Scheu umwitterte Portal des Irrsinns, ziehen hier ihre weißen Kreise, gehen auf Mondstaub.

Hinter dem Ökonomiegebäude umarmen sich Männer, still stehen sie da, nur halb bekleidet, bewegungslos. Für Statuen könnte man sie halten in ihrer stummen Verzükkung.

Es gibt Männer, die Männer lieben, sagt Iris. Unzimperlich spricht sie von Dingen, von denen ihre Altersgenossen keine Ahnung haben. Noch eine Weile gehen sie herum, in dieser von milchigem Dunst erfüllten Anderswelt. Weitab Zürich mit seiner Geschäftigkeit, seinen Spyris.

Pfarrhelfer Spyri, der nicht ahnt, wo seine Tochter war, klagt bei Tisch über die amoralischen Zustände in der Irrenanstalt. Schnurrenberger, der Verwalter, dulde Homosexualität und Prostitution. Gudden zeige zuwenig Rückgrat, lasse Schnurrenberger, diesen Hausmeier, schalten und walten. Schnurrenberger, der von den Demokraten im Regierungsrat unterstützt wird, schreibt in Lokalblättern Hetzartikel gegen die Leitung des Burghölzlis, macht aus den Ärzten komische Figuren, das muß schlecht enden, glaub mir, Emil.

Ist Ihnen nicht wohl, Frau Kempin?

Die Wärterin beugt sich über sie, wischt mit einem Tuch über ihre Stirn: Sie schwitzen.

Ich höre eine Eisenbahn rattern, Clarissa Rosa. Sie muß hier dicht vorbeifahren, ich spüre die Wände vibrieren, auch das Fensterglas klirrt.

An der Friedmatt? Sie täuschen sich. Hören nur die Wipfel der Bäume rauschen, ich schließe das Fenster, Frau Kempin.

Emily, von ihrem Welschlandjahr zurück, beugt sich neben Vater in seiner Studierstube über graphische Darstellungen. Spyri bemerkt, daß sie erwachsen geworden ist, der Ausdruck des Gesichts auf eine erfreuliche Art gefestigt, eine Rührung streift ihn.

Was ist das, Vater?

Die Eisenbahn im Vormarsch. Schienenstränge rund um die Welt. Längs der Eisenbahnlinien die Telegraphenmasten. Durch die Technik wird die Erde ein Leib aus Muskeln und Nerven.

Sie schaut ihm voll ins Gesicht, die Augen bekommen einen spöttischen Ausdruck, die Oberlippe kräuselt sich: Das tönt poetisch.

Spyri redet sich in Eifer: Es gibt Poeten der Eisenbahn. Carl Maria von Webers Sohn zum Beispiel, sein Vater hat ihm den Namen des Freischützhelden gegeben, Max. Er ist Leiter des sächsischen Maschinenwesens und hat Gedichte geschrieben *Vom rollenden Flügelrade*.

Willst du sie lesen?

Ich weiß nicht.

Und Helmholtz vergleicht die Verbindung von Dampf und Maschine mit einer Ehe. Der männliche Dampf: aufbrausend, cholerisch. Die Gattin Maschine: manierlich, nützlich.

Sie blickt Vater an, auf ihre neue, direkte Art. Lacht.

Emily soll unter Anleitung der Mutter, der perfekten Hausfrau, die im Welschland erworbenen Kenntnisse in die Praxis umsetzen.

Vormittags sind Kartoffeln zu schälen für die Großfamilie, das kleine Dienstmädchen, erst fünfzehn, ist, alleingelassen hinter diesen braunen Bergen, verloren.

Tag für Tag, morgens, mittags, abends, sperren sich hungrige Mäuler auf.

Abends beugen sich die Frauen über löchrige, vom vielen Waschen verfilzte Wollsocken.

Eine Tretmühle, so ein Haushalt, stöhnt die Tochter. Man lebt ja nur für das. Verpaßt das Leben.

Damit andere leben können, sagt die Mutter.

Der Vater ist eine über Zürich hinaus einflußreiche Persönlichkeit geworden: Präsident der Rütlikommission, Präsident der »Schweizerischen Gemeinnützigen Gesellschaft«, Redaktor der 1860 von ihm gegründeten Zeitschrift dieser Gesellschaft.

Er versprüht Energie, erreicht jedes gesteckte Ziel.

Nur auf oppositionelle Meinungen reagiert er empfindlich, sehr empfindlich. Selbst der euphorische Nachruf in der ›Neuen Zürcher Zeitung‹ wird dies Jahre später nicht verschweigen.

Seine eher unbedeutende Stellung als zweiter Pfarrer am Neumünster macht er wett durch seine Nebenbeschäftigung mit Volkswirtschaft und Statistik, er gewinnt die Achtung von Industriellen und Eisenbahnbesitzern.

Einer der jungen Eisenbahnaktionäre ist gekommen, um sich Spyris Statistiken anzusehen.

Vater möchte, daß du den Kaffee servierst, Emily. Man braucht dich ja nicht zu verstecken. Die Mutter lächelt vielsagend.

Emily klopft, setzt das Tablett mit den Kaffeetassen auf den Schreibtisch zwischen die Eisenbahnblätter.

Sie spürt den Blick des jungen Mannes, auf seine Fragen antwortet sie knapp, schnippisch.

Spyri findet, seine Tochter brauche, um eine wirklich gute Partie zu machen, noch Schliff. Kein Pensionat ersetzt in dieser Hinsicht das Elternhaus.

Niemandsland zwischen Kindheit und Ehe.

Wenn nur Iris Gudden noch da wäre, aber während Emilys Aufenthalt in der Westschweiz ist Iris mit ihrer Familie nach München gezogen. Studiert sie wohl dort? fragt Emily ihren Vater.

Spyri erklärt seiner Tochter, daß in Deutschland die

Universitäten den Frauen noch nicht geöffnet sind, nur in Zürich glaubt man, großzügig sein zu müssen.

Bertha, eine Kameradin aus der Schulzeit, hat plötzlich einen gespannten Ausdruck um Mund und Nase, blickt kaum auf, wenn Emily kommt. Sie häkelt Bordüren an Leintücher, acht Stück liegen schon gebündelt, vier müssen noch dazukommen, oder glaubst du, ich brauche davon 24, Emily? Briefe von einer männlich schwungvollen Hand liegen wie absichtslos auf der Kommode. Willst du dich verloben? Noch nicht. Die Eltern raten, noch abzuwarten.

Und du, Emily? Worauf wartest du?

Wenn ich das wüßte.

Emily beginnt die studierenden Russinnen zu beobachten. Diese unverschämte Art des Umgangs zwischen Männlein und Weiblein.

Ein Einfluß, vor dem du dich hüten solltest, findet ihre Mutter.

Emily steht auf der Terrasse der Hochschule, von der man weit über Zürich blicken kann, Rampe der Wissenschaft heißt sie, man schwebt auf ihr über den Dächern der Altstadt. Junge Frauen kommen aus dem Universitätsportal, zusammengebundene Hefte unter dem Arm, lachend, im Gespräch mit Kommilitonen.

Die meisten wohnen zur Untermiete in den bürgerlichen Häusern mit den schmiedeeisernen Zäunen um die Vorgärten: Region Oberstraß und Platte. Unauffällig gehen sie durch Zürich, nur Einzelfälle geben zu reden: die Lubatowitsch, zum Beispiel. Wer neu aus ihrer Heimat an die Universität kommt, holt sich bei ihr Auskunft über Immatrikulation und Vorlesungen.

Die Lubatowitsch trägt einen unverschämt kurzen schwarzen Rock, den Matrosenhut schräg aufgesetzt, so daß man den provozierend männlichen Haarschnitt erkennen kann. Wie lässig sie sich den Schal um den Hals legt. Nonchalant. Mir nichts, dir nichts geht sie mit diesem wehenden, golddurchwirkten Ding die Universitätsstraße hinab, steckt sich eine Zigarette an, raucht auf offener Straße. Und wenn sie mit jemandem spricht, hält sie eine bernsteinfarbene Zigarettenspitze zwischen den Fingern.

Da ist die Schlikoff diskreter. Deren Mutter ist aus Rußland mitgekommen, hat für ihre Tochter erst eine welsche Gesellschafterin angeheuert, ein Fräulein Margueret. Nach einem Augenschein hat die Mutter die Pensionen und Zimmer in Fluntern und Oberstraß zu vulgär gefunden für ihre Tochter und zwei Räume an der Freiestraße gemietet. Jetzt wohnt sie Wand an Wand mit der Suslowa, die mit Ehrismann aus Petersburg zurückgekommen ist. Die Ehe soll hörbar schlecht gehen.

In Fluntern und Oberstraß sind russische Kolonien entstanden. Die Männer haben Bärte, es heißt, sie brüteten revolutionäre Gedanken aus, und ihre Landsmänninnen stünden ihnen in nichts nach, diskutierten mit Vehemenz über den Umsturz in Rußland, läsen Dostojewski, Tolstoi, Turgenjew.

Die meisten Frauen studieren Medizin.

Die paar deutschen Studentinnen an der Universität geben weniger zu reden, sie sind eifrig, schon in reiferem Alter. Franziska Tiburtius zum Beispiel, eine schöne, hochgewachsene Blondine.

Fast keine Schweizerinnen unter den Studentinnen. Die erste, die es gewagt hat, die aus Brugg stammende Marie Vögtlin, studiert Medizin.

Würden dich deine Eltern studieren lassen, Bertha?

Ach wo. So etwas Ausgefallenes wie eine Studierte will keiner heiraten, sagen meine Eltern.

Studieren? Spyri schüttelt hinter der Abendzeitung den Kopf.

Das weißt du doch selbst, Emily, der Zug ist abgefahren. Du kannst kein Latein, warst nie im Gymnasium. Seit diesem Jahr werden auch von den Frauen Maturitätszeugnisse verlangt.

Und Mutter, die sich über eine Stickerei beugt: Wenn der Richtige kommt, werden dir solche Flausen vergehen. Eine Verliebte schickt sich in ihr Frauenlos.

Ist Liebe eine Falle? denkt Emily.

Unter der Linde neben der Neumünster-Kirche spielen die jüngeren drei Schwestern Heiraten, Kinder Taufen. Durchs Fenster sieht Emily sie Ringelreihen tanzen.

Abgedroschener Singsang, alles wiederholt sich, dreht sich im Kreis, zum Wahnsinnigwerden.

Emily flieht zum See hinunter. Möwen kreischen, ziehen ihre Kreise durch die Luft. Wissen sie, wonach sie hungern?

Weiß sie selbst, was sie will?

Auf einer Bank, unweit der Amtswohnung des Stadtschreibers, verschlingt sie das nur 33 Seiten dicke Büchlein der Tante Johanna. Der Erstling ist in Bremen erschienen. Auf dem Einband ist die Autorenangabe verschlüsselt: *Ein Blatt auf Vronys Grab von J. S.*

An einem späten Nachmittag im September geht Emily zur Tante ins Stadthaus, unangemeldet.

Es regnet, See und Ufer verschmelzen zu monotonem Grau.

Das Dienstmädchen öffnet die Tür, erkennt Emily, meldet Johanna Spyri, die am Schreibtisch sitzt, den Besuch an.

Die läßt Emily einen Moment warten, bittet sie dann in den kleinen Altan.

Von dem Erker aus, drei Stufen über dem Wohnraum, sieht man auf den See. Sie empfange, seit sie so viel am Schreibtisch sitze, die Besucher stehend, gehe, während sie spreche, am liebsten auf und ab. Ja, ein neues Buch ist im Entstehen.

›Daheim und in der Fremde‹, so wird es wahrscheinlich heißen.

Emily entschuldigt sich für die Überrumpelung. Sie

habe in einem Zug ihre Geschichte ›Ein Blatt auf Vronys Grab‹ gelesen. Packend geschrieben…

Johanna lächelt. Sie mag die Begeisterungsfähigkeit junger Mädchen, doch in dem Gesicht der Nichte zeichnet sich etwas ab, das sie verunsichert. Da liegt Wildheit, Trauer.

Was soll aus mir werden, Tante? bricht es heraus. Vater will, daß ich wie Mutter werde. Niemals will ich das, niemals!

Johanna ist einen Moment erstaunt, ratlos.

Zum Glück erscheint die Magd mit Holundersirup. Von den Sträuchern hinter dem Doktorhaus auf dem Hirzel, sie schmecken nach meiner Kindheit, sagt Johanna. Sie leert das Glas in drei Schlucken, unzimperlich wie ein Mann. An ihrer Hausjacke fehlt unten ein Knopf.

Die ungeputzten Fenster, die Staubschichten auf den gedrechselten Säulen der Kolossalmöbel, Emily nimmt alles wahr durch den von der Mutter geschärften Blick. Es nimmt sie für die Tante ein, daß der Haushalt ihr offensichtlich, wie man in Zürich sagt, eine »quantité négligeable« ist.

Sie faßt Zutrauen zu diesem herben, fast bäuerlichen Gesicht.

Tante, sagt sie, ich möchte auch Schriftstellerin werden.

Ein amüsiertes Zucken spielt um Johannas Mundwinkel. Schreibst du denn?

Emily nickt: Insgeheim. Zwei Gedichte bis jetzt und der Anfang einer Missionarsgeschichte.

Die Tante sieht sie aufmerksam an, öffnet den Mund, aber da kommt Cousin Bernhard vom Gymnasium, und alles beginnt sich um ihn zu drehen. Er wirft seine Mappe auf den Teppich, stöhnt über die Lateinaufgaben. Eine ellenlange Liste von Wörtern, und er möchte viel lieber Geige spielen!

Lies mir einen lateinischen Satz vor, bittet Emily. Und während Johanna nach dem Dienstmädchen klingelt, psalmodiert der Sechzehnjährige den lateinischen Satz wie ein katholischer Priester bei der Messe.

Wozu brauchst du Latein? fragt die Cousine.

Für die Maturitätsprüfung. Danach kann ich an der Universität studieren, was ich will, aber ich möchte im Leben nichts anderes als nur immer musizieren.

Johanna mischt sich ein: Kunst ist ein unsicherer Beruf, das weißt du doch, Bernhard. Hör auf Vater! Du kannst als Jurist immer noch Geige spielen. Wer Jurisprudenz studiert, leiht dem Guten, dem Richtigen seine Stimme. Schwachen, die übervorteilt werden, verhilft er zu ihrem Recht. Er entscheidet, was gut und gerecht ist. Mehr als andere Menschen verändert der Jurist die Welt... Emily hört staunend zu. Beneidet den um zwei Jahre Jüngeren, bei dem alles so selbstverständlich läuft: Latein, Matura, Studium, Beruf. Ein Plan zieht sich durch, die Eltern sind besorgt, alles dreht sich um seine Zukunft. Und sie? Hat sie eine Zukunft?

Könnte ich noch Lateinstunden nehmen, Tante?

Warum nicht? An der Höheren Töchterschule wird ein Grundkurs angeboten, er läßt dich Sprachvergleiche ziehen mit dem Französischen, Italienischen. So bist du in der Lage, deinen Kindern später bei den Hausaufgaben zu helfen. Die Ausbildung der Frau soll der künftigen Familie dienen, in diesem Punkt gebe ich meinem Schwager Johann Ludwig recht: *Der Hausstand ist der einzige würdige Wirkungskreis der Frau.*

Die Tante, jetzt mit dem Rücken zum Fenster. Das Haargeflecht drückt, macht den Kopf unförmig. Die Mundwinkel werfen Schatten. Der Nachmittag klingt anders aus, als Emily es sich gedacht hat: Bernhard spielt einen traurigen Walzer, sein Blick wird abwesend.

Wie die Johanna ihr einziges Kind betrachtet, ihren Sohn, der die Wange auf seine Geige legt. Emily hat sie zu jemandem sagen gehört: *So begabt, daß er auch die Mutter zu großen Hoffnungen berechtigt.*

An einem Sonntag im Juli soll Emily ihre Schwestern zum Seeufer begleiten. Spyri, Gegner der geplanten Frauenbadeanstalt, duldet es, daß seine Töchter an einer abgelegenen seichten Stelle des Ufers mit bloßen Füßen ein paar Schritte in den See waten. Schwimmen haben nur die Buben gelernt, ihnen steht zu, sich vor allen Augen bei der Schifflände zu tummeln. Vom Wasser aus sehen sie die Spyrimädchen am Uferweg vorbeigehen. Emily hört ihren Namen rufen. Cousin Bernhard! Er springt von einem der Pfähle, taucht prustend aus dem Wasser.

Da streift Emily ihr Kleid ab, steht da im langen Unterrock aus Batist. Schlüpft aus Strümpfen und Sandalen und geht, ohne lange zu fackeln, ins Wasser. Schon steigt es ihr an die Brust, an die Kehle, die Schwestern kreischen vor Angst. Emily hat zu Hause nicht erzählt, daß sie im letzten Sommer am Neuenburgersee schwimmen gelernt hat. Sie sehen Emilys Kopf treiben mit dem aufgelösten blonden Haar. Mit schnellen Zügen kommt sie vorwärts, die Jungen versuchen ihr zu folgen. Sie schaffen es nicht. Emily schwimmt, schwimmt wie um ihr Leben ins Offene, in diese flimmernde Grelle.

Dieses Licht in New York.

Jeden Morgen explodiert dieses unwahrscheinliche, südliche Morgenlicht an der gegenüberliegenden Hausmauer.

Kaum ist sie nach endlosem Wälzen doch noch eingeschlafen, ist der Tag knallhell wieder da.

Aus der Straßenschlucht steigt ein brandendes Geräusch herauf.

Die Adern der Avenuen pumpen Menschen durch Manhattan.

Wo aber ist das Herz der Stadt? Der Washington Square spiegelt für Emily die Vielfalt des Kosmos New York, rund um die Uhr ist er von Leben durchpulst.

Unter Bäumen flanieren, in der immer noch milden Novemberluft.

Einmal eine Frau sein wie jede andere.

Der lange Taftrock knistert beim Gehen, die Sonne wärmt den Kopf mit der aufgesteckten Frisur.

Emily liebt es, auf der Nordseite des Platzes den Säulenfassaden entlangzugehen. Man spürt die Nähe zum Financial District, einflußreiche Leute sollen in diesen Häusern wohnen.

Aber Agnes drängt zu den Künstlerkneipen auf der Südseite des Platzes, wo Musikanten irische Volkslieder spielen. Studenten kommen in Gruppen von der Universität herunter, durch die Kronen der Bäume fallen Sonnenkringel, Tauben fliegen auf.

Zwischen Hausmauern das Backsteinrot einer presbyterianischen Kirche. Die Universität sieht neben den zwei Türmen der Old Dutch-Kirche pittoresk aus. Emilys Blick kann sich nicht lösen von diesem Gebäude, das man mit dem hochgezogenen, spitzbogigen Fenster in der Mittelachse für eine Kirche halten könnte: Seit dem September liegt dort ihr Gesuch.

Schon dreimal hat sie auf dem Sekretariat vorgesprochen. Noch keine Antwort?

Der junge Mann mit dem verträumten Blick hinter der Brille hat den Kopf geschüttelt: Das dauert seine Zeit, Madam.

Und das in New York? Sie hatte ihn angeschaut, gequält gelacht.

Sogar in New York, Madam.

Da mag rundherum alles hasten, vorwärts drängen, im Schatten der neugotischen Universitätsmauern steht die Zeit still.

Er hat ihr, um sie zu beruhigen, die Kopie des Protokolls gezeigt, in dem ihr Gesuch erwähnt ist:

November 5, 1888:

Der Vizekanzler der Universität leitet das Gesuch der Miss Emily Kempin, LL.D., als Studentin an der Rechtsfakultät angenommen zu werden, zur Entscheidung an das Law Committee weiter.

Sie hat nichts anderes begehrt, als in ihrer Eigenschaft als voll ausgebildete Juristin als Hörerin angenommen zu werden! Und das überlegt man sich. Schiebt den Entscheid von einer Instanz zur andern. Dabei ist sie nach New York gekommen mit der Absicht, Recht zu lehren! Was muß sich da noch alles bewegen, bis sich dieser Wunsch erfüllt?

Soll ich nächste Woche wiederkommen?

Nein, lieber in vierzehn Tagen, Doktor Kempin.

Es wird Mitte Januar, bis der Bericht eintrifft.

Jan. 7, 1889:

Dr. William Allen Butler hat zuhanden des Law Committees die mündliche Empfehlung abgegeben, daß Miss Emily Kempin, LL.D., gestattet werden soll, an der Rechtsfakultät Vorlesungen zu besuchen.

Das *Kempin* ist im Text durchgestrichen, am Rand steht als Korrektur: *Kempen.*

Als ich auszog Glück kaufen
in Arkadien
Lerchen flogen mir voran
Rose Ausländer

Ende Januar bläst der Wind dürre Blätter in Kreiseln durch die Avenuen, eine Kältewelle treibt ratlose Menschen in das Lokal der *Arbitration Society*. Zweimal in der Woche ist die Beratungsstelle geöffnet. Es hat sich herumgesprochen: Hier findet man tatkräftige Unterstützung. Auf der Wartebank im Flur sitzen Emigranten aus den Tenements, den Fürsorgeunterkünften Manhattans. Familien aus der Pine-Street, wo kaum ein Sonnenstrahl die enge Passage zwischen den vielstöckigen Häusern erhellt.

Fanny Weber und ihre Helferinnen hören sich die Klagen an. Die Rechtsfälle werden Frau Dr. Kempin zugewiesen, in einem Nebenraum schreibt sie an Gutachten. Noch ist die Frage hängig, ob sie als Ausländerin vor den New Yorker Gerichten zugelassen wird. In der Zwischenzeit müssen junge Kollegen mit ihren Instruktionen vor Gericht treten, die meisten sind zu ehrgeizig, um diese Arbeit für ein mageres Entgelt mehrmals zu machen.

Nach einem anstrengenden Arbeitstag erholen sich Fanny Weber und Emily Kempin im Central Park.

Der Himmel hat sich aufgehellt, Wintersonne läßt die verschneiten Büsche im Park schimmern. Schlittschuhläufer ziehen auf einem der vereisten Teiche ihre Figuren, schwarze Silhouetten im Gegenlicht.

Die hohen Häuser im Hintergrund umflossen von einem fast türkisfarbenen Himmel.

Um die fünfte Nachmittagsstunde erwacht der Park zu seinem eigentlichen Leben. Wie in Italien findet, sommers wie winters, der Corso statt. Man flaniert, um zu sehen und gesehen zu werden. Die Mäntel der Damen sind in diesem Jahr mit Pelz verbrämt, wuchtige Kragen aus Blaufuchs, schwingende Pelzsäume, die Hände im Muff. Auch auf den Reit- und Fahrwegen herrscht Betrieb. Es ist bekannt, daß man nirgends in New York so vielen schönen Frauen begegnet wie hier. Emily sieht es: Die Frauen sind selbstbewußter als in Europa. Sie wachsen freier auf, interessieren sich für Politik und Geschäfte, gestatten sich offen einen kleinen Flirt, es heißt, daß sie mit der Ritterlichkeit der amerikanischen Männer rechnen können. Und trotzdem sind auch diese frei wirkenden, schönen, sportlichen Wesen von einem Zaun von Vorurteilen umgeben.

Nur in Wyoming ist das Frauenstimmrecht eingeführt. Frauen aus den gehobeneren Schichten sind aus Prinzip nicht berufstätig. Noch sind die meisten Universitäten den Frauen verschlossen. Als einzige besucht Emily Kempin, die erste europäische Doktorin in Jurisprudenz, seit zwei Wochen Vorlesungen an der juristischen Fakultät der University of the City of New York.

Auf einer Waldlichtung, wo Fuß- und Reitweg sich kreuzen, hält eine Reiterin ihr Pferd an. Sie steigt ab, geht auf Fanny Weber zu. Die junge Frau, die dem Alter nach Fannys Tochter sein könnte, läßt sich in ein angeregtes Gespräch verwickeln. Emily versteht: Es geht um soziale Aufgaben, um einen geplanten Nähkurs für mittellose Frauen. Sie hat Zeit, die junge Frau anzuschauen, sie fällt auf durch die Intensität, mit der sie spricht, die wachen Augen im beinahe noch kindlich vollen Gesicht, die Eleganz der Kleidung.

Im Weitergehen erfährt Emily von Fanny Weber, wer die junge Reiterin war: Helen Gould, die Tochter von Jay Gould, dem reichsten, skrupellosesten Eisenbahnkönig.

Die junge Gould wird dabeisein bei der nächsten Versammlung der *Arbitration Society*. An die zwanzig Frauen haben sich im Weberschen Salon an der 46. Straße versammelt, an den Wänden hängen goldgerahmte Stiche mit deutschen Landschaftsszenen. Fanny Weber läßt es sich nicht nehmen, selbst Tee einzugießen. Ihre hohe Gestalt bald da, bald dort; das Kleid aus hellgelbem Cashmere, Perlen auf dem Stehkragen, paßt zu ihrem schwarzen Haar. Für alle, die sie noch nicht persönlich kennen, stellt sie noch einmal Dr. Kempin aus Zürich vor, die erste Juristin Europas, sie lobt ihren Einsatz in den letzten Wochen im Lokal der Society. Nun ist der Entscheid der Anwaltskammer eingetroffen. Eine Ablehnung. Dr. Emily Kempin wird als Ausländerin nicht vor die New Yorker »Bars« zugelassen.

Amelia Forman, Gattin des Attorney Alexander Forman, spricht aus, was andere fühlen: Der Entscheid bedroht die Existenz der *Arbitration Society*. In den letzten Wochen waren kaum mehr Anwälte zu finden, die unsere Fälle vor Gericht bringen.

Erregt wird diskutiert.

Da steht eine Frau auf mit energischen, kräftigen Zügen, die randlose Brille blitzt, sie trägt keinen dieser obligaten Hüte. Alles verstummt. Eine Persönlichkeit, die am ehesten die Vision der von Feministinnen beschworenen »new woman« verkörpert: Dr. Mary Putnam Jacobi, Ärztin, Schriftstellerin.

Wie immer äußert sie sich lebhaft, mit Nachdruck: Dieses 1886 erlassene Gesetz, das im Staat New York Frauen als Anwältinnen zuläßt, ist eine Fiktion. Man hat sich darauf verlassen, daß es gar keine Frauen gibt, die von ihrer Ausbildung her dieses Recht in Anspruch nehmen könnten. Noch ist die juristische Ausbildung den Männern vorbehalten.

In anderen Bundesstaaten ist man weiter. Sie erinnert an Arabella A. Mansfield in Iowa, die 1869 als erste Frau vor Gericht zugelassen worden ist. An Miss Lenna Barkaloo, die seit Ende der siebziger Jahre in Missouri praktiziert. An Belva Lockwood, die sich den Zugang erkämpft hat zum obersten Gerichtshof.

Zeit, daß sich auch im Staate New York etwas ändert! Sie ruft die Anwesenden zum Zusammenschluß auf.

Begeistertes Klatschen.

Die nächste Rednerin bittet energisch um Ruhe, die rötlichen Locken springen ihr unter der Krempe des Huts in die Stirn. Eine der jüngeren Frauen der Society, Martha Buell Munn, Frau des Arztes John P. Munn, Emily ist sie auf dem Büro durch ihre tatkräftige Mitarbeit aufgefallen.

Die *Arbitration Society* ist zum Tod verurteilt, ruft sie dramatisch. Es fehlen Frauen mit juristischen Fachkenntnissen. Emily Kempin, die diese Voraussetzungen hätte, werden die Hände gebunden. Die *Arbitration Society* wird, obwohl ihre Lokale voll sind von Bittstellern, ihre Tätigkeit aufgeben müssen. Wir müssen eine neue Gesellschaft gründen mit dem Zweck, daß unsere Frauen in Rechtsfragen geschult werden.

Frau Hewitt, Frau des früheren Bürgermeisters der Stadt New York, erhebt sich umständlich, der ungeheure Hut auf ihrem Lockenkopf gerät ins Schwanken.

Meine Lieben! Nicht nur für die Besserstellung der Armen, auch für unsere privaten Belange ist es wichtig, die Gesetze zu kennen! Haben wir nicht alle mit Vermögensfragen zu tun? Besorgen Einkäufe, die unser gutes Geld wert sein sollen? Schließen mit Angestellten Verträge ab und kommen früher oder später in Kontakt mit Erbschaftsfragen?

Ich bin für diese, von Frau Munn vorgeschlagene *Woman's Legal Education Society*, da hätten wir auch schon einen Namen.

Man bittet Frau Kempin zu skizzieren, wie sie sich eine solche Rechtsschule vorstellt. Emily tritt für fundierte, anspruchsvolle Kurse ein, am besten unter dem Patronat der Universität. Die Frauen bestürmen sie nach diesem ersten Statement mit Fragen über ihren persönlichen Weg zur Jurisprudenz. Staunend vernehmen sie, daß Emily erst mit 31 Jahren, als Pfarrfrau mit drei Kindern, angefangen hat zu studieren.

Als Mädchen sei sie nicht stark genug gewesen, gegen

die Meinung ihrer Eltern, gegen die Konvention anzu-
schwimmen.

Den Durchbruch verdanke ich meinem Mann, sagt sie.
Er hat als erster an meine Begabung geglaubt. Abends,
nach einem langen Arbeitstag, ist er mein Lehrer gewesen
für Latein, Mathematik…

Gegen Ende der Versammlung läutet Walter Kempin an
der Wohnungstüre.

Er hat die größeren Kinder von der Schule abgeholt, mit
ihnen einen Spaziergang gemacht im Central Park. Nun
möchte er im Flur auf seine Frau warten, damit sie gemeinsam eine Droschke nehmen können zu der neu gemieteten
Wohnung an der 14th Street, 207 East.

Aber das Dienstmädchen hat ihn schon bei der Dame
des Hauses gemeldet, die darauf besteht, daß Walter Kempin mit den Kindern in den Salon kommt und am Ehrentisch eine Tasse Tee trinkt. Da ist er also: der erträumte
Mann des herannahenden 20. Jahrhunderts, der seine
Frau nicht als Schleppenträgerin seiner Karriere sieht. Der
ihr zugesteht, ihre eigene Persönlichkeit zu entwickeln und
ihr dabei sogar behilflich ist.

Die Damen recken die Hälse, um ihn am Ehrentisch neben seiner Frau und den Mitgliedern des Komitees zu sehen.

Ob er auch Rechtsanwalt sei? Nein, Theologe. Pfarrer.

Man forscht im schmalen, herb geschnittenen Gesicht
des Vierzigjährigen, dann ruhen die Blicke auf den blonden Scheiteln seiner Kinder, die artig, mit gezügelter Eß-
gier, die übriggebliebenen Kuchen verdrücken.

Was er, ein Doktor of Divinity, hier mache?

Er wolle sich als Journalist betätigen.

Eine erste Möglichkeit habe sich aufgetan als Korre-
spondent des ›Philadelphia Democrat‹.

Seine leichte Befangenheit, die langsame, stockende
Weise sich auszudrücken, nehmen für ihn ein.

Fanny Weber und Emily helfen weiter, wo Walters

Wortschatz versagt. Er hört zu, kann nur einen Teil von dem verstehen, was sie über ihn sprechen, entgleitet sich selbst mit einem scheuen Lächeln auf den Lippen.

Neidlos, staunend sieht er seine Frau, wenige Monate nach der Ankunft, unter den Damen der New Yorker Gesellschaft sitzen. Noch trägt sie ihr kariertes Sonntagskleid aus Zürich, anstelle des Strohhuts ein Samtkäppchen auf dem dunkelblonden Haar. Das ovale Gesicht mit den hohen Wangenknochen. Ihr Blick, dunkel, lebendig, wie immer, wenn sie auflebt.

Vor Jahren hat er sie wie einen schutzbedürftigen Vogel gefüttert mit dem, was er geben konnte: kleinen Brocken von Wissen, Latein, ein bißchen Mathematik.

Jetzt hat sie ihn überflügelt. Nie hätte er geglaubt, daß ihr so mächtige Schwingen wachsen könnten, stark genug, den Ozean zu überfliegen.

Er hatte sich von ihr mittragen lassen; verloren saß er nun da, in einem Salon auf der anderen Seite der Welt. Unter den Blicken dieser schönen, gutangezogenen Frauen, die in ihm werweißwas suchten, sich vorneigten, um keine seiner Sätze, seiner Bewegungen zu verpassen. Er nahm das Gewoge der Köpfe wahr, Hüte auf hochgesteckten Frisuren, kleine und große Schiffe aus Samt und farbigem Filz, die auf Haarwellen ritten, Schalen, besteckt mit künstlichen Blumen, Früchten, Federn.

Frau Hewitt griff nach dem Lorgnon, das an goldener Kette vor der ausladenden Brust baumelte, hob es ans Auge, um ihn genauer zu prüfen.

Hier, unter diesen Blicken, kam er sich vor wie das letzte Exemplar der Spezies Mann, ausgestellt, bewundert, betrauert.

Als wollte er aus einem Traum erwachen, wandte er sich seinen Kindern zu, die ihre Kuchengabeln mit der Zunge netzten, um die letzten Krumen aufzutupfen. Dann fiel sein Blick auf seine Frau. Es war ihm, er fahre zurück auf dem Schienenstrang der letzten fünfzehn Jahre, entdecke sie neu in Zürich, im Spyri-Garten…

Walter Kempin, 23 Jahre alt und frisch zum Pfarrer ordiniert, hatte sich im Sommer 1873 in das Studierzimmer von Johann Ludwig Spyri führen lassen von einem jungen Mädchen, das später seine Frau werden sollte. Auf Spyris Wunsch hatte Kempin als neues Mitglied der »Schweizerischen Gemeinnützigen Gesellschaft« einen Artikel verfaßt über das öffentliche Gesundheitswesen, Kempin war dem Redaktor empfohlen worden als *begabter, vielversprechender Theologe,* der sich der Philanthropie verschrieben habe. Der Aufsatz, den er in Kempins Beisein rasch überflog, erregte Spyris Mißfallen. Diese neumodischen Töne. Dieser soziale Überschwang, der mit den Mittellosen gemeinsame Sache mache, der etablierten Gesellschaft ein Übermaß an Einsatz abfordere! Auch er, Spyri, war Philanthrop, seine Aktionen im Schoß der »Gemeinnützigen Gesellschaft« waren weit über die Landesgrenzen bekannt geworden: die Sammlungen für die von Bergstürzen verschütteten Orte Arth und Elm, die Liebesgabenaktion für das 1861 vom Feuer zerstörte Glarus. Sein Einsatz für den Zürcher Friedhof Rehalp. Sein Quästoramt für verwahrloste Kinder. Vom Schreibtisch aus hatte er Anweisungen gegeben, geplant, dirigiert. *Grandseigneur der Philanthropie* hatte ihn ein Journalist genannt. Dieser junge Mann hingegen setzte sich an Krankenbetten, brachte Armeleutegeruch in den Kleidern heim.

Spyri sah in das hagere Gesicht, der fanatische Blick hinter den Brillengläsern mißfiel ihm.

Kostenlose Krankenpflege, was für ein übertriebenes Postulat!

Man muß sich an Utopien orientieren, antwortete Kempin.

Für Utopien ist kein Platz im Organ der »Schweizerischen Gemeinnützigen Gesellschaft«, gab Spyri zurück, ein gesundes ökonomisches Denken gilt auch als Prüfstein humanitärer Gedanken.

Der junge Mann widersprach höflich: ökonomisches Denken sei in diesem Fall vordergründig, irreführend. Sozialer Einsatz, auch wenn er etwas koste, zahle sich auf die Länge aus, mit Volksgesundheit nämlich.

Spyri zitierte die Manchestermänner.

Auch er sei in England gewesen, gab Kempin zurück, aber diese Ansichten finde er überholt, jedenfalls für die philanthropische Arbeit. Es gehe heute um die grundsätzliche Besserstellung der Armen, nicht um die Verteilung von Almosen.

Der Wortwechsel wurde heftiger, Spyris Argumente nahmen an Lautstärke zu, Emily, die im Wohnzimmer nebenan französische Redewendungen in ein Heft eintrug, ließ die Schreibfeder sinken. Scham stieg in ihr auf. Da sah sie durch die halbgeöffnete Tür den jungen Pfarrhelfer über den Flur gehen, bleich, mit zusammengepreßten Lippen, am Kleiderständer vergaß er den Mantel.

Sie rannte ihm mit dem Kleidungsstück bis in den Vorgarten nach. Er errötete, dankte.

Sie wechselten ein paar Sätze, während denen sich sein Gesicht entspannte. Sie erinnerte sich, ihn schon in der Buchhandlung seines Vaters am Stadelhoferplatz 5 gesehen zu haben.

Am darauffolgenden Samstag begegneten sie sich in dieser Buchhandlung, das Treffen nur scheinbar zufällig, schon lief alles nach einer geheimen Regie. Es war ein heißer Tag, auch die Stimmung in Zürich angeheizt, da und dort, auch vor der Buchhandlung, Ansammlungen von Menschen, es wurde über die Zwangsausweisung russischer Studentinnen und Studenten diskutiert. Nicht Zürich wies die Studierenden weg, die russische Regierung war es, die mit einem Dekret einige hundert Landsleute, die an der Universität eingeschrieben waren, zurückbeorderte ins Vaterland. Walter trat mit Emily aus dem Laden, um einem Protestzug zuzuschauen, russische Fähnchen und Flaggen in den Zürcher Farben wurden geschwenkt. Sympathiekundgebungen, Abschiedsszenen.

Bei ihrem nächsten Treffen, diesmal auf einer Bank in der Seeanlage, lenkte Emily das Gespräch auf ihren Vater.

Walter erwähnte vorsichtig die bekannten Verdienste des Diakons am Neumünster. Emily hingegen klagte über seine Unfähigkeit, andere Argumente gelten zu lassen. Er pauke seine Meinung durch, blase sich auf wie ein Frosch. Da! Sie zog einen Zeitungsartikel aus der Tasche, einen Separatdruck des väterlichen Referats: *Die Beteiligung des weiblichen Geschlechtes am öffentlichen Unterricht.* So etwas Vorsintflutliches! Und ausgerechnet in Zürich hat er diesen Vortrag gehalten, an der Vollversammlung der »Gemeinnützigen«! Man lache darüber, sogar ihre Tante, Johanna Spyri, habe sich mokiert! Sie reichte ihm das Blatt, zeigte auf den Passus: *In der Natur des Weibes nimmt das Geschlechtsleben – von der Verschiedenheit des Geistes- und Gemütslebens sprechen wir später – einen so bedeutenden Platz ein, daß die Erfüllung der hohen Bestimmung als Gattin und Mutter nicht durch anderweitige Aufgaben gehemmt werden darf...*

Die Frau ein sinnliches Stück Fleisch. Empörend! Röte war ihr in die Wangen gestiegen. Walter war entzückt über die katzenhafte Wildheit in ihren Augen. Ärgere dich nicht, sagte er, die Zeit arbeitet gegen deinen Vater. John Stuart Mill, den mußt du lesen. Der tritt für eine echt demokratische Gesellschaft ein. Er bewundert wie dein Vater die englischen Errungenschaften der ersten Jahrhunderthälfte, zieht aber andere Konsequenzen. Er stellt fest: Die Frau wird auch in unseren modernen Staaten zur Abhängigkeit, zum geistigen Vasallentum erzogen! Für die Veredelung der Menschheit ist es wichtig, der Frau zu ihrer Würde und ihrem Recht zu verhelfen. Denn das weibliche Defizit verführt die Männer zum Mißbrauch der Macht.

Sie hörte gebannt zu. Lichter gingen über ihr Gesicht.

Zwischen den vom Wind bewegten Blättern der Uferbäume sah man, zum Greifen nah, die Enge. Walter zeigte hinüber. Er werde in Kürze von Rüti, wo er den Pfarrer vertrete, nach der Enge wechseln. Als Pfarrverweser, Aspirant auch für die vakante Pfarrstelle. Was für ein fruchtbarer Boden für philanthropische Ideen! So nah bei der Stadt, und doch alle Vorteile einer noch ländlichen Gemeinde. Sie blickte über das blitzende Wasserband zu den geduckten Hausdächern hinüber, sah dann den Reflex von Licht und Wasser in Walters Augen, hoffte für ihn.

Zürich macht sich in diesen Jahren: ein stattlicher Bahnhof, *die kolossale Einstieghalle weitläufiger als das Schiff des Kölner Doms,* anstelle des alten Fröschengrabens zieht sich eine elegante Bahnhofstraße zum See. Trotzdem ist die Stadt überschaubar geblieben, überall Augen, die registrieren, wer sich mit wem auf den Bänken am See trifft.

Spyri ruft seine Tochter eines Abends in sein Büro: Er habe gehört, sie habe sich mehrmals mit diesem Walter Kempin getroffen! Er wolle es ihr rechtzeitig sagen, ehe sie sich in diesen jungen Mann verliebe: Er sei gegen eine Verbindung mit dem Sohn eines aus Preußen zugezogenen Typographen!

Spyri hat sich bei seinem Bruder, dem Stadtschreiber, erkundigt: Vater Robert Kempin, in den vierziger Jahren aus Stettin nach Zürich gezogen, zuerst Typograph bei Füssli. 1855 hatte er sich in Zürich eingekauft. Kurz zuvor Heirat mit Anna Häsli, einer Pfarrerstochter aus Oberwinterthur, sechs Kinder entstammen der Verbindung. Inzwischen führt Robert Kempin eine Buchhandlung am Stadelhoferplatz 5, der Dichter Gottfried Keller gehört zu seinen eifrigen Kunden.

Wackere Leute, gewiß. Doch nichts für eine Spyri. Dem Sohn Walter sei die Herkunft aus gelernten Arbeiterkreisen anzumerken. Er sympathisiere, sagt Spyri, für seinen Geschmack zu sehr mit den hemdsärmligen Demokraten.

Emily lacht, gibt schnippisch zurück: Was sich denn der Vater Großartiges als ihren zukünftigen Ehemann vorstelle? Einen Fabrikanten, einen Eisenbahnbesitzer vielleicht? Etwa einen Escher? Oder einen Landolt mit einer Villa am See?

Spyri schaut sie erstaunt an. Verschweigt, daß sich für ihn große Veränderungen anbahnen. Nimmt er die ihm gebotene Gelegenheit wahr, so wird er über Nacht zu einem der einflußreichsten Männer in Zürich, das öffnet auch seiner hübschesten, klügsten Tochter alle Möglichkeiten für eine standesgemäße Partie.

Ja, warum nicht einen Escher, einen Welti oder Landolt?

Ein Vierteljahr nach dieser Unterredung, im Frühling 74, erwähnte Emily beiläufig bei Tisch, Walter Kempin sei Pfarrverweser in der Enge geworden, wahrscheinlich werde er später sogar die Pfarrstelle erhalten.

Spyri hörte auf zu essen. Bekam einen hochroten Kopf. Schaute seine Lieblingstochter über den Sonntagsbraten hinweg starr an: Und trotzdem will ich diesen Kempin nicht als Schwiegersohn! Hast du das kapiert? Ich wiederhole: Du sollst diesen jungen Mann nicht mehr heimlich treffen!

Emily sagte nichts. Hielt Vaters Blick stand.

Im Blick und Widerblick wurde sie auf erstaunliche Weise zu Vaters Ebenbild: Zornröte die Schläfen hinauf, die geschwollene, tickende Ader zwischen den Brauen, der wütend verschlossene Mund. Die Mutter, die es bemerkte, schaltete sich ein: Es ist zu deinem Besten, Emily. Vater meint es gut.

Die Gewalttätigkeit, die über der elterlichen Liebe lastet.

Man ißt wortlos weiter.

Die jüngste Schwester beginnt zu weinen.

Der Frühling kommt, die neuen Blätter an den Kastanienbäumen leuchten in frechem, phosphoreszierendem Grün. Jede Begegnung macht Emily stärker.

Triffst du dich noch mit Kempin?

Ja, gestern. Er wird Pfarrer in der Enge.

Ich will nicht, daß du ihn triffst.

Aber ich will ihn treffen.

Du trotzt deinem Vater?

Ich bin 21. Wann wird ein Mädchen in diesem Staat mündig? Cousin Bernhard ist erst neunzehn. Er hat sich an der Universität eingeschrieben und kann tun und lassen, was er will.

Das Erstarren der Vatergestalt hinter dem Tisch. Sie kennt die Zeichen: Das Hochziehen der Brauen, die sich wie Fragezeichen über dem Rand der Halbbrille krümmen, darüber die rötliche gekerbte Stirn.

Der Vater richtet neue Verschanzungen auf.

Trotz gegen Trotz.

Sie wächst an seinem Widerstand.

Es reizt sie, Sätze aufzulesen, sie in die Stille des Eßzimmers zu werfen. Sie am Boden aufschlagen hören: Warum wird mir in einem demokratischen Staat das Gegenteil von einer demokratischen Erziehung zuteil? Das Wort »Demokratie« ist doch ein Lieblingswort in deinen Festreden?

Sie strahlt förmlich aus, was sie sich wünscht. Auf die Dauer kann nicht einmal Spyri dieser Energie widerstehen. Zumal Johann Ludwig in diesem Frühjahr mit sich selbst beschäftigt ist, noch sind seine Pläne geheim. Er sichert sich ab: Wenn sich mit diesem Kempin eine eheliche Beziehung anbahnt, verweigere ich die Mitgift! Ich bin es, der die Weichen stellt. Damit du spurst! Wer nicht auf der Spur bleibt, entgleist! Vaters Eisenbahnsätze. Eiserne Stränge, die das Leben strangulieren.

Einen kleinen Teil ausschneiden aus dem, was Leben ist, Leben sein könnte.

Am 22. Juni 1875 heirateten Emily und Walter Kempin.

Die Gäste versammelten sich in der Enge vor dem Bethaus. Neugierige säumten den kleinen Vorplatz. In der Enge hatte sich herumgesprochen, der Pfarramtskandidat heirate in feine Kreise ein. Man musterte die Braut, nahm den Schalk wahr in ihren Augen, den Trotz auf der sinnlich gepolsterten Unterlippe.

Sie hat ihn ertrotzt, ihren Liebsten. Stimmt es, daß Spyri keinen Rappen Mitgift herausrückt?

Ja, es stimmt.

Die Eichentüre des Bethauses tat sich auf, der dünne Klang eines Harmoniums rann heraus.

Man muß sich schämen, daß die Enge noch kein geziemendes Gotteshaus hat. Nur diesen Betschuppen, den man zu diesem Anlaß hätte weißeln können.

Aber der zukünftige Pfarrer wird dem Begehren, eine eigene Kirche zu bekommen, Dampf aufsetzen. Schon als Verweser hat er Verbesserungen vorgeschlagen.

Hat man ihn deshalb nur mit sieben gegen vier Stimmen gewählt?

Als sich hinter dem Brautpaar der Zug der Gäste in Bewegung setzte, hörte man plötzlich vollere Töne, Gesang setzte ein.

Das Doppelquartett der Harmonie Zürich, flüsterte einer der Zuschauer. Eine Überraschung für die Braut.

Wer das bezahlen wird?

Vermutlich die Tante Dichterin. Oder ihr Ehemann, der Stadtschreiber.

Ein Windstoß fegte über den Platz.

Dem Brautvater wirbelte, kurz vor dem Eintritt in die Kirche, der Hut vom Kopf. Der Buchhändler Robert Kempin bückte sich, reichte dem neuen Verwandten lachend den Hut. Sagte dann in gebrochenem Schweizerdeutsch zu Spyri, der ihm erst beim Festwein das verwandtschaftliche Du antragen wollte: Gern geschehen, Pfarrer Spyri!

Pardon, Herr Direktor!

Nun kannte man es also: Johann Ludwig Spyris langgehütetes Geheimnis.

In den letzten Monaten hatte sich der Wechsel vollzogen: Auf seinem Arbeitstisch verdrängten die Wahrscheinlichkeitsrechnungen, die Eisenbahn-Statistiken mehr und mehr die Predigt-Entwürfe. Je weniger vorbereitet, desto länger dehnten sich die sonntäglichen Ansprachen aus, die

Worte unter dem Schalldeckel der Kanzel wurden kraftlos: Das die Atheisten provozierende Wort Gott fiel immer seltener, Spyri bedeckte die entstandenen Blößen mit Wortheu.

Am Sonntag vor Emilys Hochzeit hatte es Pfarrer Hiestand dem staunenden Kirchenvolk mitgeteilt: Diakon Spyri wird das kirchliche Amt verlassen. Es ist ihm der Posten des Direktors im neu gegründeten Statistischen Amt der Nordostbahn angeboten worden.

Da und dort Kopfschütteln: Spyri vertauscht Gott mit der Statistik, er hat mit seinem bisherigen Leben gebrochen.

Vor der Jahrhundertwende wird das Areal der Friedmatt überschwemmt: Der bei der Anstalt vorbeifließende Allschwilerbach ist über die Ufer getreten. Patienten der dritten Klasse sind im Einsatz, den Park trockenzulegen. Nun ist es kalt geworden, Stein und Bein gefroren, die letzten Lachen auf den Wegen vereist.

Die Hügin schaut hinter dem Vorhang des Salons zu, wie die Kempin unter der Hängesilberlinde stehenbleibt, einen Stein hebt zum Wurf. Die Eisfläche kracht unter dem Aufprall. Durch das glasige blaugrüne Eis ziehen sich Sprünge. Sie trampelt mit ihren Stiefeln auf der Fläche herum, bis es knirscht. Blubbernd preßt sich das Pfützenwasser durch, Miniatur-Stromschnellen links und rechts von den Schuhen. Bruchstellen im Eis. Aderblaue Verästelungen.

Abends, auf dem Rücken liegend, träumt sie mit offenen Augen von Amerika.

Eine Stadt, erfunden und aufgerichtet gegen die Leere.

Eine Woge aus Steinmauern.

Die Häuser, höher als damals in den neunziger Jahren, enden in aufragenden Kuppen, vergoldeten Spitzen.

Die Sutros. Die Webers. Die Dr. Putnam Jacobi.

Alle Frauen werden dabeisein, die du neulich kennengelernt hast, Walter.

Ja, im Parlor des früheren Bürgermeisters Hewitt, an der Lexingtonavenue 9, um halb sieben.

Vorn beim Kamin wird Fanny sitzen, weil sie weiß, daß die Helligkeit des Feuers ihr schwarzes Haar zur Geltung bringt, den weiß gepuderten Hals. Ihr Mann, Dr. Weber, daneben, zusammengesunken hinhörend, die Bäckchen wie vom Schlaf gerötet, das runde Kinn auf der Brust. Die Gould sitzt meist im Hintergrund neben der Sutro. Du magst die rothaarige Munn, nicht wahr? Eine der wachsten Frauen. Ich spüre bei ihr und ihrem Mann Engagement für unsere Sache, von da kommt mir Hilfe. Kannst du dich an John P. Munn erinnern oder hast du nur seine Frau gesehen? Er ist anfangs Vierzig, einer der bekanntesten Ärzte in Manhattan. Die Eisenbahnkönige Jay Gould und Russel Sage gehören zu seinen Patienten. Er wirkt bescheiden, beinahe ungelenk mit seiner übergroßen, leicht gebeugten Gestalt, den abstehenden Ohren über dem rötlichen Backenbart, dem goldgefaßten Zwicker, der immer ein Stück über den Nasenrücken rutscht. Bei meinem letzten Vortrag im Parlor der Sutros hat mich Munn gebeten, über das Grenzgebiet Medizin-Jurisprudenz zu sprechen. Als Professor am Bellevue Hospital und an der Medical School hat er täglich mit diesen Fragen zu tun.

Das Thema heute abend: *The Alienist and the Law*. Du weißt nicht, was »Alienist« heißt, Walter?

Denke an Dr. Forels Patienten im Burghölzli, dann hast du sie vor dir, die »Alienists«. Psychisch Kranke, ja. Über ihre Strafmündigkeit ist man in den letzten Jahren zu ganz neuen Einsichten gelangt. Ein geistig Kranker, der das Gesetz bricht, darf nicht verurteilt werden wie ein Gesunder. Hat er einen freien Willen, eine freie Wahl, das Gesetz zu halten oder es zu brechen? Ich möchte den Standpunkt zweier italienischer Schulen aufzeigen, der klassischen und der Positivisten um Lombroso...

Emily ging, ihren Vortrag memorierend, im Flur auf und ab. Sie hatte ihre Rede erst in deutscher Sprache geschrieben, dann mit dem Wörterbuch in der Hand übersetzt:

I think too highly of the office of law and justice in social life to recommend indulgence in any weak sentimentality. But I wish to point out in this connection, that the philosophers themselves are still at variance as between Predestination and Free Will...

Der Flur ist verwinkelt, fensterlos. Läßt man die Türen gegen Küche und Wohnzimmer nicht offen, steht man im Dunkeln. Wie hat man nur die Bodendielen, die Holzverkleidung im unteren Teil der Wände sepiabraun streichen können?

Nowhere does the difference existing between these two schools come more conspicuously to light than in the administration of criminal law.

Tönt das nicht etwas kompliziert, Emily? Die meisten deiner Zuhörer sind keine Juristen...

Das ist nur die Einführung. Gleich werde ich Lombrosos Theorie in Punkten einzeln zusammenfassen. Punkte schaffen Klarheit.

Sie seufzte, blickte durch den Türspalt in das Wohnzimmer, wo Walter im Schein der elektrifizierten Lampe aus der Enge saß.

Am unteren Teil des Tisches machten Gertrud und Robert Walter ihre Aufgaben. Roberts magere Beine waren beim Schreiben in ständiger Bewegung, die Lehrer in Zürich hatten über seine Nervosität geklagt, und nun beschwerten sich auch die Lehrer in New York. Hör auf zu scharren, rief Gertrud gereizt, wie soll ich neben dir arbeiten können?

Die Wohnung an der 14. Straße bot zu wenig Raum für eine fünfköpfige Familie, eine Übergangslösung. Noch zehrten sie von ihren Ersparnissen, nach einem halben Jahr in der neuen Welt hatten weder Emily noch Walter feste Einkünfte. Sobald sie regelmäßig verdienten, würden sie in eine ruhigere Gegend umziehen. Ein Zimmer für mich allein. Emily seufzte, ging dann im Wohnzimmer an den Kindern vorbei ans Fenster, um einen Blick auf die Straße zu werfen.

Gegenüber, am Jefferson-Theater, brannten schon die farbigen Lämpchen. Das Rumpeln der Hochbahn an der 3. Straße ließ die Fensterscheiben klirren.

Gertrud guckte auf ihren mit Tinte verschmierten Schreibfinger und fragte: Mama, was heißt »he is holding the newspaper upside down«? Und Robert Walter: Was heißt auf englisch »Erkundigungen einholen«? Emily antwortete zerstreut.

Laßt eure Mutter in Ruhe, sagte Walter, ihr wißt doch, sie übt ihren Vortrag ein.

Emily zog sich auf den Flur zurück, fuhr fort zu memorieren:

The other, the Positive School, plants itself upon the postulates of the alienist Lombroso. This clever investigator asserts that the difference between the insane and the sane can be stated by means and measurements... the shape and structure of the skull, the length of the facial profile, the malformation of the ears and of the nose...

Plötzlich blieb sie stehen, schnupperte: Aus der Küche drang ein Geruch nach Angebranntem.

Mit drei Schritten war sie am Herd, riß die Pfanne vom Feuer. Elsbeth! Du darfst doch nicht vom Herd weggehen, wie oft hab ich dir das schon gesagt!

Aber Agnes wollte, daß ich ihrer Puppe den Arm einrenke...

Mit den Augen mußt du kochen, mit der Nase! Ist das Gemüse vom Mittag schon aufgewärmt? Agnes muß aufessen, was sie mittags stehengelassen hat. Agnes hörte auf, ihren Puppenwagen zu schieben. Man vernahm ihre Stimme, die sich mehr als alle andern Stimmen in der Familie Gehör verschaffen konnte, ein zittriger, schwellender, Zirpton, der stets drohte, in Weinen umzuschlagen: Ich mag aber keinen Blumenkohl, mittags nicht, abends nicht!

Ruhe! schrie der Bruder vom Eßzimmertisch.

Emily nahm das Blatt mit Lombrosos Thesen wieder auf. *There is no free will, hence no moral or liberty of choice, no moral responsibility...*

Im Auf- und Abgehen begegnete sie zwischen zwei Türen im Wandspiegel ihrem eigenen Gesicht, blieb stehen, sagte zu sich: *The recent researches into criminal anthropology have demonstrated that the criminal is not a normal man, and that he belongs to a special class of individuals...*

Eine aufgescheuchte Maus bin ich.

Die Augen haben sich verkrochen, glimmen weit hinten in ihren Unterständen. Habe ich an mir je diese knochigen Jochbögen bemerkt?

Die Haare sind dünn geworden, widerspenstig. Ich muß sie für heute abend noch aufstecken, Elsbeth wird mir behilflich sein.

Frau Doktor?

Ja, Elsbeth?

Es ist kein Weißmehl mehr da.

So geh an die 3. Straße zum Bäcker. Und kauf gleich noch ein dunkles Brot.

Emily blickte von ihrem Blatt auf: Drüben stand Elsbeth immer noch unter der Küchentür, ihre Schultern zuckten.

Elsbeth, was ist?

Ich trau mich nicht, über die 3. Straße zu gehen. Es biegen dort so viele Wagen um die Ecke. Ich weiß auch nicht, was Mehl heißt.

Robert, begleite Elsbeth. Zeig ihr nochmals, wie man die Straße überquert.

Sie schaute ins Wohnzimmer, und Robert wedelte mit seiner verschwitzten Schreibhand, als wehre er Fliegen ab: Einkäufe machen, das fehlt noch! Ich habe zu tun, noch bis Mitternacht!

Die Geschäfte sind noch offen, wenn wir zum Vortrag gehen, murmelte Walter.

Emily ging zum Spiegel zurück und begann die Haare

aufzustecken. Ihre Hände zitterten. Die Lippen, die zusammengepreßt eine Haarnadel hielten, waren spröde und brannten.

Statistics have shown that the increase of crime is uninfluenced by punishment... memorierte sie in Gedanken.

Noch einmal die klagende Zirpstimme. Diesmal im Flur, dicht neben ihr: Mein Rock hat einen Riß. Elsbeth sagt, sie hat keine Zeit, mein Röckchen zu flicken...

Wenn sie jetzt nur nicht zu weinen anfängt, die kleine Nervensäge.

Ich mache es noch heute nacht, mein Schatz. Wenn ich heimkomme vom Vortrag. Gewiß hast du es bis morgen, gewiß.

Emily sah, wie ihre Worte das Spiegelglas behauchten: Gewiß, gewiß.

Zwischen den Brauen pocht eine dunkle Ader, der Kopf dröhnt. Manchmal glaube ich, ich zerspringe.

Ich stelle mir den Knall vor: auseinanderstrebende Gedankenteile, ein Sprühregen von Funken, eine leuchtende Chrysantheme.

Am Ende ein Häufchen Asche.

Das ist sie gewesen, Emily, geborene Spyri.

Was war sie?

Allen alles.

Nach sechs Uhr trat Emily in Walters Begleitung auf die Straße hinaus. Sie blickte zurück, sah das Eckfenster im 3. Stock von der Küchenlampe erhellt, unter der jetzt die Kinder mit Elsbeth zu Nacht aßen.

Agnes wird hoffentlich ihren Blumenkohl essen, sie ist eigensinnig, sagte sie.

Walter wandte sich ihr zu und deutete ein Lächeln an: Von wem hat sie das wohl.

Sie schaute nochmals an der Fassade hoch, die sich in der backsteinernen Flucht der 14. Straße gut machte: behauene Friese, Steinmetzarbeiten zwischen den Fenstern. Das Ziegelrot dunkel, brennend. Die Farbe von wundem

Fleisch, dachte Emily. Als schneide das schwarze Gestänge der Feuerleiter, das sich an der Fassade im Zickzack nach oben windet, in den Körper des Hauses ein. Sie blickte kurz in das Schaufenster im Erdgeschoß, das unter einer Tafel mit der Aufschrift »Frivolités« Abendtäschchen, Ledergürtel und mit Pailletten bestickte Kragen zeigte, Gipsarme, prall darüber gestülpte Handschuhe als Blickfang, die Stulpen voller Knöpfchen, 20 oder 25 hatte Emily schon gezählt, eine modische Narretei.

Auf dem Gehsteig wichen sie eleganten Damen aus, die mit aufgeplusterten Roben Platz beanspruchten, am nahen Union Square lockten Tiffany & Company mit Schmuck- und Silberwaren. Wenn die Kontore schlossen, belebte sich die 14. Straße, auch Männer musterten die Auslagen der Fachgeschäfte: Schuhe, Oberbekleidung, alles in feinerer Qualität als am Broadway.

Nach Ladenschluß dann eine kurze Flaute, nach dem Eindunkeln zogen Restaurants und Theater wieder Besucher an. Die *Academy of Music* gab in diesem Frühjahr zum hundertdreißigsten Mal das Stück ›The Old Homestead‹. Vom Wohnzimmerfenster aus sahen sie jeden Abend eine Menschenschlange vor dem kleinen Jefferson-Theater, mit seinem weißen Stein ein Blickfang zwischen den Backsteinhäusern, das von einem künstlichen Himmel überdachte Portal ein weit aufgerissenes Maul, lüstern auf Zuschauer.

Auch die Restaurants an der 14. Straße waren in Mode. Im »Lüchov«, schräg gegenüber, servierten Männer in Lederhosen Knödel, an Wochenenden spielte eine bayerische Kapelle, Walter klagte, bis tief in die Nacht höre er die Posaune mit ihrem dumpfen Umpta-Umpta-Umpta.

Noch waren, als sie in die 3. Straße einbogen, die Lebensmittelgeschäfte geöffnet, auch die Bäckerei, wo sie Brot besorgen wollten. Ein Zug der *Elevated Railway* donnerte, von der Battery her kommend, über ihre Köpfe hinweg. Walter blieb stehen, hustete. Emily hielt sich die Ohren zu. Jedesmal bekam sie es mit der Angst zu tun, der

Zug, der mit kühnen 30 Kilometern die Stunde daher-braust, springe aus dem Geleise und stürze auf die Fußgän-ger hinunter. Auf der Höhe der 20. Straße, westlich beim Gramercy Park, wurde es schlagartig ruhig.

Emily atmete auf. Jedesmal, wenn sie hier vorbeikamen, sagte sie: Hier möchte ich wohnen, Walter, am Gramercy Park. Eine Oase in Manhattan. Sie blieb stehen, um in die noch kahlen Äste der Ginkgo-Bäume zu schauen, eines der grauen Eichhörnchen, die man in New York frühmorgens über die Straßen huschen sah, äugte vom Stamm herunter.

Frauen haben über Jahrhunderte
hinweg als Spiegel gedient mit der
magischen und köstlichen Kraft,
das Bild des Mannes in doppelter
Größe wiederzugeben.

Virginia Woolf

Walter Kempin hatte seine Frau vor dem Hause Hewitt alleingelassen mit der Begründung, er müsse noch an seinem
Artikel schreiben, er sei, einer plötzlich einsetzenden Mü-
digkeit wegen, heute nicht vom Fleck gekommen.

Er nahm den Heimweg über die 4. Avenue in der Absicht, am Union Square eine Zeitung zu kaufen. Der Park
an der Ecke Broadway, 4. Avenue und 14. Straße war um
diese Zeit von Lärm umbrandet.

Durch die Zweige konnte Walter andeutungsweise die
Denkmäler erkennen: an der Südspitze des Squares Washington hoch zu Pferd, an der Nordseite Abraham Lincoln,
und im Osten, auf einem gerundeten Sockel, Lafayette,
eine Arbeit von Bartholdy, noch aus der Zeit, bevor er sich
an die Liberty gewagt hatte.

Seltsam, Frauen werden kaum je auf Sockel gestellt,
dachte Walter flüchtig, und wenn, so ergeht man sich in
Allegorien, oder es ist die gefallene Frau, die durch eroti-
sche Darstellung gefällt.

Erträgt man es nicht, die Frauen so erhöht zu sehen?

Emily erschien ihm auch ohne Piedestal aufgerichtet, als
bewege sie sich durch diese Stadt mit kühn erhobenem
Kinn. Sie ging durch Manhattan, als habe man diese Maß-
losigkeit eigens für sie aufgebaut, während es ihm Mühe
machte, im Schatten der Häuser neben ihr Schritt zu halten.

Seit dem Winter zwangen ihn Hustenstöße, gepaart mit
Atemnot, immer wieder stehenzubleiben, mit vorgeneigtem Rücken abzuwarten, bis der Anfall abebbte.

Du mußt einen Arzt aufsuchen, hatte Emily gesagt, aber das Geld für einen Arztbesuch fehlte, noch hatten sie Mühe, für die Miete und das Alltägliche aufzukommen.

Walter schlief in der neuen Wohnung an der 14. Straße unruhig. Gegen Mitternacht hörte er die Leute aus den Restaurants und Theatern kommen, das Gejohle der Betrunkenen, Gesprächsfetzen drangen herauf.

Gegen Morgen setzte Wagenlärm ein. Der Lärm verstopfte ihm die Poren, er erwachte wie zerschlagen, gelähmt. Er hörte Emily aufstehen, in der Küche und im Kinderzimmer rumoren und Anweisungen geben, während er auf seiner Seite des Ehebetts lag, unschlüssig, ob er den Tag überhaupt beginnen sollte. Schließlich aus dem Bett steigend, hatte er den Eindruck, er sei geschrumpft, müsse, während seine Frau wachse, eines geheimen Gleichgewichts wegen kleiner werden.

Der Tag, der vor ihm lag, schien schon zu zerkrümeln unter den mannigfachen Anforderungen, die im einzelnen nicht einmal nennenswert waren: die Kinder von der Schule abholen, Aufgaben überwachen. Einkäufe mußten gemacht, die Zeitung nach Stellenangeboten durchsucht werden.

Hatte nicht Emily nach den ersten Ehejahren über die Monotonie der mit kleinen Dingen ausgefüllten Tage geklagt? Unter der Last geseufzt, die ihr der Alltag mit den drei kurz hintereinander geborenen Kindern aufbürdete?

Sie hatte sich verändert, war in der Enge matt und schwunglos geworden; wenig war übriggeblieben von jener frischen, widerspenstigen Emily ihrer Mädchenzeit.

Eines Tages hatte sie innegehalten, nachgedacht. Schließlich zu ihm gesagt: Ich arbeite mit Händen und Füßen, verschenke Liebe, und du planst und denkst für uns.

Und?

Ich möchte meinen Kopf zurück.

Das sah er ein.

Und er? Was hatte er an sie delegiert? Von sich abgespalten und auf sie übertragen, weil es so bequemer war?

Ein Stück von ihm, das jetzt neben ihm herging als seine Frau.

Damals hatte er ihr bei der Vorbereitung auf das Studium geholfen. Er wollte sich seine Frau nicht klein und dienend erhalten, wie das die satten Bürger taten. Eine Verlängerung seiner selbst. Sie sollte sich entwickeln dürfen, eine eigene Welt haben. Was war daraus geworden?

Auf dem Weg zum Zeitungsstand, auf der Westseite des Parks, stutzte er. Da stand eine Brunnenfigur, die er nie beachtet hatte!

Eine Frau mit Krug. Sie hielt ein Kind im Arm, in rührender Gebärde, ein größeres Kind zog an ihrem Rockschoß.

Frau Unbekannt.

Wie der Mann sie erträumt.

Damals, in der Enge, hatte er im Rahmen der Gemeinnützigen Gesellschaft einen Vortrag gehalten über Frauen, die es verdient hätten, auf einem Sockel zu stehen: gelehrte, politisch oder künstlerisch tätige Frauen aus der Antike und der Renaissance. Die Engemer hatten sich diesen geschichtlichen Abriß voller Unbehagen angehört, Blicke geworfen nach der jungen Pfarrfrau, von der man wußte, daß sie mit Hilfe ihres Mannes privat ein Examen über den Maturastoff abgelegt hatte und nun studierte, nicht Hebamme oder Ärztin, was man vielleicht noch verstanden hätte, nein, Jurisprudenz!

Weder in Deutschland noch in der Schweiz hatte sich je eine Frau an das Studium dieser den Männern vorbehaltenen Materie gewagt.

Und so etwas mußten ausgerechnet die Engemer ertragen, einen Pfarrer mit einer solch extravaganten Frau! Ein schönes Vorbild für die eigenen Frauen und Töchter.

Die Enge.

Walter sah sie vor sich. Mit ihrem Häusergewirr am See, den verstreuten Villen und Bauerngütern auf den Hügeln am Fuß des Uto; so klar, so farbig sah er sie, daß der Union Square verschwand.

Er dachte an den Tag seiner Einsetzung, wo alles so glücklich begonnen und er Besitz ergriffen hatte von seinem Amt, das ihm Verantwortung übertrug für das Wohlergehen der Menschen in diesem prosperierenden Flecken am Zürichsee.

Die Gemeinde hatte alles getan, um diesen 8. August 1875 festlich zu gestalten.

Zwar konnte man dem neuen Pfarrer, der in beste Kreise eingeheiratet hatte, keine Kirche bieten, noch immer war die Enge an die Mutterkirche St. Peter in Zürich gebunden. Bei seiner Hochzeit hatte man sich vor den Spyris über die Schäbigkeit des kleinen Bethauses schämen müssen. Das sollte kein zweites Mal passieren.

Die Kirchenpflege, sonst auf Sparsamkeit bedacht, ließ im Hochsommer das Bethaus innen und außen weißeln. Eine Ehrenkommission von drei Männern war verantwortlich für die Dekoration von Kapelle und Festtafel, ein Kredit von einhundert Franken bewilligt zum Ausschank des Ehrenweins. Der Tag war sonnig, eine leichte Brise strich vom See her. Unter Glockengeläute betrat die Festgemeinde das Bethaus, den Gästen wurden Plätze um den Taufstein angewiesen. Nach den Gesängen des Männerchors stellte der Präsident der Kirchenpflege in einer Ansprache den neuen Pfarrer vor. Voll Hoffnungen war dieses eifrig hingepinselte Wortgemälde: Ein tatkräftiger junger Seelenhirt, an seiner Seite eine Frau aus bestem Haus, eine Spyri!

Glück dem jungen Paar, Glück dem geistigen Leben der Gemeinde!

Um zwölf Uhr dann das Festessen auf der Bürgliterrasse, für das die Kirchenpflege laut Protokoll pro Couvert dreieinhalb Franken auszulegen bereit war, den Schoppen Wein inbegriffen.

Da saßen sie unter freiem Himmel mit Ausblick über Hügel und See.

Die Herren hatten die Jacken ausgezogen, behielten aber, da die Augustsonne stach, die dunklen Hüte auf. Die wenigen Frauen sahen unter den mit Blumen geschmückten Strohhüten ländlich aus. Emily saß in der Mitte der Tafel neben ihrem Gatten, sie hatte den Halbschleier über den Hutrand hochgeschlagen, kleine Schweißperlen standen auf der entblößten Stirn, sie trank und lachte viel, die Wangen erschienen fester als sonst, Vater Spyri, der gegenüber zwischen der Prominenz der Gemeinde saß, ging mit sich selbst eine Wette ein, daß sie schon schwanger war. Daß seine aufmüpfigste Tochter ihrem Frauenschicksal nicht entrinnen konnte, stimmte Spyri heiter, auch der Umstand, daß es der unerwünschte Schwiegersohn doch zu einem Pfarramt in bester Gemeinde gebracht hatte, jedenfalls konnte sich Walter nicht erinnern, den Schwiegervater je in so gelockerter Stimmung gesehen zu haben.

Spyri auf der anderen Seite des Tischs zwischen den Eschers, Weltis und Landolts. Gemeindepräsident Conrad Landolt zeigt auf die schönsten Aussichtspunkte auf Gemeindeboden, wo in den letzten Jahrzehnten Villen erbaut worden waren: Eschers Belvoir, eine klassizistische Villa, der Freudenberg, von Heinrich Bodmer errichtet, gegen den See hin das Venedigli, eine verspielte kleine Wasserburg, das prächtige Muraltengut, Häuser, die vom Geld und Geschmack ihrer Besitzer zeugten. Dann die Rosau am Schanzengraben; die Villa am Rietberg des Kaufmanns Wesendonck, die nun den Rieters gehörte, war von hier aus nur zu erahnen… Spyri folgte mit dem Blick Landolts Zeigefinger, lobte die Prosperität der Enge. Natürlich gehe es nicht allen Einwohnern so gut, schränkte der Gemeindepräsident ein, noch gebe es, vor allem hinter dem Moränenhügel, genug Bedürftige, der Schwiegersohn finde da für seinen Sozialtrieb ein ausreichendes Betätigungsfeld, wenn Kempin nur nicht alles umkrempeln würde! Eine Spur zu eifrig, ein Preuße halt…

Nach einer Weile vertieften sich Spyri und Landolt in ein Gespräch über die Linienführung der linksufrigen Eisenbahn, im September sollte die Linie Zürich-Ziegel-brücke endlich den Betrieb aufnehmen. Auch Escher hörte zu, lobte Spyris Sachverstand, der Herr Direktor sei mit der Materie wohlvertraut, das merke man, Spyri lachte geschmeichelt.

Immer wieder schaute Walter zu seinem so verwandelten Schwiegervater hin, einmal begegneten sich ihre Blicke, Spyri neigte sich Kempin zu, so daß Walter sein eigenes Spiegelbild in Spyris Brillengläsern erkennen konnte: die hohen Wangenknochen, den Schnurrbart, die Augen hinter der Brille wie gestochene Punkte. Mit einem versöhnlichen Lächeln meinte Spyri, er ernenne ihn, seinen Schwiegersohn, ab heute zum Co-Redaktor des von ihm gegründeten Blatts der »Gemeinnützigen Gesellschaft«.

Walter lächelte schmal zurück. Lieber wäre ihm die Mitgift gewesen.

Die Bodenpreise in der Enge stiegen wegen der Spekulation vermögender Einwohner, an ein eigenes Haus für seine künftige Familie war nicht zu denken, erst vor einigen Tagen hatte er erfahren, daß die Liegenschaft an der Seestraße, in der er wohnte, renoviert und verkauft werden sollte. Der Preis war unbezahlbar. Er konnte da nicht mithalten, mußte erst die Möbel finanzieren, die Emily mit dem sicheren Stilempfinden der Spyris in Zürcher Geschäften ausgewählt hatte.

Spyri hob sein Glas und trank Walter zu. Eine Brise trug den Geruch nach frisch gemähtem Gras herüber.

Daß nach diesem heiteren Tag eine solche Arbeitslast auf ihn zukäme, das hatte Walter nicht bedacht.

Zwar hatte er schon als Pfarrverweser erfahren, wie aufwendig es war, nicht nur die Enge, sondern auch das an die Enge gekoppelte, entfernte Leimbach kirchlich zu betreuen. Kaum war er im Amt, erhöhte Leimbach seine Ansprüche, zu der sonntäglichen Kirchenlehre kamen zwölf Morgengottesdienste, Taufen und Abdankungen. Auch bei schlechtem Wetter und im Hochwinter fuhr er sonntags mit einer Mietkutsche zum Gottesdienst. Der Religionsunterricht war in dieser materialistischen Zeit ein Eiertanz: Die Lehrer schickten ihm die Schüler erst zur Unterweisung, wenn sie ausgelaugt waren von anderen Stunden, protestierte er, gab es Schwierigkeiten mit der Sekundarschulpflege, die schnell bereit war zu behaupten, es herrsche bei ihm keine Disziplin. Wer mit dem Pfarrer auf Kriegsfuß stand, konnte seine Kinder auch zur Unterweisung nach St. Peter in Zürich schicken, ein Recht, von dem besonders die wohlhabenden Familien Gebrauch machten. Im Winter, wenn es im Bethaus eisig kalt war, mußte er die Kinder in einem Saal des »Sternen« unterrichten, durch die dünne Wand hörte man Wirtshausgespräche, die Schüler waren mit einem Ohr drüben, mit einem Ohr bei ihm.

Viele der Schüler waren verwahrlost, schlecht genährt. Der Pfarrer gründete einen *Hülfsverein*. Im Sommer organisierte er Ferienkolonien.

Die Enge wurde immer begehrter als Wohnsitz begüterter Zürcher. Wer nicht zu den Reichen gehörte, hatte auf dem Wohnungsmarkt das Nachsehen.

Ehe Walter zwei Jahre im Amt war, mußte er mit der schwangeren Emily und der kleinen Gertrud die dritte Wohnung beziehen. Später würde es heißen, Emily sei eben keine gute Hausfrau, die Besitzer hätten sich gewehrt für ihr Eigentum. Das war eine Lüge. In einem Brief an die *Titl. Kirchenpflege St. Peter in Zürich* hatte Pfarrer Kempin dargelegt, wie es sich tatsächlich verhalten hatte: Die erste Wohnung mußte er verlassen, weil das Haus verkauft wurde. Bei der zweiten, in der Seeau, entschloß er sich, zusätzlich zu den von der Kirchenpflege bewilligten 1000 Franken, aus eigenen Mitteln 200 Franken zuzuschießen, in der Hoffnung, für lange Zeit nicht mehr umziehen zu müssen. Kaum fühlte sich die Familie heimisch, wurde dieses Haus 1877 verkauft, der neue Besitzer erhöhte die Miete auf stolze 1800 Franken!

Da die dritte Wohnung eine umgebaute Scheune war,

unzumutbar, ein Provisorium, schlug Präsident Landolt der Schulpflege vor, das alte Schulhaus zu einem Pfarrhaus umzubauen. Die Schulpflege lehnte ab, willigte schließlich für eine Kaufsumme von 30 000 Franken ein, 1878 wurde das Schulhaus für den Pfarrer hergerichtet.

Nach den Mühen des Tages lebte er abends am Schreibtisch bei seiner philanthropischen Arbeit auf.

Als Co-Redaktor der Zeitschrift der »Schweizerischen Gemeinnützigen Gesellschaft« fühlte er sich noch gehemmt, Spyri, der sich aus der Redaktion zurückgezogen hatte, wachte als Zentralpräsident im Hintergrund. Der Schatten des Schwiegervaters war allgegenwärtig, erkennbar schon daran, wie ihn Chefredaktor Pfarrer Grob in einer der Sommernummern 1875 vorgestellt hatte: *Es ist mir sehr angenehm, Ihnen sagen zu können, daß sich Herr Pfarrer Kempin in Enge bei Zürich (Tochtermann des Gründers unserer Zeitschrift, unseres hochgeehrten Herrn a. Diakon Spyri) hat erbötig finden lassen, sich als Hilfsredaktor uns beizugesellen. Mit patriotischem Gruß!*

An der Generalversammlung in Schwyz, wo Kempin durch das Hauptreferat entscheidende Impulse bekam für seine Lieblingsidee, die Krankenpflege, war die Gegenwart des Schwiegervaters erdrückend. Direktor Spyri hielt endlose Tischansprachen mit den für ihn typischen Redewendungen *ächten tapfern Schweizersinn* und *demokratisch* (die Zürcher Demokraten mochte er zwar aufs Blut nicht leiden) und hinderte Kempin so daran, das von ihm vorbereitete Votum über die Krankenpflege abzugeben. Spyri schützte den Zeitdruck vor, unter dem die Versammlung stand, man wollte noch gemeinsam eine Wanderung auf den Seelisberg machen. Ein paar Jahre später konnte Walter Kempin sein Postulat der unentgeltlichen Krankenpflege endlich der Öffentlichkeit vortragen, an der Versammlung der »Gemeinnützigen Gesellschaft« des Kantons Zürich in Winterthur 1880.

Am Schluß dieses Referats hatte er lange herumgefeilt,

sich dann gegen den eigenen Einwand, er sei zu gefühlsvoll, für ihn entschlossen:

*Es gibt Fragen des öffentlichen Lebens, denen man
nicht bejahend zustimmen kann, beim besten Willen
nicht, und für die doch der Pulsschlag des Herzens rascher
als sonst sich in Bewegung setzt. Das ist der Zug des Idealen im Menschengemüth, der uns auch gegenüber mensch-
lichem Irrtum zu freundlicher Nachsicht empfindet.*

1881 gründete er selber eine Zeitschrift, die er ›Blätter
und Blüthen‹ nannte und ein Jahr darauf umwandelte zum
›Philanthrop‹.

Nun nahm seine Lieblingsidee Gestalt an: Nach Vorbildern in Baden-Württemberg gründete er 1882 den »Centralverein des Schweizerischen Rothen Kreuzes«, Pflege-
rinnen sollten ausgebildet werden für den Einsatz auch zu
Friedenszeiten, Krankenstationen gehörten dazu.

Eine völlig neue Idee. Er setzte sie durch gegen Widerstände. Nie ging ihm etwas glatt von der Hand, Feinde er-
wuchsen ihm auch im eigenen Lager, brachten ihn schließlich zu Fall.

Es kam ihm vor, als sei nach der Zeit in der Enge alles
hinter ihm abgebrannt, ein Teil seiner selbst begraben unter den Trümmern eines früheren Lebens.

Sogar seine Sprache hatte er verloren in der Neuen Welt.

Es war dämmrig geworden, immer mehr Menschen füllten
die Gehsteige, auf den Straßen nahm der Verkehr zu. Sie
irritierte ihn, diese Zielstrebigkeit, die überdrehte Geschwindigkeit der Schritte auf den Gehsteigen Manhattans. Als sei jeder von der Furcht getrieben, Zeit zu verlieren, zu spät zu kommen, belästigt, aufgehalten zu werden.

Einem plötzlichen Einfall folgend, bestieg er an der
Nordseite des Platzes, auf der Höhe der 17. Straße, eine
der Mietdroschken. Der Kutscher wandte sich um, rief:
Wohin? Kreuz und quer, egal wohin, gab Walter zurück
und nannte einen Geldbetrag. Der Kutscher, ein wuchti-
ger Mann mit geröteter Nase, großen Holzfällerhänden,

starrte den Fahrgast an. Während das Pferd schon in Trab fiel, rief er noch ein paarmal etwas nach hinten, aber Walter, der nichts verstand, blieb stumm. Auf der Höhe des Madison Square hielt er brüsk an und richtete den Rückspiegel, um den Fahrgast im Aug zu behalten. Nach zwei Blocks, Broadway aufwärts, zog der Kutscher die Zügel an, das Pferd trabte, schneller als erlaubt.

Langsamer, rief Walter nach vorne.

Nun hörte ihn der Kutscher nicht mehr oder wollte ihn nicht hören. Er bog in die 42. Straße ein und geriet bald in eine Verkehrsstockung, ein Pferd war gestürzt, es lag verendend in einer Blutlache, links und rechts rollten die Droschken weiter. Ein Familien-Landauer kam ihnen entgegen, Kinder in Pelzmützen, eines zeigte auf das Pferd, die anderen johlten, erschrocken und fasziniert über das grausige Bild. In einem entgegenkommenden »Brown Coupé« schminkte sich eine Frau die Lippen.

Das Pferd, das Pferd, rief Walter, aber der Kutscher achtete nicht darauf.

Das Pflaster war schmierig vom kürzlich gefallenen, rasch geschmolzenen Schnee. Dampfschwaden, die aus den Abflußdeckeln der Kanalisation stiegen, vermischten sich mit dem Wirbel der Räder und Pferdehufe, die herannahenden und sich entfernenden Lichtbahnen der Wagenlaternen ließen sie aufleuchten, wieder erlöschen.

Nach dem Vortrag »The Alienist and the Law« war Dr. Munn nach vorne gekommen und hatte Emily die Hand geschüttelt: Er sehe, sie sei à jour, bringe frischen Wind mit aus Europa. Er würde gern zugunsten der Medical School und des Bellevue Hospitals von ihrem Wissen profitieren, sie einspannen für Grenzfragen zwischen Medizin und Jurisprudenz.

Ob sie oder ihr Mann in New York schon eine befriedigende Anstellung gefunden hätten?

Nein, noch keine. Emily errötete.

Sie besuche in der Zwischenzeit Vorlesungen an der

University of the City of New York, arbeite sich in amerikanisches Recht ein.

Der Sekretärposten der *Medico-Legal Society* wird frei, sagte Dr. Munn. Ihre Aufgabe wäre es, Ideen weiterzutragen zu den Studierenden, Artikel zu schreiben in Fachzeitschriften…

Dr. Emily Kempin hat vor allem die Absicht, eine *Woman's Law Class* zu gründen, rief seine Frau keck dazwischen. Darauf warten wir schon mit Ungeduld, nicht wahr? Sie warf ihre roten Locken zurück.

Kann man darüber Genaueres hören? fragte der Mann der Sutro, ein bekannter Anwalt, fast täglich stand er hinter den New Yorker Gerichtsschranken.

Emily Kempin schilderte vor dem brennenden Kaminfeuer ihre Vorstellungen über Zweck und Stoffplan dieser Schule. Ein Zeitungsbericht hielt unter *Society News* später fest: *Die Kempin kann sich, und zwar mit klarem Kopf, in Begeisterung reden. Kein Wunder, daß man sie seit Wochen von Parlor zu Parlor reicht!*

Nach der kurzen Ansprache tuschelte Florence Sutro einen Moment mit ihrem Ehemann, rief dann mit ihrer unbekümmerten, hellen Stimme: Emily Kempin, tragen Sie mich heute schon ein als Ihre Schülerin!

Das deutete man als gutes Vorzeichen: Eine der beliebtesten Frauen der New Yorker Society, als Pianistin im besten Ruf, stand hinter dem Projekt. Dr. Munn meldete sich noch einmal mit einem Rat. Als Mittelsmann zwischen Medical School, Bellvue Hospital und Universität empfehle er den Frauen, noch einmal einen Vorstoß zu machen beim Dekan der Juristischen Fakultät. Klar sollte die Frage formuliert werden: Will die Universität dem Bedürfnis der Frauen nachgeben und ihre bestehenden Rechtsklassen für weibliche Studierende öffnen? Oder ist sie willens, einen Studiengang für Frauen zu eröffnen, an dessen Spitze Dr. Emily Kempin steht?

Anfangs April 1889 lag das Gesuch der Frauen beim Dekan, aber die Universität war in diesen Frühlingstagen ganz der Vergangenheit zugewandt: George Washingtons hundertster Geburtstag und der Founder's Day waren zu feiern. Eine Büste von Butler sollte aufgestellt werden, dem Begründer und ersten Professor der Juristischen Fakultät.

Die Rechtsstudenten, darunter Emily als einzige Frau, nahmen an dem feierlichen Akt teil: Die Büste aus Carrarer Marmor, von einer Kunstklasse angefertigt, wurde enthüllt. Eine kleine Sensation: In der Mitte der Kunststudenten eine Frau, Ann Lynch Botta, Leiterin der Kunstschule. Ihre Ansprache erregte Aufsehen.

Wenn es möglich ist, daß eine weibliche Professorin der Kunstklasse vorsteht, warum soll an der juristischen Fakultät nicht auch eine Dozentin wirken? In Diskussionen wird Emily und ihren Freundinnen klargemacht: Im Unterschied zur Kunst sei die Jurisprudenz eine ernsthafte Materie, sie befasse sich zur Hauptsache mit den Abnormitäten menschlichen Zusammenlebens: Raub, Mord, Ehebruch, vor der Begegnung mit diesen Verbrechen will man die Frauen verschonen. Als ob die Frauen in einer purgierten Frauenwelt lebten, sagte Martha Munn an einem der nächsten Treffen wütend.

Nach der Feier war Emily eingeladen zu einem kleinen Empfang an der Universität, sie bat ihren Ehemann mitzukommen.

Walter wehrte ab: Er gehöre nicht dazu.

Die Professoren und Studenten nehmen doch auch ihre Frauen mit, ihre Freundinnen, sagte sie.

Walter stand schließlich im festlichen Gedränge in der Halle, ein Glas in der Hand, in Tuchfühlung mit Emily. Sie stellte ihn ihren Professoren vor.

Er beobachtete sich plötzlich wie von außen, sah seinen Mund in zuckenden Bewegungen fremde, ungewohnte Worte ausspeien:

Thanks. The same to you. Yes, with my wife.

Er machte sich davon aus der lachenden, sich zupro-
stenden Gesellschaft. Ging, da die gewohnten Wege wegen des nachmittäglichen Festzuges noch gesperrt waren,
eine andere Straße hinauf, überquerte einen ihm unbekannten Platz. Nach weiteren zwei Blocks schien ihm, er
sei zu weit östlich abgetriftet, er versuchte, nach Westen zu
korrigieren, geriet in eine dunkle, nur von einer Gaslaterne
erleuchtete Straße.

Einmal ist diese riesige Stadt klein und übersichtlich gewesen, dachte er, ohne Schwierigkeit bewegte man sich
von da nach dort. Auch später, als neue Häuser hinzuge-
kommen sind, hat man versucht, sich an einem markanten
Punkt im Stadtkern zu orientieren. Aber inzwischen hat
diese Agglomeration ihr Maß verloren, da gibt es keinen
Kern mehr. Immer neue Perspektiven, die aufreißen, heute
anders als gestern.

Ein Ordnungswächter, der seinen Rundgang machte,
half ihm, den Rückweg zu finden.

Ans Detail sich halten, um dem Maßlosen zu entgehen.

Das Fenster an der 14. Straße.

Das Kreuz mit der abbröckelnden weißen Farbe, die
vier Felder aus verschmiertem Glas.

Durch das Fadenkreuz des Fensters andere Fenster.
Wechselhaft wie ein menschliches Auge zeigen sie durch
ihre Färbung die Tageszeit an: in der Frühe aschgrau erloschen, als sei die Hausmauer drüben durchlöchert. Später
aufblitzend im Widerschein eines für den Betrachter noch
unsichtbaren Lichts.

Als Emily gegen zehn Uhr vom Empfang nach Hause
kam, sagte er zu ihr: Du gehörst schon dazu, aber für mich
ist das hier ein Sandboden, ich kann mich nicht verwur-
zeln.

Sie trat neben ihn ans Fenster, legte den Arm um seine
Schulter: Nicht immer an Zürich denken.

Auswandern, ein Hochseilakt.

Wer zurückschaut, stürzt ab.

Robert, dem im Bett noch lange Zahlen und englische Vokabeln durch den Kopf schwirrten, hatte das elterliche Gespräch gehört. In seinem langen Nachthemd drückte er sich an Emily vorbei, lehnte sich an den Vater, ließ sich in dessen Arme einschließen.

Ich will auch nach Zürich zurück. Du hast es doch versprochen, Vater, wir fahren noch diesen Sommer.

Walter hatte sich in letzter Zeit viel mit den Kindern beschäftigt, sie waren, was ihm geblieben war, ein Netz, das ihn hielt. Er holte sie von der Schule ab, half ihnen bei den Aufgaben, so gut er es mit seinen spärlichen Englischkenntnissen vermochte.

Nicht zu Mutter, laßt sie ihren Vortrag schreiben, sagte er, wenn eines der Kinder zu Emily wollte.

Nein, ich hole euch ab, Mutter geht zur Universität.

Emily war froh gewesen über Walters Hilfe. Sie kämpfte ja in New York vor allem in Gedanken an ihre Kinder, eine Zukunft galt es aufzubauen für alle. Und nun mußte sie zusehen, wie Walter die Kinder unmerklich auf seine Seite zog: von ihr und New York weg.

Sicher war es für die Kinder schwer, dem Unterricht in der immer noch fremden Sprache zu folgen. Gertrud war weinend heimgekommen mit der Nachricht, sie müsse das sechste Schuljahr wiederholen.

Wein doch nicht, Gertrud. Das ist normal, wenn man den Kontinent wechselt, hatte Emily getröstet. Was ist schon ein Jahr?

Aber Walter hatte Gertruds Klagen über das ungewohnte Schulsystem unterstützt: der Unterricht schreite zu schnell voran, nichts werde gründlich erklärt. Er hatte auch Robert in seiner Vorstellung bestärkt, er verliere in New York den Anschluß an die höheren Schulen.

Der Besuch des Zürcher Gymnasiums, vor dem sich Robert als jüngerer Schüler mit mediokren Noten gefürchtet hatte, kam ihm jetzt über die Maßen erstrebenswert vor, überhaupt fiel auf die Stadt jenseits des Ozeans ein verklärender Glanz.

Emily am Tisch, die Lampe der Kirchenpflege wirft einen hellen Schein auf ihr Manuskript.

Walter, halb abgewandt, am Fenster.

Dr. Munn interessiert sich für das Thema Hypnose und Jurisprudenz. Ich habe ihm von Professor Forels Experimenten im Burghölzli erzählt.

Hörst du mir zu, Walter?

Der Vortrag wird in der Zeitschrift ›Arena‹ gedruckt.

Mein Amt als Sekretärin der *Medico-Legal Society* wird uns regelmäßig etwas Geld einbringen, die Sache mit der Rechtsschule ergibt sich wohl nicht so schnell...

Walter, hör, wir werden es zusammen schaffen...

Ihre Augen im Lichtschein.

Nicht die Lampe, sie selbst ist elektrifiziert.

Sie fragt sich, wie lange sie diesen Mann, der brütend am Fenster steht, noch auf ihrem Rücken tragen kann, einen, der nie angekommen ist.

Auch er hat sie getragen, an einem Sommerabend in der Enge, fünf oder sechs Wochen waren sie damals verheiratet. Walter war noch nicht als Pfarrer eingesetzt, alles noch offen.

Bis spät hatte er eine dringende Arbeit erledigt, sie stand in seiner Schreibstube am Fenster, ungeduldig, das Mondlicht draußen machte sie kribblig.

Komm, Walter. Es ist Vollmond. Wir wollen noch ein bißchen spazieren.

So spät?

Er sah ihren Blick, der schon alles spiegelte: Mondscheinwiesen, Mondscheinwege, Emily, die Frau im Mond.

Draußen waren die erst kürzlich aufgestellten Straßenlaternen erloschen. Unwirklich sah die Enge aus, Wasser glänzte zwischen den Bäumen. Auf den Hügelkamm, Walter. Von oben auf den See schauen!

Sie zeigte zwischen den Häusern zum Landgut der Villa Wesendonck hinauf.

Im Zaun war eine Lücke, sie schlüpfte hindurch, zog Walter nach. Über die Wiesen hinauf.

Walter versteckt sich hinter einem Baumstamm, schleicht sich an, hält ihr von hinten die Augen zu, freut sich über ihren erschreckten kleinen Schrei. In den Zweigen gibt ein Vogel im Schlaf einen Laut von sich. Jetzt rennt sie voran, ein heller Schatten zwischen Baumgruppen, drüben die Säulenveranda der Villa. Beim Gartenhaus stolpert sie. Der Knöchel schmerzt, sie setzt sich ins Gras.

Sie sitzen umschlungen, eine Schlange mit roten Schuppen liegt auf dem See.

Hinter ihnen das Gartenhaus: malerisch, mit Panoramablick. Hier sollten wir wohnen, nicht, Walter?

Walter erzählt von Wagner. Als Gast der Wesendoncks hat er im Gartenhaus gewohnt, über eine Dachtraufe soll er nachts Ausflüge gemacht haben ins Schlafzimmer der Frau Wesendonck.

Onkel Bernhards Wagner? Dieser alte schwerfällige Kater?

Emily lacht.

Auf dem Rückweg beginnt der Knöchel stärker zu schmerzen, er trägt sie, eine leichte Last, hangabwärts.

Nie wieder sind sie später unter dem Zaun hindurchgeschlüpft. Walter hätte sich als Pfarrer so etwas nicht leisten können, und Emily, schwanger, wäre nicht mehr durch die Lücke gekommen.

Jahre später. Eine andere Enge.

Die Dächer unter dem Dezemberhimmel zusammengerückt.

Der See unbeweglich, eine graue Fischflosse.

Zürich weit weg am anderen Ufer, kein Schiff stellt die Verbindung her, die Hügel mit den Waldkuppen geduckt unter dem Horizont.

Mittags ist der erste, von den Kindern langersehnte Schnee gefallen. Jetzt liegt er auf den Feldern, schäbiges

Weiß, von Ackerkrume und Gräsern zerschlissen. Die Kleinen möchten hinaus auf die Seestraße, die Schwester von der Schule abholen.

Anziehen, schnell! Emily bückt sich nach Stiefeln, Jakken, Fäustlingen, Schals, Wollmützen.

Robert stößt in den alten Stiefeln mit den Zehen an, Agnes soll sie, mit zwei Wollsocken ausgepolstert, in diesem Winter nachtragen.

Komm, schlüpf in die Schäfte, Agnes.

Die Beinchen sehen erbärmlich aus in den weiten Röhren. Robert trägt Gertruds Stiefel, aber ihre Jacke will er nicht. Der Schnitt ist neutral, wehrt sich die Mutter für das Kleidungsstück. Aber die Farbe! Dieses Grün ist für Mädchen!

Emily gibt nach, holt seine alte Jacke aus dem Schrank, die seinen Oberkörper wurstartig einzwängt, die frostroten Knöchel an den Armen freiläßt. Ein neues Kleidungsstück liegt nach den Ausgaben der Festtage nicht drin, aber aus Walters altem Mantel ließe sich vielleicht eine Jacke schneidern.

Wenn sie nur nicht jeden Rappen umdrehen müßte.

Emily richtet sich auf, die Hand fährt nach hinten, wo das Kreuz vom vielen Bücken schmerzt.

Robert rennt unterdessen die Stufen hinunter, reißt die Tür auf, Agnes ihm nach. Vermutlich ist sie draußen auf dem Kopfsteinpflaster ausgeglitten, Emily hört den Schrei.

Sie reißt ihre Jacke vom Haken, fährt in die Schuhe, rennt den Ausreißern nach.

Agnes! Beinahe über das Scharreisen!

Emily schüttelt den Kopf, holt tief Atem.

Diese gefährlichen Scharreisen, überall sieht man sie auf dem Land vor den Haustüren, damit sich der Eintretende die Erdklumpen von den Sohlen streifen kann. Scharfe eiserne Halbmonde, kleine Guillotinen.

Emily geht mit den Kindern die Seestraße entlang, Robert links, Agnes rechts, die Kinder nehmen Anlauf, schlittern, von ihrem Arm gehalten, über den nassen

Schneebelag. Emily kann sich nicht sattsehen an ihren vergnügten Gesichtern. Wenn Agnes lacht, blitzen die Zähne, weiß sind sie noch, klein wie Reiskörner. Robert blickt zu ihr auf, sie sieht in seine geblähten Nasenlöcher, in die Augen, die übermütig zwinkern, fort ist der Ernst, der sie oft in seinem grauen Blick erschreckt. Das Straßenband ist noch leer, aber gleich wird Gertrud auftauchen, gleich.

Muß sie für Lehrer Lienhard wieder Schiefertafeln putzen?

Emily fallen Arbeiten ein, die sie zu Hause tun müßte. Die Tage sind kurz, nichts findet in ihnen Platz.

Sie kommt sich vor wie ein Schneepflug, der alles vor sich her schiebt.

Gertrud in Umhang und Kapuze, von fern wie ein Pilz. Erst beim Näherkommen erkennt man unter der weiten Glocke des Umhangs die rasch ausschreitenden Beine.

Jetzt hat sie Mutter und Geschwister entdeckt, fängt an zu rennen, landet in Emilys Armen, atemlos.

Was für eine Ehre, man holt sie ab!

Ihre Wangen röten sich beim Lachen, eine frische Apfelfarbe.

Neben den mageren Geschwistern sieht Gertrud robust aus: breitschultrig, ein Landkind. In Tante Johannas Bücher würde sie passen. Sie gleicht dem Heidi, hat Robert gerufen, aber dann hat er gestutzt und sich korrigiert: Heidi hat dunkle Locken, und Gertrud dunkelblondes glattes Haar.

Am frühen Abend sitzt Emily im Schein der Lampe mit ihrem Flickzeug, Robert hat schon wieder ein Loch im Strumpf, zum Verzweifeln. Man müßte seine Stiefel zum Schuster bringen, das Innenleder reißt an der Ferse die Wolle kaputt.

Sie netzt den Faden mit den Lippen, seufzt. Was ist? Kopfweh? Das kommt vom Schnee.

Walter sitzt am Tisch, korrigiert ein Manuskript, der
›Philanthrop‹ muß dringend zur Druckerei.

Nummer für Nummer wirbt Walter vergebens um
neue Abonnenten. Bring doch mehr Artikel allgemeiner
Art und Unterhaltung, hat Emily geraten. Die Zeitung
ist Kopfblatt für verschiedene gemeinnützige Vereine:
›Archiv des Schweizerischen Armenerzieher-Vereins,
Central-Organ der Schweizerischen Militär-Sanitätsver-
eine, Chronik für Handwerker und Gewerbe‹ und jetzt
auch Organ seiner Gründung des »Schweizerischen Zen-
tral-Vereins vom Rothen Kreuz«. Alles unter einem Hut.
Allen recht getan, paß auf, Kempin, und das alle acht
Tage für ein Jahresabonnement von vier Franken achtzig!

Trotzdem hat er im Oktober eine bunte Auswahl von
Beiträgen gebracht: *Skizzen aus dem Tagebuch eines Ir-
renwärters. Die Seele, eine Skizze von Dr. med Karoline
Farner. Das Rothe Kreuz in Württemberg. Die Ret-
tungshäuser im preußischen Staate. Kleine Zeitung. Ro-
manfolge.*

Emily hat auf sein Drängen einen Fortsetzungsroman
für die Zeitung geschrieben: haarsträubende Verwick-
lungen und ein dickes moralisches Ende. Die Trunk-
sucht wird angeprangert. In jeder Nummer bricht die
Geschichte an einer besonders spannenden Stelle ab,
geht dann weiter, fast endlos, ein Bandwurm. Sie hat
sich den Roman im letzten Sommer neben der Hausarbeit aus den Fingern gesogen.

In den Fußstapfen der Johanna Spyri.

Wie Johanna bei ihrem Erstling hatte sie den Namen
der Verfasserin verschwiegen.

Vermutlich wurden Scharen von Lesern nach der Lektüre vom Trinken bekehrt, neue Abonnenten aber mel-
deten sich kaum.

Emily soll Walters Leitartikel durchlesen.

Sie überfliegt ihn, das Nähzeug in der Hand, mit gerunzelter Stirn. *Es gereicht uns zum Vergnügen zu vernehmen*... kannst du das einfacher sagen, Walter?

Er gibt zu: Es tönt verschroben. Aber er müßte den ganzen Passus nochmals abschreiben mit seiner krakligen Handschrift, dazu reicht die Zeit nicht aus. Es ist sein Verhängnis, daß er alles erst nach Feierabend schreiben muß, gerädert von den Pflichten, die man ihm aufbürdet, als Pfarrer ist er der Lastesel der Gemeinde.

Emily setzt sich wieder hinter ihre Flickarbeit.

Es riecht nach den feuchten Kleidern, die am Ofen trocknen.

Da kommt Robert heulend die Treppe herunter, Agnes hat seine Eisenbahn umgeworfen, ein Weihnachtsgeschenk von Großvater Spyri. Aus dem Kinderzimmer dringt Geschrei, vermutlich hat Gertrud die Kleine geohrfeigt. Emily eilt nach oben, rennt wieder nach unten, weil Walter ruft, geht dann wieder hinauf. Tausende von Schritten täglich: hin und her, treppauf, treppab.

Eingeschlossen im Labyrinth.

Die Kinder endlich ausgezogen, unter ihren Bettdecken.

Sie setzte sich erst zu Robert, der in dem großen kahlen Raum, einem ehemaligen Schulzimmer, gleich neben der Tür schlief.

Robert seufzte wohlig, schlang die Arme um ihren Hals, bog ihn herunter.

Sie hörten gemeinsam, Wange an Wange, auf den Klang der Betzeitglocke, der vom achteckigen Türmchen herüberdrang. Roberts Lippen an ihrem Ohr: Nuschel-Flüsterworte, die kitzelten. Erzähl weiter vom ›Heidi‹. In Frankfurt, bei Sesemanns. Sie spann das Erzählgarn, wich ab vom Text der strengen Tante, weil sie das Buch nicht holen wollte, im Halbdunkel lieber selbst kleine Szenen erfand. Die beiden Mädchen hörten von drüben zu, sie lagen unter einer Deckenwolke im ehemaligen Ehebett des Lehrers Egli, beim Auszug aus der Schulhauswohnung hatte er dies verschnörkelte eiserne Scheusal der Pfarrfamilie verkauft.

Ein guter Moment: im dämmrigen Zimmer die Wärme der kleinen Körper spüren, Worte flüstern gegen die Dunkelheit, gegen die Angst: *Und Heidi plagte das Heimweh, nachts am meisten, und im Schlafwandel ging sie durch das Haus, und Sesemanns Katze schloß sich ihr an mit feurigen Augen und flüsterte: Heidi, du sollst ein Geheimnis sehen...*

Emily hörte ihre Stimme durch die braun wabernde Dämmerung dringen und wie ein Echo zurückkehren, hohl, eindringlich in dem übergroßen Raum. Einmal, als ihre Stimme bei einer dramatischen Stelle angeschwollen war, hatte sich der eingebaute Wandschrank im Hintergrund des Zimmers geöffnet, langsam, knarrend, als sei ein unsichtbarer Lehrer in den Raum getreten und suche die Schiefertafeln. Die Kinder hatten geschrieen vor Furcht, denn die Fenster ihrer Zimmer gingen auf den Friedhof hinaus.

Nicht nur Kinder spüren mächtige, nicht zu benennende Dinge. Emily hatte sich zu den Mädchen ans Bett gesetzt, erst auf Agnes', dann auf Gertruds Seite, sie spürte die Wärme der kräftigen Kinderkörper und atmete tief, die Gedanken an die Tagdinge wichen zurück. In diese Leere stieg aus ihrem Innern eine Grundwelle auf, ein Gefühl von Bedrohung, als rinne Seewasser unter dem Haus durch, unterspüle die Grundmauern und trage es schließlich davon.

In den ersten Jahren ihrer Ehe hatten sie viermal umziehen müssen, und immer war sie schwanger gewesen oder hatte gerade geboren, die Suche nach einer für den Pfarrer erschwinglichen Wohnung demütigte und nervte sie, mehr als der Umzug selbst. Die Engemer hatten sich daran gewöhnt, die Möbel des Pfarrers und die Kisten mit den Spyrisachen auf der Straße zu sehen. Jedesmal war die Wohnung zu klein und zu schäbig gewesen, um alles auszupacken, und der nächste Umzug hatte sich gleich wieder angekündigt. Walter hatte seiner Familie während anderthalb Jahren ein Pfarrhaus erkämpft und als Aktuar der Kirchenpflege seinen eigenen Einsatz protokolliert, der ihm die Feindschaft der Schulpflege und einiger Lehrer eingetragen hatte. Nun hatten sie ihr Heim, dieses altertümliche Schulhaus, zwischen See und Friedhof.

Und trotzdem kam ihr vor, Unheil schwebe über ihnen.

Die Blätter der Pappeln vor dem Pfarrhaus bewegten sich, im Wind geflüsterter Worte. Walters Protokoll der Sitzungen der Kirchenpflege (das er nach Hause nahm mit dem Vorsatz, den fast unleserlichen Entwurf ins reine zu schreiben, dessen Niederschrift er aber aufschob von einem Monat zum andern) kam ihr bedrohlich vor. Bei nüchternem Durchlesen fand sich jedoch nichts Greifbares. Von undurchdringlicher Glätte auch die Höflichkeit der Menschen, wenn sie ins Pfarrhaus kamen, um Taufen oder Bestattungen anzumelden. Nur manchmal auf dem Vorplatz nach der Sonntagspredigt, wenn sie sich unvermittelt umdrehte, sah sie zusammengesteckte Köpfe, die rasch auseinanderfuhren. Abgebrochene Sätze in den Zweigen der Pappeln. Immer mehr Begüterte schickten ihre Kinder nicht zu Kempin, sondern nach St. Peter in Zürich zur Unterweisung. Und doch war in den letzten Jahren, als er noch in der Enge wohnte, Gottfried Keller gelegentlich zum Gottesdienst erschienen, der doch im Ruf stand, eher trinkfest zu sein als fromm. Zu Landolt hatte Keller gesagt, er schätze Vater Kempins Buchhandlung und Walter Kempins Predigt.

Durch das Fenster sah sie in der Dämmerung Grabsteine und Kreuze schimmern, in Reih und Glied, wie mit der Schnur ausgerichtet. Die Sigristin bückte Vormittage lang ihren steifen Rücken, um Pflänzchen, die neben den Beeten auf den Kieswegen wuchsen, zu jäten. In der Enge hielt man auf Ordnung, selbst bei den Toten.

Was die Lebenden betraf, so hatte man sie 1883 nach ihrem Steuervermögen erfaßt: vier Millionäre wohnten in der Enge, fünf mit Vermögen über 100000 Franken, neunzehn besaßen zwischen 50000 und 100000, dann folgten die durchschnittlich Begüterten und schließlich der Hauptharst: 852 ohne jegliches Vermögen.

Die Klassenunterschiede setzten sich im Totenreich fort: Während die Normalsterblichen ungeschützt unter dem Enge-Himmel lagen, erkannte man das Familiengrab der Eschers von weitem an dem hohen eisernen Zaun. Emily fand, die lebenden Eschers im Belvoir hätten den Schutz nötiger gehabt als die toten. Alfred Escher, mit dreißig Jahren schon Nationalrat, Begründer und Leiter der Kreditanstalt, Präsident jener Nordostbahn, bei der Vater Spyri Direktor war, hatte seine Anfechtungen: Ende der sechziger Jahre, nach einer Periode uneingeschränkten Manchester Kapitalismus', mucksten die Demokraten auf, ritten Attacken gegen das *Escher-System,* denn Escher hielt nichts von direkter Demokratie, in den Abgeordneten sah er *Priester, die das Feuer hüteten.* Salomon Bleuler schoß Pfeile ab aus dem ›Winterthurer Landboten‹: Escher, ein *Geldaristokrat, Eisenbahnmatador, Interessenverknüpfer.* Kurz vor Eschers Tod zerschnitt die Konkurrenzgesellschaft mit dem Trassee der linksufrigen Zürichseebahn schnöde sein Landgut Belvoir.

Auch unter dem Boden sollte er keine Ruhe haben: seine Tochter Lydia, verheiratet mit Bundesrat Welti, brannte mit dem Maler Stauffer nach Rom durch, von wo der Escherclan sie zurückholte. Der Maler, ein Verrückter, habe eine Geisteskranke verführt. Lydia büßt für ihren Fehltritt mit Hausarrest, ein Schatten, der unter der Säulenveranda des Belvoir auf und ab geht.

Alles aus der Norm Fallende wird geahndet.

Zürich, von Vernunft regiert. Doch im Burghölzli, diesem großzügig geplanten Irrenpalast, sind alle Betten belegt.

An der Hintertür des Pfarrhauses stand die Frau des früheren Organisten und Vorsängers, bleich, verweint.

Ihrem Mann war vor Jahresfrist die verlangte Lohnerhöhung verweigert worden. Im Zorn hatte der Mann sein

Amt hingeworfen, eine neue Anstellung fand er nicht. Man sah ihn jetzt täglich im »Sternen« seinen Schoppen trinken. Seine Frau versuchte, mit dem Nähen spitzenbesetzter Kinderhemdchen für die Reichen das Brot für die mehrköpfige Familie zu verdienen.

Jetzt stand sie da. Emily sah auf ihre für ein Almosen ausgestreckte Hand. Scham stieg ihr den Hals hinauf. Sie holte das Silberstück, das sie zurückgelegt hatte für einen Mantelstoff, sagte Trostworte, schloß die Türe wieder zu.

Jäh durchfuhr es sie: Das kann uns auch passieren.

Könnte sie ihre Familie durchbringen? Was hatte sie gelernt?

Ein bißchen Französisch. Klavierspiel, Hausarbeit.

Kurz darauf hatte sie begonnen, mit Walter Latein und Mathematik zu lernen.

Zweimal die Woche hörte sie an der Universität Vorlesungen über Metaphysik und Logik bei Professor Kym. Das machten andere Zürcherinnen aus der guten Gesellschaft auch: ein bißchen schnuppern am Männerwissen. Für bestimmte Vorlesungen schwärmen. Metaphysisches von sich geben bei Erdbeerkuchen und Tee.

Sie aber wollte als Externe am Knabengymnasium ihr Examen ablegen über den Maturastoff. Sich immatrikulieren. Noch wußte sie nicht, an welcher Fakultät.

Sollte sie Medizin studieren wie die meisten Frauen? Oder sich an eine ausschließliche Männerdomäne wagen, an die Jurisprudenz?

Mach es dir doch nicht zu schwer, hatte Walter letzthin gesagt: Hebamme könntest du werden. Oder Krankenschwester. Juristin, was für ein Aufwand!

Einer der Rechtslehrer, Professor Schneider, hat mir Mut gemacht. Jura ist ein Gebiet, das von jedermann respektiert wird.

Respektiert? Von deinem Vater vielleicht? Walter lachte. Er holte den berüchtigten Artikel über den Lehrerinnenberuf aus der Schublade, bemühte sich um den schwiegerväterlichen Originalton:

Unsere Aufgabe ist es nicht, die Frage zu beurteilen, ob das weibliche Geschlecht geeignet sei, den Beruf eines Arztes, eines Advokaten oder Geistlichen auszuüben, und jedenfalls, wo wir die physische Anlage des Weibes besprechen, nicht der Ort, über die geistigen Anlagen der beiden Geschlechter zu urtheilen; aber gesetzt, auch das weibliche Geschlecht sei gleich befähigt wie das männliche zur Durchdringung der Wissenschaft, so glauben wir doch nicht zu irren, wenn wir sagen, in allen Fällen, wo Amt und Lebensberuf eins sind, wird die physische Beschaffenheit des Weibes gewaltig große Lücken und Unterbrechungen hervorrufen...

Emily kannte den Artikel. Doch zum ersten Mal spürte sie eine kühne Zuversicht. Nicht mehr lange, und Vater würde erfahren, daß seine Tochter im Alter von einunddreißig Jahren, mit drei Kindern, das Studium der Jurisprudenz begonnen hatte. Er, der ihr hatte beibringen wollen, mit zwanzig sei es für ein Studium zu spät.

Als sie geheiratet und jedes Jahr ein Kind bekommen hatte, waren die Eltern wohl beruhigt: unserer aufmüpfigen Tochter geht es wie allen Frauen. Sie rackert sich ab, bis die Kinder groß sind. Ist das erreicht, sind die Kräfte für jugendliche Flausen verbraucht.

Ja, das hatte Emily Angst gemacht, daß es mit einunddreißig Jahren zu spät sein könnte. Ihre Kraft verschlissen vom Alltag. Gedächtnis, Beweglichkeit dahin.

In letzter Zeit war es ihr aufgefallen: Walter war ernst geworden, sein trockener Humor kam selten mehr durch, er entspannte sich nur noch, wenn er sich mit den Kindern abgab.

Abends, wenn er seine Blätter redigierte, bemerkte sie den neuen, schmerzlichen Zug um Nase und Mund. Es kränkte ihn, daß man seine Arbeit nicht würdigte. Nur dorthin starrte, wo er sich nicht leicht tat: mit der Disziplin im Unterricht, dem allzu bemühten Predigtstil, dem nicht ins reine geschriebenen Protokoll der Kirchenpflege.

Nachts lag er oft wach, zum Sprechen zu müde, Trost suchend in ihrer Umarmung. Er klammerte sich an sie, seinen Rettungsanker.

Sie wand sich los: Walter, laß, ich will kein neues Kind. Mach Licht an. Wir lernen noch Latein.

Die Vorstellung, daß dieser Körper abermals schwer wird und ein Kind all ihre Kraft verbraucht, treibt ihr den Schweiß auf die Stirn, jetzt, wo sie leicht und unabhängig werden will, sich Überblick verschaffen möchte, durch Wissen.

Es ragt uns die Burg mit
den Ämtern des Wissens...

Schauer hat es Emily über den Rücken gejagt unter diesem sommerlichen Feuerwerk von Tönen, Wörtern. Wie immer, wenn es in Zürich feierlich zuging, hatte man Gottfried Keller bemüht für ein Weihegedicht, im Mai für die Landesausstellung und diesmal, im August 1883, für das 50jährige Jubiläum der Universität, Attenhofer hatte die Kantate vertont, daß die weite Halle erdröhnte.

Dort, wo die schwache finanzielle Stellung der Wissensburg beklagt wurde, schwoll die Musik dramatisch an, erschütterte, *ein Kavalleriesturm im Angriff,* berichtete anderntags die ›Neue Zürcher Zeitung‹.

Rektor Krönlein, der in Berlin als Chirurg Karriere gemacht hatte, jetzt am Rednerpult. Zürich, das demokratische Zürich, sei für ihn Herzenssache, sagte er, und jeder in der Halle wußte, daß er sich damit gegen den Satz des Kollegen Christian Billroth stellte: *Zürich sei ein akademischer Wartesaal erster Klasse.*

Emily stellte sich während seiner Ansprache vor, wie sie in absehbarer Zeit vor Rektor Krönlein stehen würde, um ihr Examen abzulegen, sie spürte die wachen Augen hinter dem Zwicker auf sich gerichtet, und nochmals durchlief sie ein Schauer.

Sie blickte auf. Im vollbesetzten Saal hatte sie unter den Ehrengästen Johanna Spyri entdeckt mit ihrem Gatten, dem Stadtschreiber. Nach der Feier stand die Dichterin, offensichtlich gelangweilt, mit Professorengattinnen in einem der Seitengänge im Gespräch. Emily, die scheu vorbeigehen wollte, wurde von Johanna erkannt und zurückgerufen. Die Damen, verdutzt über die abrupt beendete Konversation, gingen im zwinkernden Einverständnis auseinander: Noch immer hat die Frau Stadtschreiber dieses Temperament, das sich gesellschaftlichen Rücksichten ungern beugt!

Johanna fragte nach Walter, und Emily erkundigte sich, wie es ihrem Cousin Bernhard gehe.

Er studiert in Leipzig, sagte Johanna.

Emily zählte heimlich seine Semester zusammen und erinnerte sich, daß er doch eigentlich schon 1879 hatte abschließen wollen, und jetzt waren sie im Sommer 1883?

Johanna, die wohl ihre Gedanken lesen konnte, sagte: Er ist viel krank gewesen, wir haben ihn zwischendurch auf eine Reise zu Onkel Christian Heusser nach Südamerika geschickt. Im letzten Winter war er im Engadin, das hat ihm gut getan. Neben dem Studium spielt er in Leipzig in einem mit Freunden gegründeten Kammerorchester Geige, du weißt ja, was ihm Musik bedeutet. Aber sag, wie geht es deinen Kindern?

Robert Walter ist verliebt in dein ›Heidi‹.

Eine feine Röte überzog Johannas Gesicht. Ja, dieses ›Heidi‹ erobert die Herzen. Das hätte ich mir nicht erträumt: Einige zehntausend Exemplare des Buches sind verkauft. Es wird in fremde Sprachen übersetzt, nächstes Jahr soll es in Amerika erscheinen!

Als schämte sie sich ihres eigenen Erfolgs, beendete sie die Unterhaltung schnell, indem sie sich nach ihrem Gatten Bernhard umdrehte, der bei den Mitgliedern der Regierung stand. Besuch uns wieder einmal, und bring die Kinder mit! rief sie Emily nach.

Ich war schon lange auf Erden,
jetzt fing ich an zu leben,
und die Flügel des Geistes
wagten den ersten Flug
Karoline von Günderode

Undeutlich zeichnet sich drüben ein Ufer ab.

Emily haucht in Walters Studierstube gegen die mit Eisblumen verkrustete Scheibe.

Über Jahre Gedanken zurückhalten, Sehnsüchte stauen. Vom Fußboden bis zur Decke sind die Räume des Pfarrhauses angefüllt mit Unausgesprochenem: Schweig, es geht nicht anders, Emily, melde keine Bedürfnisse an.

Jeder Gegenstand besetzt mit den Luftblasen ausgeatmeter Wünsche, ein Fisch, der gegen die durchsichtigen Wände seines Gefängnisses stößt mit seinem stummen Mund.

Wann endlich leben wir dieses andere Ich, diesen nie ans Licht gezogenen Teil unserer Selbst?

In die Augen der anderen schauen wie in einen Spiegel.

Die alte Frage: Wie sehen sie dich, wie wollen sie dich, wie solltest du sein?

Sie will zu Johanna Spyri.

Verspricht sich von diesen Ziehbrunnen-Augen Rat und Verständnis. Johanna, die einzige Frau in der Familie, die ein eigenes Leben beansprucht, wenn auch nur am Schreibtisch, die Verbindung hat mit großen Schriftstellern ihrer Zeit, mit Conrad Ferdinand Meyer, mit Gottfried Keller.

Seit der sommerlichen Feier in der Universität hatte sie die Spyri nicht mehr gesehen. Nun wollte sie die Tage nach Weihnachten für einen Besuch nutzen, bevor die Silvestergratulanten ins Stadthaus kamen.

Die Kinder, die sonst Besuche bei Verwandten haßten,

drängten darauf, mitgehen zu dürfen. Ich will mit, zu Heidis Mutter, rief Robert. Emily lachte über den wild entschlossenen, andächtigen Ausdruck in seinem Gesicht. Sie entschied, Gertrud und Robert mitzunehmen, du ein andermal, Agnes.

Diesmal ließ sich Emily im Stadthaus anmelden. Jahre war es her seit ihrem letzten Besuch.

Vreneli, Johannas langjährige Magd, goß für die Kinder heiße Schokolade in hohe, henkellose Tassen.

Johanna kam die Stufen des Altans herunter, betrachtete die Kinder von oben bis unten, wortlos, fast düster, Robert wurde unruhig unter ihrem Blick.

Du also liebst das Heidi?

Robert nickte heftig, Johanna ließ die Klappe ihres Schreibtischs herunter, öffnete eine Schublade und entnahm ihr eine prächtig illustrierte Ausgabe.

Da, für dich. Robert fuhr, während die Erwachsenen weitersprachen, scheu mit der Hand über das Titelbild. Gertrud hoffte ebenfalls auf ein Geschenk, aber die Dichterin schien die Kinder vergessen zu haben.

Weißt du noch, wie du zu mir gekommen bist mit der Frage: Was soll aus mir werden? sagte sie zu Emily. Nun bist du, gewissermaßen ganz von selbst, etwas Tüchtiges geworden: Pfarrfrau in der Enge, Mutter von drei Kindern.

Emily nickte. Dann gab sie sich innerlich einen Stoß: Ich lege in zwei Monaten die Maturitätsprüfung ab. Noch in diesem Frühjahr will ich ein Studium beginnen, vermutlich Jurisprudenz, wie Bernhard. Ist Bernhard in Zürich?

Johanna blieb einen Moment stumm. Tonlos sagte sie nach einer Weile: Ja, er ist da. Für die Festtage gekommen. Aus Leipzig.

Erneut eine Pause, während der man die Kinder schlürfen hörte, sie tranken in kleinen, vorsichtigen Schlucken, die Schokolade war rauchend heiß.

In die Stille platzte Robert mit der Frage: Hast du das Heidi wirklich gekannt, Tante Johanna? und brach damit das der Mutter gegebene Versprechen, im Stadthaus nur zu sprechen, wenn er gefragt werde. Emily schoß ihm einen energischen Blick zu.

Johanna schien die Frage überhört zu haben. Sie stand auf, ging zum Fenster, kam wie von einer langen Reise zurück, sagte kopfschüttelnd:

Was soll denn das? Du hast doch deine Aufgabe! Hier – sie streckte ihre Hand aus, ließ sie über die Köpfe der Kinder gleiten, die andächtig stillhielten – hier ist sie!

Emily spürte, wie die Enttäuschung aus ihr herausbrach, ekelhafter kalter Schweiß in den Armbeugen, im Nacken.

Hinter Johannas Kopf erschien ihr der Vater: mißbilligenden Zorn im Gesicht.

Ich tue es ja für die Kinder, stieß sie hervor. Ich muß vielleicht schon bald mithelfen, unser Brot zu verdienen.

Und leiser, zu Johanna geneigt, damit die Kinder es nicht hören sollten: Walters Tage in der Enge sind gezählt.

Aber warum ausgerechnet Jurisprudenz? warf Johanna ein. Ein Studium, das einen kühlen Kopf verlangt?

Sie warf einen Blick auf die Nichte, die sehr weiblich aussah in ihrer schimmernden, hochgeschlossenen Bluse mit dem kleinen weißen Kragen, von dem sich das Oval des Gesichts abhob.

Schau, sagte sie, und ihre Stimme bekam einen weichen Klang, in der Spyrifamilie sind Frauen, die so kühl und unberührt durchs Leben gehen, nicht bekannt. Warum denn einen Beruf wählen, in dem der Mann ohne Zweifel ungleich mehr und Besseres leisten kann. Warum nicht statt dessen eine Aufgabe suchen, in der die Frau nie erreicht wird?

Pflegerin, meine ich, Krankenschwester, Hebamme, Hausvorsteherin…

Ich kann auch als Juristin Menschen helfen, sagte Emily. Von klein auf habe ich Streit geschlichtet, verteidigt und argumentiert. Das liegt mir, ich freue mich auf das Studium der Gesetze…

Johanna schien ihr nicht mehr zuzuhören, ihr Blick war auf die Tür gerichtet, aus dem Gesicht war die gewohnte Straffheit gewichen.

Emily folgte ihrem Blick, und da trat Bernhard durch die Tür, so auffällig verändert, daß es Emily einen Stich ins Herz gab.

Er war abgemagert, in den Augen lag ein fiebriger Glanz. Als er Emily und die Kinder begrüßte, wollte er wie üblich zu einem Scherzwort ansetzen, aber es blieb ihm im Hals stecken. Ein Hustenanfall hatte ihn gepackt. Johanna klingelte, gab hastige Befehle. Das Mädchen brachte ein Tuch, das mit einer Kampferessenz getränkt war, Johanna preßte es Bernhard vor Nase und Mund. Endlich ließ der Krampf nach. Der junge Mann hatte pfirsichfarbene Wangen bekommen wie ein junges Mädchen.

Erschöpft, wortlos verließ er das Zimmer.

Er wird nicht nach Leipzig zurückkehren, murmelte Johanna, er wird in Zürich bleiben, wo er gute ärztliche Betreuung hat, wir fahren nach Neujahr nochmals nach Suna bei Pallanza in Oberitalien. Das milde Klima am Langensee hat ihm im vorigen Winter gut getan. Und dann wird er dem Vater helfen auf der Stadtschreiberei, das Studium muß warten...

Es roch im Raum nach einem Gemisch von ätherischem Öl und Schokolade, die Tante ging zum Fenster, riß einen Flügel auf. Erschrocken über die kalte Seeluft schloß sie ihn gleich wieder zu. Die Luft lastete schwer zwischen den Plüschsesseln und den Möbeln aus Jacarandaholz. Emily sprach nicht aus, was sie dachte: armer Bernhard. Wie soll er seinem Vater im Stadthaus helfen, wo doch alle Bubenträume von diesem inneren Brand verzehrt sind: das Geigenspiel, das Kammerorchester der Freunde, die Fahrt übers Meer zu Onkel Christian Heusser? Jetzt noch mit Gewalt ein Spyri werden wie die anderen: eingespannt in ein Amt.

Nach dem Abschied drehte sich die Tante, schon erhöht auf dem Altan, noch einmal nach der Nichte um, ihre Blicke kreuzten sich.

Da steht sie, dachte Emily, und sieht durch meinen Umriß nur ihren begabten Sohn, der sich keuchend, hustend, auf das so lang schon gesteckte Ziel zuschleppt, Jurist zu werden.

✓ Im Sommersemester 1884 begann Emily Kempin Jurisprudenz zu studieren, als erste Frau.

Im Studentenverzeichnis der Universität Zürich fand sie sich später nicht wie die Männer unter den Juristen aufgeführt, sondern als Studierende der Staatswissenschaften; alle weiblichen Studierenden dieser Fakultät wurden mit dieser Bezeichnung bis ins Jahr 1902 gewissermaßen unter dem Strich zusammengefaßt.

Mit dem Studium kamen neue Seiten ihres Wesens ans Licht, als habe sie sich mit der Erde ein wenig um ihre eigene Achse gedreht.

Sie blühte auf, spürte keine Ermüdung.

In aller Frühe stand sie auf, während Walter noch schlief. Helligkeit über dem See.

Pläne, Zukunftsvisionen warfen phantastische Schatten über die Bucht.

Bevor Ehemann und Kinder aus den Betten stiegen, hatte sie einen Teil der Hausarbeit verrichtet: Kartoffeln für das Mittagessen gekocht, Gemüse gerüstet, die Kleider der Kinder kontrolliert und zurechtgelegt.

Das bürgerliche Gefüge ihres Hausstandes sollte, allen Unkenrufen zum Trotz, nicht unter ihrem Studium leiden.

Um sieben Uhr traf ein junges Mädchen aus Wollishofen ein, unerfahren, zur Probe erst, in ihrer Abwesenheit sollte es putzen und auf die Jüngste aufpassen, eine erfahrene Hilfe war für die Pfarrerfamilie unerschwinglich.

Meist ging Emily den langen Weg zur Universität zu Fuß, der neue Zürcher Tramway, von der Londoner Firma

Meston errichtet, war für den täglichen Gebrauch zu teuer.

Durch eine komplizenhaft milde Luft ging sie.

Mit jedem Schritt von der Enge weg wurde sie leichter, windschlüpfiger: die Knie wippten, der Kopf in Vorlage, in Gedanken schon drüben auf der Rampe der Wissenschaft.

Sie trug stets schwarz, nur der Orléanskragen ihres Kleides war weiß: auf das Kapotthütchen, das viele der jüngeren Studentinnen trugen, um sich ein ernsthaftes Aussehen zu geben, verzichtete sie. Sie hatte befürchtet, wegen ihres Alters aufzufallen, aber niemand hielt sie für älter als den Durchschnitt der Studentinnen, der bei 25 Jahren lag. Der tägliche Fußmarsch von über einer Stunde hatte ihren Körper dünn und elastisch gemacht, die Augen alert wie in ihrer Mädchenzeit.

In Zürich hatte man seit der Zulassung der ersten Studentinnen, 1864, Zeit gehabt, sich an den Anblick der weiblichen Studierenden zu gewöhnen. Die erste Generation, meist Medizinerinnen, war längst an der Arbeit: Marie Heim-Vögtlin, die erste Schweizer Ärztin, hatte 1874 in Zürich eine Praxis eröffnet, die zweite, Karoline Farner, 1877. Auch die Beziehungen zwischen Studenten und Studentinnen hatten sich eingependelt. Auftritte, wie sie die preußische Studentin Franziska Tiburtius in der ›Neuen Zürcher Zeitung‹ geschildert hatte, wiederholten sich kaum mehr:

Es war unter den Studenten bekannt geworden, daß die Frauenzimmer ... zum ersten Mal kommen würden. Als wir eintraten, war der Saal dicht gefüllt, auch von den anderen Fakultäten zahlreiche Mitläufer, und es erhob sich ein wüster Lärm, Schreien, Johlen, Pfeifen u. s.w.: da hieß es, ruhig Blut bewahren.

Aber es gab auch nicht die übertriebene Rücksichtnahme, wie sie Marie Heim-Vögtlin noch erlebt hatte:

Von den Studenten, die mit mir Anatomie haben, kenne ich nun fast alle; die meisten, wenn sie mich kommen se-

*hen, gehen voraus, mir die Türe zu öffnen, und stehen
dann, die Mütze in der Hand, da, bis ich eingesegelt bin.*

Von der dritten Woche an nahm sie auf dem Rückweg oft
den Pferde-Tramway. Kosten hin oder her: es eilte ihr,
nach Hause zu kommen.

Der einspännige Wagen mit dem Ardennenpferdchen,
das laut Vorschrift auch auf geraden Strecken nur traben
durfte, fuhr ihr nicht schnell genug, sie sah den Kochherd
vor sich, die in der Frühe vorbereiteten Speisen, die noch
einiger Handgriffe bedurften, damit sie warm auf den
Tisch kamen zur rechten Zeit.

Das merkte sie schon zu Beginn: Das Neue war eine
Zweitbeziehung, die neben Mann und Kindern herlief, ge-
teilt mußte sie eins bleiben mit diesem Unterstrom in ihr.
War sie bei dem einen, so spürte sie das Ziehen des andern,
eine Spannung, die in ihr zehrte.

Das war der Preis. Sie war bereit zu zahlen.

Sie lernte bis in die Nachtstunden. Die Wissensdinge,
die nur ihr gehörten, lagen ausgebreitet in der Intimität des
Lampenscheins. Walter, der nebenan unruhig schlief, erwachte manchmal, sah sie noch lernen: Laß, Emily, du
mußt morgen beizeiten auf.

Gelächelt hatte sie in der ersten Zeit über seine Sorge,
keine Ermüdung gespürt. Als gälte es, einen unterernähr-
ten Teil in ihr zu füttern. Wissenschaft zu löffeln, bevor alles von vorn begann: Kaffee kochen, flicken, Gemüse rü-
sten. Arbeiten, die alle vor ihr verrichtet hatten: Mutter,
Großmütter, alle Frauen der Familie.

Warum sie nach der Vorlesung immer so schnell weg-
renne? Einer ihrer Mitstudenten hielt sie nach dem Kolleg
auf.

Der Zürichberg sei jetzt am schönsten, die Studenten
wollten einen Maibummel machen.

Emily sah zu den Hügeln hinauf, die Wiesen unter der
Waldkuppe rauchweiß, voll blühender Bäume.

Sie könne nicht, sagte sie.

Warum nicht?

Sie sei eben keine richtige Studentin. Nach der Universität müsse sie heim zu Mann und Kindern, sie kenne gewissermaßen nur die Arbeitsseite des Studentenlebens!

Das hatte der Mitstudent nicht gewußt. Sie gab ein paar Erklärungen, Zeit verstrich. Obwohl sie die Treppen hinuntereilte, war ihre Tramway abgefahren, sie mußte, schon verspätet für das Mittagessen, den Weg zu Fuß zurücklegen.

Zum ersten Mal dachte sie haderend: Wenn ich mein Studentenleben leben könnte wie Cousin Bernhard! Johanna hatte es in einem Brief beschrieben: *Nach vollendetem Gymnasium besuchte er die Universität Zürich, Leipzig und Göttingen, wo er bei hervorragenden Rechtslehrern brav studierte und sich daneben der Freiheit und Poesie des Studentenlebens in erlaubter Fröhlichkeit hingab...* Aber ich bin eine Frau, habe Kinder. Offen oder heimlich spricht man mir das Recht ab, noch zu studieren. Und ich? Kaum bin ich zu Hause, schlüpfe ich wieder in die andere Haut. Ich lebe da und dort, kann das eine und das andere nicht lassen, ein haarfeiner, versteckter Riß geht durch mich durch.

Eine Viertelstunde später als üblich langte sie keuchend beim Pfarrhaus an.

Walter erwartete sie unter der Tür in seinem feierlichsten Schwarz. Sie war erschrocken. Was hatte das zu bedeuten?

Walter machte einen Schritt auf sie zu: Dein Cousin, Bernhard Spyri, ist tot.

In gewissen Momenten die Beschleunigung spüren, mit der sie auf ein noch unbekanntes Ziel zurast, als sitze sie in Vaters Nordostbahn, blicke auf eine verzerrte, geraffte Welt.

Übergangslos ist dieser zögernde New Yorker Frühling 1889 in den Sommer umgekippt, Grelle löst die Konturen auf.

Emily tut alles, um dieser einlullenden feuchten Hitze nicht zu erliegen. Jeder Tag zählt, schon packen die Society-Damen ihre Koffer für die Sommerhäuser. Lethargie breitet sich aus, was jetzt auf Sekretariaten und Büros nicht erledigt ist, bleibt liegen bis zum Herbst.

Walter sieht sie mit diesem Statuenblick herumgehen.

Noch keine Antwort von der Universität?

Nein.

So laß uns zurückfahren, Emily. Unsere Ersparnisse sind aufgebraucht, das Experiment mißlungen...

Nichts ist mißlungen.

Ihr Blick dringt durch das Fenster, als zwinge sie mit schierer Willenskraft ein Ziel herbei.

Ich will eine Schule gründen, sagt sie. Weil der Bericht der Universität so lange ausbleibt.

Walter Kempin hüstelt. Eine Privatschule?

Sie nickt. *Emily Kempin's Law School for Women.* Die Munns haben Räume gefunden an der 59. Straße, die uns zugleich als Wohn- und Unterrichtsräume dienen können.

Sind deine Pläne nicht überrissen, Emily?

Sie bläst sich das Haar aus der Stirn, ihre Wangen färben sich jäh:

Es ist durchdacht.

Und wer bezahlt?

Ich kann mit der Protektion der Munns, der Sutros, der Webers rechnen. Auch die junge Gould, die im Februar ihre Mutter verloren und beerbt hat, bietet ihre Unterstützung an...

Das Klima in New York ist mörderisch. Laß uns noch diesen Sommer zurückfahren, nach Zürich.

Ihre Stimme gerät vor Erregung ins Stocken: Ich kann erst nach Zürich zurück, wenn ich es hier geschafft habe! Sonst haben mich die lieben Kollegen dort, wo sie mich haben wollen: auf den Knien. Putzfrau statt Anwältin...

Ihr Blick kehrt aus der Ferne zurück. Der Mann vor ihr ist abgemagert, er atmet schwer, die Hitze bekommt ihm schlecht.

Der Schatten eines Zweifels streift ihr Gesicht. Sie atmet tief durch. Ihre Augen füllen sich mit Tränen. Ich muß nach vorn, Walter. Glaub mir: an diesem Wahnsinnsort kann man nur mit hohem Einsatz spielen. Im Herbst sind wir über den Berg.

In den schwülen Nächten schlafen viele der Einwanderer, in Moskitonetze gehüllt, auf Dächern und Feuertreppen. Gegen die Enge atmen.

Spüren, daß die Enge, der man entfliehen wollte, in der eigenen Brust sitzt.

Emily, schlaflos, hört auf Walters Atemzüge.

Angst, alles mit Walters Augen sehen zu müssen. Zaudern, zagen. Zurückkrebsen. Sich ducken ins Immerschongehabte.

Das schweizerische Mittelmaß. Wer den Kopf zu hoch reckt, wird abgeschossen.

Ein gefleckter Hund, der tagsüber an der Kette liegt, geht geduckt durch die Nächte.

Schwer dieser Kampf an zwei Fronten: gegen den Widerstand von außen, gegen die Bremskraft von innen, von der Familie, die keine Einsicht zeigt, nicht spürt, worum es geht.

Ein irrer Kräfteverschleiß.

Florence Sutro plant, vor der Sommerpause in ihrem Heim am Riverdale Drive 102 West ein Hauskonzert zu geben, Goodwill-Action für Emily, pssst, das darf jetzt noch niemand wissen! Walter, der von der Einladung hört, verwechselt die Sutro mit der Munn. Die beiden Frauen sind doch ganz verschieden, belehrt ihn Emily: die Munn hat rote Locken, ein schmales hellhäutiges Gesicht, erinnere dich, wie sie beim Sprechen die Hände bewegt, meist brennt eine Zigarette zwischen ihren Fingern!

Immer ein bißchen exzentrisch, theatralisch, dabei eine wunderbar wache Frau.

Florence Sutro, geborene Clinton, ist ein ganz anderer Typ: sportlich, ein heiteres, hübsches Gesicht mit Stupsnase. Der Liebling der Society, besonders wenn sie am Piano sitzt. Sie kann sich aber mit ihren feinen Ellbogen ganz schön durchsetzen, du wirst sehen.

Eine Weltreise von der 14. Straße bis zum Riverdale Drive, an diesem heißen Spätnachmittag ziehen die Pferde den Omnibus mit hängenden Zungen.

Kahlschlag Broadway mit der violetten Flanke der Häuser.

Das Ende der Straßenschlucht verschwimmt, die Wände lösen sich nach oben im Sonnenglast auf. Der Omnibus ist nach Ladenschluß überfüllt. Haltestelle 34. Straße. Eine von Wagenrädern kartondünn gewalzte Ratte, mitten auf dem Broadway, ein Fußgänger versucht, sie mit dem Spazierstock wegzuschieben, aber sie ist eingeätzt in den Asphalt, ein Siegel.

Die Fahrgäste rücken, so gut es geht, zusammen für die zusteigenden jungen Verkäuferinnen. Zerknitterte getupfte Blusen, Keulenärmel, von Schweiß gefurchte gepuderte Gesichter.

Stumm, mit glasigem Blick, übersteht man die Fahrt.

Der Riverdale Drive wie auf einem anderen Planet.

Kühle Vornehmheit in den Hauseingängen mit den Portier-Logen, gestreifte Stores halten die Hitze von den Wohnungen fern.

Zwischen Parkbäumen blitzendes Wasser, der Hudson.

Emily und Walter treffen mit den letzten Gästen ein. Die Kutschen stehen in doppelter Reihe vor dem Haus, auch knapp vor der Sommerpause läßt man sich keine Einladung bei den Sutros entgehen. Die Wohnräume der Gastgeber stehen im Ruf neuartiger Eleganz, im letzten Winter hat ein Wochenjournal darüber berichtet und gleichzeitig die Neugier der New Yorker nach Society News durch ein Portrait des jungen Paars befriedigt:

Theodore Sutro, 1845 in Aachen in Preußen geboren, seit vier Jahren brillanter Verteidiger an den New Yorker Bars... Der begehrte Junggeselle heiratet mit fast vierzig Jahren Florence Edith Clinton, das sanft geschwungene Profil mit der Stupsnase geht durch die Presse, sie verkörpert, was man in New York »Brains and Beauty« nennt, ihre musikalische Begabung ist bemerkenswert...

Florence am Pianoforte, Lichtreflexe auf dem gebeugten Nacken. Die Gäste lauschen versunken.

Abendsonne über den gefällig arrangierten Polstergruppen in gelbem Brokat, auf den Marmortischchen hochstenglige, blumenartige Lampen. Gelbe Rosen in Silberschalen, gelbe Azaleen in östlich anmutenden Bambus-Jardinièren.

Keine schweren Damastvorhänge, keine geschnitzten Kolossalmöbel, wie man sie sonst in den vornehmen Brownstone-Häusern antrifft, bei den Hewitts zum Beispiel, wo die Schränke an den Innentüren Atteste haben, daß sie aus liquidierten europäischen Schlössern stammen.

Nach dem Konzert trennt man sich nicht, wie üblich, in eine Damenrunde im Salon, eine Herrengruppe im Rauchzimmer. Ungezwungen bleiben die Gäste sitzen, der Hausherr kümmert sich selbst um Getränke. Keine gemieteten Chefs, keine für den Anlaß angeheuerten Diener in Phantasiekostümen.

Florence jetzt unter ihren Gästen. Kleine Schweißtropfen auf ihrer Nase, sie fächelt sich mit der Hand Kühlung zu. Theodore Sutro und eine Hausdienerin schenken Getränke ein.

Alle Achtung, junge Frau! Präzise gespielt, besonders diese modernen französischen »Valses«! läßt sich als erster Richter George Thompson, der Seniorkollege ihres Gatten, vernehmen. Der Mann mit dem wuchtigen Grau-

kopf gilt als mürrisch, eine Stille folgt, als lausche man
dem Nachklang des seltenen Thompsonschen Lobs.

Es ist immer noch heiß im Raum, auch Reverend Howard Crosby läßt sein Glas nachfüllen. Schräge Sonnenstrahlen dringen unter den Stores durch, das Wasser des Hudson hat sich rötlich gefärbt.

Man spricht über die bevorstehende Sommerfrische, tauscht die Adressen der Sommerhäuser in Newport.

Die Gastgeberin bittet plötzlich um Aufmerksamkeit.

Emily Kempin stehe vor der Gründung einer Rechtsschule für Frauen. Durch einen Studiengang versetzte sie Frauen in die Lage, im Staat New York als Anwältinnen vor die Gerichtsschranken zu treten.

Das Projekt brauche Unterstützung. Moralischen Beistand. Sie bitte die Anwesenden um Teilnahme am Pressegespräch zur Eröffnung der Schule, anfangs Oktober.

Eine solche Schule, meine Damen, wird leider mit dem Gesetz in Konflikt kommen, wirft Richter Thompson ein. Frauen werden im Staate New York nicht als Anwältinnen zugelassen...

Emily übernimmt das Wort. Erklärt höflich, daß Richter Thompson in dieser Sache wohl nicht ganz informiert sei. Sie habe sich erkundigt: Die Gesetzesänderung vom 19. Mai 1886 sehe weibliche Richter vor. Es seien nur deshalb noch keine Frauen im Amt, weil es keine Ausbildungsmöglichkeit gebe! Das solle sich jetzt ändern...

Eine Flut von Juristinnen, in drei Jahren auf den Staat New York losgelassen, das fegt uns vom Stuhl, Thompson!

Richter Kellogg, halb witzelnd, halb ernsthaft, ruft es seinem Kollegen zu.

Die Gefahr einer Überschwemmung mit Juristinnen ist wohl nicht groß, wehrt Emily Kempin ab. Sie schaut auf Thompson, der an seinem von der Hitze aufgelösten gestärkten Kragen herumfingert, Röte überzieht das gedunsene Gesicht, die Stirn glänzt über dem goldgefaßten Zwicker.

Im Geist sieht sie die Kollegen in Zürich, breit wie Thompson auf ihren Stühlen sitzen, sich selbst verteidigen.

Viele der Frauen studieren ohne beruflichen Ehrgeiz, aus rein privaten Gründen, fügt Emily bei.

Ich zum Beispiel! Ich werde ihre erste Schülerin sein! Man blickt erstaunt auf die Gastgeberin.

Florence Sutro bewegt den Nacken, als sitze sie immer noch am Pianoforte, auf der kurzen Nase tanzt ein Sonnenfleck.

Pianistin und Juristin, überfordert Sie das nicht? Die Frage kommt von der Gattin des Eisenbahnkönigs Russell Sage, aufgeplustert sitzt sie da in einer Trauerrobe aus Satin.

Florence hält dem dunklen Krähenblick stand. Verneint.

Äußert dann mit großer Selbstverständlichkeit ihr Bedürfnis nach Bildung. Nichts wirkt aufgesetzt. Das nimmt auch Männern wie Thompson den Wind aus den Segeln: eine natürliche junge Frau, die ihren Hunger nach Bildung anmeldet. Als spreche sie über sportliche Betätigung, die man den Frauen in Amerika längst zugesteht: Tennisstunden, Speerwerfen, Disziplinen, die neuerdings unter den Society-Frauen hoch im Kurs sind.

Thompson reagiert mit spöttischer Gelassenheit: Was sagt denn der Ehemann, Kollege Sutro, dazu?

Meine Frau möchte wissen, mit welcher Materie ich mich tagtäglich beschäftige. Einmischung oder Liebesbeweis? Was meinst du, Thompson?

Thompson wiegt den wuchtigen Kopf mit dem kurzgeschorenen Haar, sein Grinsen ist vieldeutig. Für den Rest des Abends hüllt er sich in Schweigen.

Wer sich ins Offene wagt, muß weiterschwimmen, sonst versinkt er.

Weiß, leergebrannt der Himmel über New York. Worte drehen gegen den Glast, die Gleichgültigkeit: Paß auf, der

Dekan wird sich die verschlafenen Augen reiben, wenn er das in der ›New York Times‹ liest!

Florence zwinkerte Emily zu, machte an ihrem Schreibtisch aus Rosenholz Notizen. Auf einer Schreibmaschine tippte sie den Pressetext ins reine. Emily bestaunte die Novität: schwarzes Metall mit Perlmuttasten und goldenem Schriftzug. Die Hände der Sutro kraulten das Wundertier, die Finger hoben sich einzeln, machten Solotänze, Staccato-Wirbel, schlugen präzise an, als sitze sie am Pianoforte.

Emily überschlug in Gedanken, wann sie genug verdienen würde, um selbst eine Maschine anzuschaffen. Kühl werden dann endlich ihre Texte, sachlich, juristisch, die Buchstaben mit den Ranken aus haarfeinen An- und Abstrichen werden nichts mehr ausquatschen von ihrer eigenen Geschichte.

Kauf dir ein besseres Modell, sagte Florence, die ihre Gedanken erraten hatte. Theodore hat diese hier schon in seiner Anwaltspraxis benutzt, das große M ist beschädigt, und bei den Unterlängen, siehst du hier, füllen sich die Schlingen.

Am 6. August 1889 erschien in der ›New York Times‹ der folgende Text:

Eine Rechtsschule für Frauen
Dr. Emily Kempins Plan einer solchen Gründung

Am 1. Oktober wird in dieser Stadt eine Schule für Rechtslehre ausschließlich für Frauen eröffnet. Die Studierenden werden die Möglichkeit haben, einen Studiengang zu belegen, der sie in die Lage versetzen wird, von der 1886 verabschiedeten Gesetzesänderung zu profitieren. Diese Änderung erlaubt es Frauen, unter denselben Bedingungen wie Männer vor Gericht zugelassen zu werden. Die Förderin dieses Planes ist Emily Kempin, Dr. jur. Diplomierte der Universität Zürich, Schweiz, und Autorin mehrerer juristischer Schriften. Dr. Kempin ist seit ein oder zwei Jahren in diesem Land und hat großen Ruhm als Befürworterin des Wahlrechts für Frauen errungen. Sie sagt, sie habe die Unterstützung mehrerer prominenter New Yorker Juristen.

Ihr Plan ist es, die »Dr. Emily Kempins Rechtsschule« nach den Gesetzen des Staates einzutragen und sie so aufzubauen, daß der Abschluß die Zulassung vor Gericht ermöglicht und denselben Wert hat wie der jeder anderen Rechtsschule. Dr. Kempin erwartet nicht, wenigstens, was die nächsten Jahre betrifft, daß ihre Schule die Stadt mit Juristinnen überfluten wird. Sie glaubt nicht, daß die Anzahl der Frauen, die die Jurisprudenz zu ihrem Beruf machen wollen, sehr groß ist. Diejenigen, die es wünschen, werden eine gründliche, auf europäischem System beruhende Ausbildung bekommen.

Dr. Kempins Hauptgedanke jedoch ist auf breiterer Basis angelegt. Ihr Kursangebot soll Frauen, die ihren Lebensunterhalt selbst verdienen müssen, mit dem nötigen Rechtswissen versehen, um verantwortungsvolle Stellungen einnehmen zu können oder um sie zu befähigen, ihre eigenen Geschäfte zu führen und für sie Arbeitende anzuleiten. Die Vorlesungen werden von Juristen abgehalten, die sich in dem jeweiligen Fach spezialisiert haben. Für den 1. September wird Dr. Kempin ein Treffen derer einberufen, die sich für ihre Arbeit interessieren. Dann sollen genauere Pläne zur Organisation ausgearbeitet werden.

Am Tag, als dieser Text erschien, zog die Familie Kempin um an die 59. Straße.

Die Kinder freuten sich auf die Nähe zum Central Park, Walter hatte sich mehr Luft erhofft in den größeren Räumen.

Am ersten Abend kam sich Walter verloren vor in der Weite der Wohnhalle. Er spürte, daß er diese Zimmer nie würde ausfüllen können. Er drückte sich in eine Ecke, notierte etwas, wartete dann die Dämmerung ab vor einem der überhohen Fenster.

Immerzu dieser Gedanke: Emily, in was ziehst du uns hinein, in ein Leben, zu groß im Anspruch.

Sie zog die Vorhänge zu, sperrte die Dämmerung aus, saß schon wieder unter der Lampe, entwarf Studienpläne, Briefe an Geldgeber und Gönner.

Einmal blickte sie auf, sie konnte von ihrer Lichtzone Walter im Dämmer des Raums kaum ausmachen.

Unser Artikel ist schön gedruckt worden, nicht wahr?

Sie vermutete, daß er nickte, fuhr fort, immer mit diesem Licht im Gesicht: Richter Noah David und Pfarrer Crosby sichern mir ihre Unterstützung zu. Ist das nicht vielversprechend, Walter?

Sie lachte wie ein Mädchen.

Der alte Schalk saß wieder in ihren Augen.

Warum kam ihm jetzt, wo ein Freudenfunke übersprang, diese alberne Geschichte in den Sinn, die er heute morgen in der ›New York Times‹ unter *Vermischtes* gelesen hatte, auf derselben Seite wie Emilys Bericht? Warum hatte er sie nicht mit spöttischem Achselzucken Emily hinübergeschoben zum Lesen? Nun hatte die Geschichte Macht bekommen über ihn:

A countess in her mind: Unter den Passagieren der »Servia« war gestern eine Frau mit traurigen Augen.

Sie gab an, eine Fürstin zu sein und Verwalterin des Vereinigten Königreichs. Den Einwanderungsbeamten sagte sie im Vertrauen, sie habe Teile von Italien erworben und beabsichtige, New York zu kaufen, sofern ihr die Einwohner zusagten... Darauf der Beamte lachend: Da werde sie in Konflikt mit den hiesigen Kapitalisten kommen! Die Landung wurde ihr verweigert...

Stell dir vor, Walter, auch Thompson wird zur Pressekonferenz im Oktober kommen, rief Emily. Auch Thompson? Das hätte ich nicht gedacht...

Er sah sie auf einer Insel aus Licht, Schatten wogten um sie, ein Stuhl, ein Tisch, Klippen aufragend aus einem Dunkelmeer, ihre linke Wange glühte von der Wärme der Lampe wie von der Nähe eines Geliebten.

In erträumten Türmen
läuten Glocken Mirakel
Rose Ausländer

Silvesternacht 1884/85. Emily und Walter in der Enge
an einem der Fenster des Pfarrhauses, das Geläute vom
Großmünster dringt über das Wasser.

Jubelrufe und Feuerwerk am Seeufer.

Kantonsingenieur Bürkli zieht im Triumph mit seinen
Arbeitern über die kürzlich erstellte Quaibrücke, das
neue Jahr gehört dem Fortschritt, schon ist die Seeanlage geplant, begeistert haben die Engemer vor drei Jahren dafür gestimmt. Land wird aufgeschüttet, die Enge
wird weit, modern, rückt nahtlos an die Stadt. Immer
schneller die Strömung, das Gefälle der Jahre: nur noch
fünfzehn Jahre bis zum 20. Jahrhundert.

An der Zürcher Bahnhofstraße beleuchtet Henneberg
seine Seidenmagazine mit elektrischem Licht, und das
Telefonnetz verbindet schon mehr als tausend Abonnenten.

Nur der Tod stellt noch dem Fortschritt ein Bein.
1884 hat in Zürich eine Typhusepidemie gewütet! Man
schiebt den alten Abflußgräben, stinkend von Unrat, die
Schuld zu; Kantonsingenieur Bürkli, Mann für alles,
führt jetzt eine Kloakensanierung durch.

Hygiene und die Errungenschaften der Medizin werden alle Krankheiten ausrotten, es ist nur noch eine
Frage der Zeit.

Anfangs des neuen Jahres stirbt Emilys Mutter.

Wie eine Fremde steht Emily auf dem Friedhof, Vater
mit den Geschwistern ein paar Schritte von ihr abgerückt, an der offenen Grube. Sie hat zum Vater hinübergeschaut und um einen Blick gebettelt, aber seit sie Jura
studiert, ist sie für ihn so gut wie tot.

Nur ihren Kindern hat er, an ihr vorbei, flüchtig die Hand gereicht.

Auf ein erfülltes, christliches Leben schauen wir zurück, hört Emily Spyris Pfarrkollegen bei der Abdankung sagen, und sie ergänzt in Gedanken: Ja, zugedeckt von Steinchen und Steinen, die sie ihrem Mann aus dem Weg geräumt hat, bedeckt mit seiner Karriere wie mit einem Leichentuch, ihre Geschichte versickert in der seinen. Wenn sie in der Ewigkeit gefragt werden wird, wer sie ist, wird sie sich gewohnheitsmäßig nach ihrem Mann umblicken, daß er für sie antworte. Eine Frau ist eine Null, wertlos, steht nicht die Ziffer des Mannes davor.

Emily unter ihrem schwarzen Hut, durch die Gitter des Trauerflors äugt sie, sucht verstohlen den Vater inmitten seines Clans.

Die Geschwister treten vor, werfen eine von diesen verfärbten, in der Frostluft erfrorenen Blumen auf den Sarg.

Da liegt sie, die geborene Wild, für immer gezähmt.

Noch nie zuvor hat Emily Vaters Hand zittern gesehen, Mitleid steigt in ihr auf, als er, den Kopf gebeugt, das Gesicht über die Blume hält, die gleich verschluckt wird vom Lehmloch.

Was für Anfechtungen sind ihr da plötzlich gekommen. Mitten in diesem lautlosen Schneetreiben über den Gräbern.

Ein Teil in ihr, eine andere Emily, eine Zwillingsschwester, die sie am Ärmel zieht, flüstert: Was tust du dir an?

Sei doch wie sie. Schlüpfe zurück unter Vaters Bart.

Du liebst ihn doch, gib es zu.

Schau, wie sich die andern um den großen Alten scharen, zusammenrücken.

Da steht er, zwar gealtert, aber immer noch mit gerecktem Kinn. Der schütter gewordene Bart sticht in die Luft wie ein Horn. Warum bist du nicht wie früher sein Lieblingsprojekt: seine Eisenbahn, von ihm in Bewegung gesetzt? Die halt macht an allen von ihm vorgesehenen Stationen?

Herausgetragen aus der Spur, Emily.

Entgleist.

Ver-rückt.

Diese innere Stimme. Schweigen soll sie, augenblicklich!

Sie will keine komische Figur werden wie ihre jüngere Schwester Karolina, die den Vater jetzt vom Grab weg zu den Seinen zieht, Fürsorgerin spielt, obwohl sie es ist, die Schutz bräuchte. Karolina hat beschlossen, Vater den Haushalt zu besorgen. Nach Mutters Konzept. Keine Änderung soll Vaters Alltag stören.

Sie wird für Vater während ihrer besten Jahre im Einsatz stehen. Grau und ältlich werden. Dem Sarg entgegenschrumpeln: ungelebt, ungeliebt.

Eine Dulderin, Vaterbraut.

Das neue Jahr haucht Eisblumen an die Fensterscheiben. Schwärme von Vögeln fliegen auf, suchen kreischend Nahrung. Das Pfarrhaus bespitzelt von Uferbäumen.

Ein Schwirren, ein Raunen in der Luft, sobald Emily den Rücken dreht: Kempin. Er läßt es durch. Er läßt es ihr durchgehen. Das Ungewohnte. Das Ärgernis.

Was hier eben geflüstert wurde?

Nichts, Frau Kempin, wirklich nichts. Wie geht es Ihnen, Ihren Kindern?

Die Kinder, sie sehen doch unglücklich aus. Mit einer Mutter, die von ihnen weg zur Universität läuft, man sieht sie gehen, den Blick starr nach vorn.

Pardon, Frau Kempin, ich meinte nur, das Wetter dürfte milder sein, Januarluft, Eiszapfengruft...

Ein schönes Vorbild, diese Pfarrfrau. Und der Pfarrer? Hat letzthin wieder einen Vortrag gehalten über Frauenbildung. Fördert, was er verbieten sollte.

Verdienen will sie helfen? Wenn man den Pfarrer endlich entläßt, bekommt sie Gelegenheit dazu.

Einen Gegenzauber hat sie sich ausgedacht: gegen diese Wolke aus Flüsterworten. Gegen die eigene Angst, gehört zu haben, daß man Walter entlassen will.

Immer und immer wieder ruft sie sich Szenen in Erinnerung, wo Walter sein Bestes gegeben hat.

In die Häuser der Armen ist er gegangen während der Typhusepidemie. Hat Hilfe in Bewegung gesetzt: ärztliche Betreuung, Pflege, Nahrung, da und dort hat er selbst Hand angelegt. Abends hat sie den Armeleutegeruch in seinen Kleidern gerochen. Fürchtest du dich nicht vor Ansteckung, Walter?

Er hat sie schweigend angeschaut, dann stumm den Kopf geschüttelt. Schließlich gesagt: Wenn ich die Armen im Stich lasse, wer hilft ihnen dann noch?

Walter am Rednerpult. In Luzern, während der Hauptversammlung der »Gemeinnützigen Gesellschaft«. Wie weggewischt seine Sprödigkeit, wenn es gilt, Anhänger zu gewinnen für sein Lieblingskind, den von ihm gegründeten »Centralverein vom Schweizerischen Rothen Kreuz«. Nach Vorbildern aus Württemberg soll nun auch in Friedenszeiten Pflegepersonal ausgebildet und eingesetzt werden. Sein inneres Feuer hat sich in seinem Gesicht abgezeichnet, der Funke ist übergesprungen. Sogar Vater Spyri hat sich in Luzern in den Verein des unerwünschten Schwiegersohns eintragen lassen.

Die Ferienkolonie am Kerenzerberg, Walter mit den bedürftigsten der Engemer Kinder. An Regentagen hat er auch die Großen zu begeistern verstanden mit den Laubsägearbeiten und den Schnitzereien aus Lindenholz. Um ihn herum sind sie gestanden, die langen, sonst nur an Unfug denkenden Fünfzehnjährigen. Gestärkt, durchgelüftet ist die Schar nach dem Sommer in die Enge zurückgekehrt.

Gedankt hat man dem Pfarrer kaum, seinen Einsatz hat man als selbstverständlich hingenommen. Nur hintenherum das Gerücht: Kempins Hand habe manchmal allzu lange auf der Schulter eines hübschen Knaben geruht, kein Wunder, wenn die Frau nachts studiere!

In der Februarsitzung der Kirchenpflege meldet sich Kempin zu Wort: Er brauche einen zweiten Ofen im Ostzimmer der Pfarrwohnung. Man schaut sich vielsagend an.

Ob seine Frau kalte Füße bekomme, nachts beim Studieren? witzelt einer.

Kempin nickt.

Zwinkerndes Einverständnis, aus dem man ihn ausschließt.

Er meldet sich nochmals: Er bitte, daß man ihn vom Amt des Aktuars dispensiere. Der Grund? Seine Fehde mit der Schulpflege.

Stille, die vor Spannung knistert.

Den Kopf über das Heft mit dem Protokollentwurf gebeugt, wartet Kempin darauf, seinen eigenen Ruin zu protokollieren.

Seine journalistische Arbeit gehe wohl vor, sagt Gemeinderatsschreiber Hasler spitz. Damit habe man nicht gerechnet, als man ihn vor zehn Jahren gewählt habe: *Daß er sich heimlich der Politik verschreibe.*

Kempin hebt verwundert den Kopf: Wie das zu verstehen sei, seine Arbeit sei doch eine philanthropische?

Sein Blick streift die Gesichter in der Runde: Augen, die alles über ihn wissen, ihn richten mit verschlossenen Lippen.

Nichts zu Protokoll?

Nein.

Dann wolle er, wie angekündigt, sein Amt als Aktuar niederlegen.

Ob denn das Protokoll inzwischen ins reine geschrieben sei? Man sehe immer nur sein Brouillon.

Seine Hand greift aus zu einer fahrigen Bewegung: Ich habe in den letzten Monaten zuviel auf dem Buckel gehabt. Typhusfälle, Umtriebe, Schreibereien, um den Armen Unterstützung zu beschaffen. Da verschiebt man Dinge, die nicht so dringend sind. Ich schreibe alles in den nächsten Tagen ab. Gewiß. Er senkt den Kopf, spürt bis zur Stirn Hitze aufsteigen.

Im März drängt man Kempin, seine Stelle zu kündigen, über die Umstände wird nichts im Protokoll vermerkt.

Auf sein Schreiben an den Kirchenrat des Kantons Zürich trifft schon, als habe man darauf gewartet, nach zwei Tagen die Antwort ein:

Nach Einsicht eines Gesuches von Herrn Pfarrer Kempin in der Enge vom 18. laufenden Monats um Entlassung von seiner Pfarrstelle auf 1. Mai wegen Übernahme anderweitiger Verpflichtungen, sei dem Herrn Kempin der Rücktritt von der Pfarrstelle unter Verdankung der geleisteten Dienste auf 1. Mai laufenden Jahres bewilligt.

Spyri-Kisten einpacken, auspacken.

Umziehen vom Pfarrhaus in der Enge an die Oberdorfstraße in Zürich. Vertrautes wird aufgewirbelt, niemand ist mehr zu Hause bei sich selbst.

Den steilen Hang der Tage hinauf.

Die Wohnung ist nur eine Übergangslösung, Robert, deine Zinnsoldaten, auch die Modelleisenbahn müssen in der Kiste bleiben, du siehst doch selbst, es ist kein Platz im Kinderzimmer. In der Enge haben wir viel mehr Zimmer gehabt, sagt Gertrud, auch leere, das waren die schönsten. Emily nickt, öffnet das Schlafzimmerfenster.

Es geht auf den Innenhof, hinter dem Rot der Ziegelmauer fallen die Silhouetten der verschachtelten Altstadthäuser ineinander.

Tauben flattern auf.

Die sind doch schön, die Tauben, nicht, Agnes?

Horch. Jetzt hört man das Fauchen des Blasbalgs in der Schmiede, und Hämmern, das kommt vom Schuhmacher nebenan.

Ich will aber eine Wiese zum Spielen, wie in der Enge, sagt Agnes trotzig.

Nachts weint sie, weil sie ihre Freundin aus der Enge, die Tochter des Messmers, vermißt.

Der Wohnungswechsel hat auch Vorteile gebracht: Emilys Weg zur Universität ist kurz geworden. Bei jedem

Schritt auf dem Heimweg löst sich die eben gehörte Vorlesung über Römisches Recht in Teilchen auf, Partikel von Gesetzen, alle in Bewegung.

Ein Bienenhaus, dieser Kopf, der beim schnellen Ausschreiten in Vorlage geht, als ziehe er, eine Lokomotive, diesen traumwandlerischen Körper nach. Einmal stolpert sie, ein junger Mann, der ihr entgegenkommt, hebt ihr die Mappe vom Kopfsteinpflaster auf. Sie wird rot, streicht sich den Rock über den Schenkeln glatt.

Ein paar Schritte weiter, schon ist sie wieder in Gedanken am Schreibtisch. Heute nacht wird sie auf ihrem Stuhl anwachsen, die dicken Bücher wälzen, egal, wenn sie morgen mit entzündeten Augen herumgeht. Sie hat eine Arbeit übernommen. Freiwillig. Bei Professor Schneider.

Sie, Frau Kempin? Schön.

Schneider nickt ihr zu, ein fahriger, kurzsichtiger Blick, beugt den Kopf mit dem schütteren blonden Haar, trägt ihren Namen mit seiner übertrieben kleinen Schrift in die Tabelle ein.

Sie mag Schneider, auch wenn seine Vorlesungen, zu monoton vorgetragen, von den Studenten nicht besonders geschätzt werden. Vergißt ihm nicht, daß er ihr damals Mut gemacht hat für die Jurisprudenz.

Heute abend, wenn die Kinder im Bett sind, werden sich die Partikel, die Einzelteilchen in ihrem Kopf setzen, sie wird die Paragraphen bändigen, Schneider hat letzthin ihren ordnenden, logischen Geist gelobt, den man doch im allgemeinen den Frauen abspricht, alle Achtung, Frau Kempin. Die Kommilitonen zollen durch stumme, gleichgültige oder feindselige Blicke auf ihre Art Beifall. Streberin, Emily. Walters Worte.

Nebulose Ermahnungen aus der linken Seite des Ehebetts.

Heute nacht wird nichts aus dieser Ecke kommen, Walter ist verreist. In Remscheid, Rheinpreußen, ist eine Redaktorstelle zu besetzen. Man hat ihn zu einer Vorbesprechung eingeladen. Warum nicht nach Deutschland zurückkehren, woher sein Vater nach der gescheiterten achtundvierziger Revolution mit Zeitungsleuten und Buchhändlern in die Schweiz geflohen ist?

Besser eine Weile aus Zürich verschwinden. Der Versuch, ein Zürcher »Intelligenzblatt« herauszugeben, ist gescheitert. Klatsch sickert aus den Ritzen der Enge, dringt mit dem ersten Herbstdunst über den See. Eine ehemalige Wohnungsvermieterin hält eine von Kempin bezahlte Pfandsumme zurück, er braucht das Geld, droht ihr mit einer Klage. Sie klatscht überall, die Kempins hätten ihr das Haus ruiniert, wenn er klage, reiche sie Gegenklage ein.

Gib dich nicht mit solchen Kleinigkeiten ab, Walter.

Eine Zeitlang außer Land, warum nicht? Nach meinem Examen werden wir in Zürich neu beginnen.

Eine kurze Trennung. Was sind schon Distanzen. Die können heutzutage überwunden werden, sagt Emily, Tochter des Eisenbahnstatistikers Spyri.

In der Oberdorfstraße eilt ihr das Dienstmädchen entgegen mit angsterfüllten Augen.

Was ist passiert, Elsbeth?

Die Agnes! Beim Einkaufen auf und davon! Ich habe es erst nach einer Weile gemerkt, vor dem Bäckerladen. Die Schuhmacherfrau hat so viel wissen wollen über meine Herrschaft, ob die Frau auch manchmal kocht und so. Elsbeth schnupft, ringt nach Luft.

Und dann?

Habe ich die Agnes gesucht, straßauf und straßab, auch in den Höfen. Vielleicht ist sie zum See hinunter, auf dem Weg zur Enge!

Emily hört auf ihren rasenden Herzschlag. Schon sieht sie eine Schlagzeile in der Zeitung: *Kind ertrunken, während Mutter studierte.*

Im Eilschritt die Straßen hinunter.

Die Büsche an der Seeanlage naß vom kürzlich gefallenen Regen. Die Wege aufgeweicht, ihr Rocksaum saugt sich voll.

Agnes! Spaziergänger drehen sich nach ihr um.

Die Ausreißerin schließlich auf einer Uferbank, erschöpft, einen der Stiefel am Boden. Was fällt dir ein! Mir angst zu machen! Die Mutter schlägt auf den kleinen Rücken ein, der sich zusammenkrümmt, jäh bleibt der zum Schlag erhobene Arm in der Luft hängen.

Emily geht in die Knie, preßt den zuckenden Kinderkörper an sich, ihre Wange wird naß von Agnes' und ihren Tränen.

Wolltest du zurück zur Enge?

Agnes nickt.

Mutter und Kind später Hand in Hand unter den Uferbäumen. Jenseits des Wasserspiegels die Häuser der Enge, scheinheilig geduckt, unter einem bewölkten Herbsthimmel. Das Pfarrhaus läßt sich ausmachen, die Fensterscheiben gerötet vom Widerschein des Abends.

Am Abend betrachtet sie das Kindergesicht in den Kissen: Die kindlich runden Wangen sind verschwunden, schmaler, älter plötzlich die Züge, in den Augen liegt Distanz. Wie hat sie diese Veränderung übersehen können, die in den letzten Wochen vor sich gegangen sein muß?

Zuviel Bewegung liegt in diesen herbstlichen Tagen. Minuten, Stunden, immer das Fluggeräusch der Zeit in der Luft.

Emily greift nach ihrer Uhr, diesem kleinen Silberei mit Emailintarsien, das ihr Walter zu Beginn des Studiums geschenkt hat, es baumelt an einer Kette, an einem Ring an der Blusentasche befestigt. Jetzt mußt du schlafen, Agnes. Aber morgen besuchen wir deine Freundin, die Magdalen, in der Enge.

Sie neigt sich vor bis an den Rand der Kinderaugen: Seen, die sich unter ihrem Hauch kräuseln. Mußt du denn morgen nicht fort?

Zur Universität? Schon, aber erst um drei.

Frau Kempin, wie alt sind Ihre drei Kinder damals gewesen, als Sie studiert haben?

Die Clarissa Rosa, ganz versessen auf dieses Thema. Vor allem nachts, wenn es im Pavillon der Friedmatt still geworden ist, jedes Wort eindringlich wird, als werfe die Wand ein Echo zurück.

Die Strickarbeit in den Händen, rückt sie mit dem Stuhl ans Bett, wünscht teilzunehmen an dieser Aufwallung, die Röte in das schmale Gesicht der Kempin treibt.

Die Kempin schweigt. Wendet den Kopf ab, um dem Weinatem der Wärterin auszuweichen. Auf diese Art ist nichts aus ihr herauszubringen, da hat Clarissa Rosa ihre Erfahrung. Sie geht zum Wandschrank, greift unter einem Papierstapel den Artikel aus der Zeitschrift ›Vom Fels zum Meer‹ heraus, der ihr von dem, was die Kempin geschrieben hat, am liebsten ist, alles andere Paragraphenplunder.

Sie rückt die Zeitschrift in den Schein der Lampe, liest, während sich die Hände mit dem Strickzeug bewegen:

... weil ich es am eigenen Leib erfahren habe, wie unmöglich es ist, den verschiedenen Ansprüchen bei solchem Doppelberuf gerecht zu werden. Ich glaube nämlich, jede Frau, die das nicht selbst durchgemacht hat, spricht wie der Blinde von der Farbe... Je mehr wir anerkennen müssen, daß der Frau im Kampf ums Dasein alle Wege zu öffnen sind, daß es einfach ein Gebot der Menschlichkeit ist, ihr Können auf keinem Gebiet der Thätigkeit abzusperren, desto größer die Notwendigkeit, daß wir uns gegenseitig keinen blauen Dunst vormachen...

Auch ich habe nicht gewußt, bis die große Lehrmeisterin Erfahrung kam, daß sich die Pflege und Erziehung von Kindern nicht an gewisse Stunden binden läßt... Mit bitterem Weh wird die Frau an die Stunden zurückdenken, in denen sie sich ihren Kindern entzogen hat... Was verstehen denn davon alle die Kinderlosen und Unverheirateten, die in der Regel an der Spitze der Frauenbewegung stehen?

Hören Sie zu, Frau Kempin?

Emily haßt das Klingeln der Stricknadeln, die plärrende Stimme. Sie stellt sich vor, wie Clarissa Rosa in der Sonntagsschule zur Rettung der Seelen fromme Geschichten vorliest.

Haben Sie das geschrieben?

Emily nickt.

Kurz vor der Einlieferung in die Psychiatrische in Lankwitz.

Schon krank.

Geldnot im Nacken.

Gehetzt von den Gegnern der Frauenrechte, gehetzt von Frauen aus den eigenen Reihen, die ihr vorwerfen, sie habe im Kampf für die Frauen die Füße zu sehr auf dem Boden, gehe nur vom Gegebenen aus. Ihr fehle es an Visionen. Was wußten diese ledigen Frauen, die ihre geregelten Einkünfte hatten, von Emilys Leben?

Sie haben die Kinder um die Mutter gebracht und sich selbst um die Mutterfreuden, nicht wahr, Frau Kempin?

Das Knick-knack der Stricknadeln.

Die Clarissa Rosa spitzt die Ohren, sie lauert auf dieses Ja, atmet tief durch, lehnt sich zurück.

Sie bereuen also, daß Sie Juristin geworden sind?

Mit einem Ruck hat sich die Kempin im Bett aufgesetzt.

Nein, stößt sie heftig hervor.

Sie würden, wenn Sie von vorne beginnen könnten, wieder studieren? Widersprechen Sie sich da nicht, Frau Kempin?

Das Leben ist widersprüchlich, Clarissa Rosa, sagt Emily. Und denkt: Das Leben wird im Widerspruch gezeugt, aus Mann und Frau, Tag und Nacht. Eine Wahrheit wird bloßgelegt, andere Aspekte der Wahrheit aber werden verdeckt.

Eine Frau soll sich um ihre Kinder kümmern, aber was geschieht, wenn man sich selbst nicht lebt? Wäre sie immer um ihre Kinder gewesen mit dieser Unrast, dem Gefühl, am Leben vorbeizuleben, was hätte das den Kindern gebracht?

Kein Quadratzentimeter in der alten Pfarrwohnung, an dem nicht ihre Wünsche kleben.

Geronnen, gestockt wie zähflüssiges Blut.

In New York, vor dem Gebäude der ›Evening Post‹. Das Zeitungshaus überragt mit seinen elf Stockwerken, der Zinne über dem Dachstock alle Gebäude der Umgebung.

Immer, wenn Emily vorbeiging, blieb sie kurz stehen, sah, den Kopf im Nacken, das Dach in der Himmelsbläue schwimmen. Sie liebte die filigranen Schnörkel der Zinne, die den Bauch einer Wolke kitzelte. Ein Hausdiener, der draußen die Freitreppe kehrte, schaute ihr zu, lachte.

Möchten Sie einmal hinauf, Miss?

Darf ich?

Fremden ist der Zutritt verboten, aber für Ihre hübschen Augen, da macht man gern eine Ausnahme.

Er nickte ihr zu, als wollte er sie anspornen.

Sie stieg, immer zwei Stufen auf einmal, die Marmortreppe hinauf. Nach dem vierten Stock schöpfte sie Atem. Stieg dann, innerlich Anlauf nehmend, hastig weiter, gepackt von einer unerklärlichen Gier, oben anzukommen. Im elften Stock schließlich eine Tür, ungeduldig stemmte sie sich dagegen, über eine Leiter erreichte sie die Zinne.

Häuserblocks unter ihr, durchfurcht von Straßenzügen. Blechdächer gleißten.

Sie legte ihre flache Hand als Schirm an die Brauen.

Dann wurde sie, senkrecht über ihrem Kopf, dieses Auge aus Glas gewahr. Es füllte, in stechender Grelle, den ganzen Himmel aus.

Da stand sie, es gab kein Entrinnen.

Atemlos, allein.

Sie schwankte.

Die Schulterblätter zuckten, als trügen sie Ikarusflügel, wurden unter dem Sonnenauge weich.

Oktober 1889.

Vor dem Plaza, wo die Häuserblocks der 58. und 59. Straße zurückwichen, trieben Kreisel von dürrem Laub, Windböen hatten sie von den Bäumen im Central Park gerissen.

Fußgänger wichen Wagenrädern aus, umgingen mit vorsichtigen Schritten, geschürzten Röcken die Pfützen. Eine Gruppe von Menschen strebte der 59. Straße East zu, Walter, neben Agnes hinter der Fensterscheibe, sah sie kommen: Herren im Zylinder und Damen in pelzverbrämten Mänteln, die Kragen hochgeschlagen.

Und dann, sagte Agnes und zog ihren Vater ungeduldig am Ärmel. Erzähl.

... Und dann bauten die Menschen am Turm zu Babel weiter, murmelte Walter, den Blick aus dem Fenster gerichtet.

Stein auf Stein, Stockwerk auf Stockwerk, immer höher der Sonne entgegen.

Und dann?

Dann sprachen sie aufeinander ein, alle durcheinander. Die Stimmen füllten alle Räume aus. Jeder wollte gehört werden und wurde von niemandem verstanden... Verzweifelt machten sie sich Zeichen mit Händen und Armen...

Walter sah Kutschen vorfahren, sie hielten vor dem Haus, schon stauten sie sich an den Gehsteigen in zwei langen Reihen.

Und dann? Erzähl doch!

Dann stiegen sie Stufe um Stufe vom Turm herunter; sie gingen auf die Straße, zogen kreuz und quer durchs Land, die Verwirrung ging mit ihnen, und der Schatten ihres Babelturms fiel über alles...

Walter!

Emily rief nach ihrem Gatten, er solle doch kommen, beim Ablegen der Mäntel helfen, immer mehr Menschen füllten jetzt die Räume der Wohnung.

Nie hätte sie geglaubt, daß so viele der Einladung Folge leisten würden. Nun saßen die Gäste dicht gedrängt auf den geliehenen Stühlen, Emily überflog die Reihen, so viele berühmte Namen, innerlich schauderte sie über so viel Glanz. Zum Glück hatte sich Dr. Putnam Jacobi anerboten, zur Begrüßung zu sprechen.

Die erste *Law School for Women*.

Ein kühnes Experiment. Epochemachend.

Man wünsche ihr einen langen Atem, schloß Mary Putnam Jacobi ihre Rede.

Emily schaute zu ihren Rechtsschülerinnen hinüber, die, leicht gegen das Publikum gewandt, sich den Blicken darboten: vierzehn junge Frauen. Um nicht als Blaustrümpfe zu gelten, hatten sie sich herausgeputzt nach der neuesten Mode.

Emily begrüßte.

Acht Reporter, darunter Journalisten von ›Sun, Mail and Express‹, ›Brooklyn Standard Union‹, ›New York Herald‹, ›New York Times‹, machten sich Notizen.

Sie hörte sich sprechen in dieser Sprache, die aus ihrem Mund immer noch fremd klang.

Klein, verloren fühlte sie sich vor all diesen Geistern, die sie gerufen hatte. Der Glanz New Yorks. Wer nicht selbst gekommen war, hatte ein Glückwunsch-Telegramm geschickt. Sie nannte Namen der Sympathisanten: Richter Noah Davis, Charles D. Kellogg, William Allen Butler, Pfarrer Dr. Howard Crosby…

Das Licht der kristallenen Deckenlampe warf ihren Schatten: schmal, zerbrechlich, federleicht. Sie lächelte.

Kraft kam in ihre Sprache.

Das Blau ihrer Augen wurde dunkel, füllte sich mit Vorstellungen.

Im Bericht der ›New York Times‹ vom 5. Oktober 1889 stand:

Dr. Kempin ist eine kleingewachsene Frau mit angenehmen Gesichtszügen, die mit großer Begeisterung und fremdem Akzent spricht. Sie begann ihre Ausführungen damit, daß die männlichen Juristen dieser Stadt nicht ganz im Bild seien, denn mehrere unter ihnen hätten ihr gesagt, daß Frauen die Ausübung des Anwaltsberufs in diesem Staat nicht erlaubt sei. Sie habe jedoch ohne viel Mühe herausgefunden, daß nach einer Gesetzesänderung, datiert vom 19. Mai 1886, Frauen vor Gericht zugelassen werden können.

Sie habe nicht vor, ihre Schülerinnen nur in die Lage zu versetzen, ihren Lebensunterhalt zu verdienen. Sie wolle sie befähigen, jeden Rechtsstreit unserer Tage vor jedem Gericht durchzufechten. Sie werde von vorne beginnen und ihre Schülerinnen Römisches Recht lehren... Doktor Kempin führte weiterhin aus, daß der Studiengang auf zwei Jahre angelegt sei, gefolgt von einem weiteren Jahr in einer Anwaltspraxis. Die Schülerinnen legen ihre Prüfung vor dem Obersten Gerichtshof ab, da die »Dr. Kempin-Schule« noch keine eigenen Prüfungen abnehmen könne. Am kommenden Dienstag werden vierzehn junge Damen die Arbeit an der Schule im Hause Dr. Kempin beginnen.

Die Kinder wollten am Sonntag zur Liberty-Insel fahren. Die Luft war kalt und klar, auf der Fähre stand der Atem in kleinen Wolken vor ihren Mündern. Emily hatte sich auf eine Begegnung mit der Liberty gefreut, aber mit jedem Meter, mit dem sie an Distanz verloren, erschien ihr die Statue plumper, eine Kolossin mit toten Augen. Auf der Insel zeigten die Kinder auf den schwarzen Besucherstrom, der in der Lady verschwand. Sie ist innen schwarz von Menschen, sagte Vater, wir müssen warten. Ich will die 171 eisernen Stufen hinauf, über die Wendeltreppe, bis in den Kopf, sagte Robert. Der Arm ist ein kleiner Eiffelturm, sagte Getrud. Ich will ihr in die Nasenlöcher schauen, sagte Agnes.

Willst du nicht? fragte Walter Emily. Ich will nicht, sagte sie.

Alleingelassen, schaute sie vom Sockel der Liberty auf die Wolken über Manhattan.

Wolkenfische. Ein Hecht mit offenem Maul, bereit, die kleinen Fische zu schlucken. Amerika ist Ende dieser achtziger Jahre voller Allesfresser: die Erdölmillionäre aus Pennsylvania, die Eisenbahnkönige, Carnegie, der Stahlmagnat, Munn aus Illinois wird vor dem Gerichtshof mit seinen Weizendepots geschützt. Alles schwankt unter dem Wachstum der Riesen, die Ökonomicgesetze verändern sich. Die Öffentlichkeit protestiert, 21 Staaten bereiten in ihren Verfassungen Antitrust-Klauseln vor.

Nun weiß sie, worüber sie schreiben wird: eine Arbeit über die modernen Trusts.

Das zusammengetragene Material enthält Stoff genug für ihre Antrittsvorlesung, falls sie doch noch Dozentin wird, in New York erst, später in Zürich.

Vater, du sollst es noch erleben. Ich schaffe es.

Schon deutlich erscheint es vor dem inneren Auge, das Ufer des nächsten Jahrhunderts. Freie Atemluft für Frauen. Ungehemmt von Vorurteilen werden sie ihrer Arbeit nachgehen, ihren Beitrag leisten für eine bessere Welt.

Glasklar die ersten Tage der neuen Ära, eine Glocke aus Bläue läutet das 20. Jahrhundert ein über den Pavillons der Friedmatt.

Rauchfahnen über dem Ökonomiegebäude, die Hängesilberlinde ist kahl.

Das neue Jahrhundert ist gekommen und findet sie zerstört, außer Gefecht gesetzt, eingesperrt. Was für eine Unrast hat sie ergriffen. Angst vor diesen Tagen, in denen alles gerinnt.

Noch zuckt sie, eine Mücke im frostigen Blau.

Sie schaut auf die schwarzbehaarten Finger, die über ihre Bauchhaut tasten. Es ist kalt im Zimmer, eine Gänsehaut läuft ihr über den Rücken.

Ich warte immer noch auf einen Brief, Herr Doktor Wille.

Was für einen Brief?

Die Antwort von Pfarrer Altherr auf mein Bewerbungsschreiben.

Die Finger des Arztes jetzt in der Nabelgegend.

Ich brauche Bewegung, sehne mich nach einer nützlichen Beschäftigung...

Die Finger werden hartnäckig, pressen, drücken. Tut es weh?

Sie schaut vorwurfsvoll auf. Tränen stehen in ihren Augen.

Es wird größer, Ihr Myom.

Er gibt ihr ein Zeichen, daß sie sich anziehen kann, beugt sich über seine Blätter, macht einen Eintrag in Sparte 2.

Emily hat, als Wille einen Moment nach draußen gegangen ist, in dem offenen Heft gelesen. In der ersten Sparte der Vermerk: 1900, Januar. Die dritte Sparte mit dem Aufdruck »Behandlung« bleibt leer. Seit Monaten steht da nie etwas. Nichts tut sich. Nur das Gewächs wird größer.

Sie stellt sich vor, wie sich in ihr Tag und Nacht Zellen teilen, sich lustvoll vermehren.

Ich fühle mich hier wie in Haft, Herr Dr. Wille. Ich möchte mich regen, etwas Sinnvolles tun.

Dem kann abgeholfen werden. Ich teile Sie ein zum Küchendienst, den sonst die Patientinnen der dritten Klasse besorgen als Beitrag zum Unterhalt. Wenn Sie also freiwillig...

Wurde für mich denn wieder bezahlt?

Ja, vorige Woche. Zweiter Klasse.

Von wem denn?

Die Spender wünschen, nicht genannt zu werden.

Ehemalige Schülerinnen aus Berlin?

Ich muß die Auskunft verweigern, Frau Doktor Kempin.

Das Gewächs ist kein Gewächs.
Sie weiß es besser: sie hat einen Mann im Bauch.
Einmal hat sie es während einer Untersuchung Dr. Wille verraten. Er hat sie angestarrt, ungläubig, dann hat er sich über seine Blätter gebeugt, viel notiert. Plötzlich aufgeschaut: Verschluckt, Frau Kempin? Oder – er hat sich geräuspert und sie streng angeschaut – durch die Vagina eingedrungen?
Sie sagt, sie könne es ihm nicht sagen, weil sie es nicht wisse.
Hat er einen Namen, der Mann?
Sie nickt: Er hat einen Namen. Nur muß ich die Auskunft darüber verweigern.

Zurück im Pavillon, aufrecht im Bett sitzend, frißt sich ihre Schere durch Zeitungspapier. Einen Mann hat sie schon ausgeschnitten mit Cowboy-Stiefeln und Lederhut, er schaut mit halb gesenkten Lidern in die Weite, sie stellt sich vor, was er sieht: eine Hochebene, braun gesprenkelt von seiner Herde. Ein zweiter Mann kommt dazu im gestreiften Jackett, mit Bowler-Hut...
Clarissa Rosa legt ihr Strickzeug, einen rosa Winzling von Babyjacke, auf ihren Stuhl, betrachtet die ausgeschnittenen Figuren.
Die Damen tragen neuestens zu Abendgesellschaften Hosenanzüge mit Pumphosen, Frau Kempin! Turbane, à l'Orientale! In der Basler Zeitung ist heute ein Bild von einer Modeschau. Mannweiber, Frau Kempin!

Mannweib.
Sie flüstert dieses Wortmonstrum halblaut vor sich hin, lächelt. Johanna Spyri hatte es damals ausgesprochen, bei Emilys letztem Besuch, der in die Zeit fiel, als Walter politischer Redaktor war in Remscheid.

Ohne Walter, tagein, tagaus allein an der Oberdorfstraße mit den Kindern, sehnte sie sich nach einem Gespräch. Sie glaubte auch, Johanna mit einem Besuch eine Freude zu machen. Die Dichterin lebte seit dem Tod ihres Mannes, der kurz nach seinem Sohn gestorben war, zurückgezogen am Zeltweg. Sie sei einsam, führe Dialoge mit ihren erfundenen Figuren, hatte ihr eine Bekannte gesagt.

Emily traf Johanna in ihrer Wohnung, die ausgestopft wirkte mit den schweren Möbeln aus dem Stadthaus, alle verfügbaren Abstellflächen mit Manuskripten belegt.

Sie kam der Nichte entgegen, blaß, gealtert. Die Hände, die sie nach ihr ausstreckte, bläulich, als fließe durch die Adern Tinte.

Kaum hatte sich Emily gesetzt, erschien auch Johannas Freundin, Aline Kappeler aus Frauenfeld. Die Magd, noch dieselbe wie in der Amtshauszeit, servierte den Tee.

Das ist meine Nichte, die Studentin, stellte Johanna vor. Die Freundin schien sofort im Bild zu sein.

Wie geht es Ihren Kindern? fragte sie.

Die werden wohl ausgelacht mit ihrer studierenden Mutter? fuhr Johanna dazwischen.

Manchmal ja.

Emily spürte einen Stich, weil Johanna sie an ihrer empfindlichsten Stelle getroffen hatte.

Erst gestern war Robert weinend nach Hause gekommen, ein Schulkamerad hatte ihn gehänselt: Deine Mutter kann nicht kochen wie andere Frauen, darum bist du so mager! Auf Roberts empörten Ausruf: Das stimmt nicht! hätte er lachend gesagt: Doch, doch, deine Mutter ist ein Schlaustrumpf!

Blaustrumpf, hat er gewiß gesagt, hatte Emily korrigiert.

Während der Teezeremonie gab Emily die Geschichte mit dem Schlaustrumpf zum besten. Johanna lächelte dünn.

Die Leute werden sich mit der Zeit an studierende Frauen gewöhnen, sagte Aline Kappeler, der die gespannte Stimmung unangenehm war.

Hoffentlich nicht! Wie früher nahm Johanna kein Blatt vor den Mund, äußerte ungeniert, was sie dachte: Ich halte nichts von diesem übertriebenen Studieren der Frauen, das dem Heim alle Behaglichkeit entzieht.

Mannweiber, diese Studentinnen...

Frau Kappeler schaute mit einem verlegenen Seitenblick auf Emily.

Ehemann und Ehefrau sind eins,
Und das Eine ist der Mann
Sir William Blackstone

Frau — eine Frau ist eine Frau! sagte der Richter.

Nervös vom langen Warten, hatte er die Hände über dem Bauch verschränkt, ließ die Fingergelenke knacken. Sein Hals, unter dem weißen Bäffchen nur zu erahnen, hatte sich zur Tür gedreht, wo der Säumige endlich eintreten sollte: Kläger in einer Forderungssache, aus Norddeutschland treffe er ein, hatte man ihm gesagt.

Da endlich ging die Türe auf. Eine Frau steuerte, sichtbar erregt, auf das Richterpult zu, das auf einem Podest erhöht stand, entschuldigte sich für ihr Zuspätkommen: der Gerichtsdiener habe ihr den Zutritt zum Saal verweigert.

Was sie hier wolle? fragte der Richter.

Sie sei hier als Vertretung, eventuell auch als Zessionarin von Walter Kempin.

Sie reichte ihm ein Schreiben hinauf, eine Vollmacht, die der Richter überflog, in der Zwischenzeit tuschelte in der ersten Bank der Gegenanwalt mit der Beklagten und Widerklägerin Frau Körner-Schweizer.

Als der Richter das Blatt aus der Hand gelegt hatte, erhob sich der Gegenanwalt: Er weigere sich, auch im Namen der Angeklagten, eine Frau als Vertretung des Klägers anzuerkennen. Die Frau im grauen Kostüm, hochgesteckten dunkelblonden Haaren, sagte leicht gereizt: Ich bin die Ehefrau des Klägers Walter Kempin. Zudem durch Geburt und Heirat Bürgerin von Zürich.

Eine gespannte Stille entstand.

Der Gegenanwalt stand noch immer, ein Mann in mittleren Jahren mit tiefeingegrabenen Falten im Gesicht, die von einem vertrackten Leben berichteten: Wirt war er bis vor kurzem gewesen, nun versuchte er sein Glück als Winkeladvokat.

Die Frau starrte ihn an, er räusperte sich, wurde unter ihrem Blick verlegen.

Haben Sie Jura studiert, Herr Anwalt? fragte sie.

Der Titel ist im Kanton Zürich an keinen Fähigkeitsausweis gebunden, verteidigte er sich. Die einzige Bedingung zum Anwaltsberuf ist das Aktivbürgerrecht.

Sie holte Atem, sagte dann, zum Richter gewandt: Ich bin Jurastudentin im sechsten Semester. In einem Jahr mache ich meine Doktorprüfung. Nach erlangtem Ausweis will ich eine eigene Anwaltspraxis eröffnen.

Daraus wird wohl nichts, sagte der Richter. Er konnte sich ein ironisches Lächeln nicht verkneifen.

Wie meinen Sie das? fragte sie.

Ich meine, Sie können studieren, soviel Sie wollen. Trotzdem werden Sie nie Anwalt. Sie haben nämlich einen kleinen Fehler, Frau Kempin: Sie sind eine Frau.

Sie versuchte Ruhe zu bewahren. Zitierte, als habe sie eine solche Komplikation vorausgesehen, Artikel 4 der Bundesverfassung: *Jeder Schweizer ist vor dem Gesetze gleich. Es gibt in der Schweiz keine Untertanenverhältnisse, keine Vorrechte des Orts, der Geburt, der Familien oder Personen.*

In Ihrem Zitat steht aber nichts von einer Schweizerin, sagte der Richter. Seine Oberlippe schürzte sich in mildem Spott.

Was soll das heißen?

Das heißt, Sie sind als Frau kein Aktivbürger, weil Sie kein Stimmrecht haben. Das Aktivbürgerrecht ist nun einmal das einzige Erfordernis, welches die Zürcher Prozeßordnung zur Vertretung Dritter vor Gericht verlangt.

Dann kann also jeder Mann einen Dritten vor Gericht vertreten, egal, was für eine Vorbildung, was für ein Vorleben er hat?

Der Richter nickte. Es sei denn, ein Mann verliere das Aktivbürgerrecht durch liederlichen Lebenswandel: Verbrechen, Konkurs, lebenslange Almosengenössigkeit…

So braucht ein Mann also nichts als ein Mann zu sein? So ist es, Frau Kempin.

Dies hatte sich am 24. November 1886 abgespielt, vor dem Bezirksgericht Selnau-Zürich.

Noch am selben Abend meldete sich an Emily Kempins Wohnungstür einer der profiliertesten Journalisten und Politiker der Stadt: Theodor Curti. Nach sechs Jahren Redaktionstätigkeit an der ›Frankfurter Zeitung‹ hatte der 1848 in Rapperswil geborene Curti eine eigene Zeitung gegründet, die ›Züricher Post‹.

Sie möge den Überfall entschuldigen, sagte er, er hätte sich gerne angemeldet, aber noch sei das Telefonnetz in Zürich zu wenig ausgebaut. Er habe erfahren, daß es ihr, einer Jurastudentin, verwehrt worden sei, vor dem Bezirksgericht ihren Ehemann in einer Forderungsklage zu vertreten. Sie bat ihn hereinzukommen. Im Wohnzimmer machte sie schnell einen Stuhl für ihn frei, alle Sitzflächen waren mit beschriebenen Blättern belegt, wie bei Tante Johanna, dachte sie.

Er wolle von ihr den genauen Hergang erfahren, damit er sich nach Möglichkeit in der Presse für sie einsetzen könne, sagte Curti. Er halte den Beschluß des Bezirksgerichts für verfehlt. Zu seinen Vorstellungen von Demokratie gehöre es, daß man Frauen nicht wie Unmündige behandle. Er rückte seine Brille zurecht: Sie sind sich doch bewußt, Frau Kempin, daß Sie nach einem solchen Entscheid Ihren Wunsch, Anwältin zu werden, aufgeben müßten?

Ich bin mir dessen bewußt.

Sie nahm die Anteilnahme in seinem Gesicht wahr, das ihr angenehm auffiel mit seinen großflächigen, energiegeladenen Zügen. Der Mund, von einem struppigen Schnauzbart fast verdeckt, deutete feine Ironie an.

Was werden Sie tun?

Den Beschluß anfechten. Durch staatsrechtliche Beschwerde beim Bundesgericht.

Sie zeigte auf die Manuskripte auf den Stühlen: Da ist schon mein Entwurf.

Er strich sich mit der Hand über den Schnauzbart, lobte ihre Entschlossenheit. Ich wette, Sie fechten die bezirksgerichtliche Definition des Begriffs Aktivbürgerrecht an?

Sie nickte. Das Stimmrecht ist keine Voraussetzung des Aktivbürgerrechts, sagte sie, es ist eine seiner Folgen.

Das Aktivbürgerrecht ist gleichbedeutend mit bürgerlicher Ehrenfähigkeit, und die steht auch Menschen zu, die das Stimmrecht nicht – oder noch nicht – besitzen.

So würde ich es auch sehen, pflichtete er ihr bei. Eine Pause entstand, während der er in ihren Gesichtszügen zu lesen schien, sie spürte es, und die Hoffnung, in ihm einen Funken Sympathie zu wecken, machte sie verlegen. Schnell warf sie ein: Und was halten Sie vom Argument des Bezirksgerichts, einer Frau stehe das Aktivbürgerrecht nicht zu, weil sie unter Vormundschaft des Ehemanns stehe?

Eine mittelalterliche Begriffsverwirrung! rief Curti lebhaft aus.

Die Vormundschaft des Ehemanns erstreckt sich doch nur auf das Vermögen, nicht auf die Person der Ehefrau!

Sie nickte: Wäre letzteres der Fall, so müßte bei Auflösung der Ehe die ehemännliche Vormundschaft durch eine andere ersetzt werden!

Sie spürte der Komik dieses Satzes nach; beim Lachen rümpfte sie ein bißchen die Nase, Curti ließ sich von ihrer plötzlichen Heiterkeit anstecken.

Sobald die Ehefrau dann einen Beruf oder ein Gewerbe ausübt, fuhr sie fort, und er ergänzte, als sängen sie gemeinsam einen Kanon: ... wird sie zur Bezahlung der Steuern verpflichtet und mit jeder anderen handlungsfähigen Person auf die gleiche Stufe gestellt!

Das Gespräch hatte einen beinahe vergnüglichen Ton angenommen; sie schlug vor, Kaffee zu machen. Während sie sich in die Küche zurückziehe, könne er ja ihr Manuskript lesen.

Sie setzte Kaffeewasser auf. Dabei erinnerte sie sich daran, daß Curti gelegentlich Gedichte und Novellen schrieb, Sperriges, das da und dort Mißfallen erregt hatte durch unkonventionelle, in kein politisches System einzuordnende Gedanken. Auch seine ›Züricher Post‹ scheute sich nicht, Seitenhiebe nach rechts und links auszuteilen, trotzdem stand sie selbst bei der Konkurrenz, der ›Neuen Zürcher Zeitung‹, in Ansehen.

Als er die Blätter zur Seite legte, fragte er: Könnten Sie Ihrer Bitte um Anerkennung Ihres Aktivbürgerrechts und Ihrer Handlungsfähigkeit noch etwas Wichtiges für die Allgemeinheit in Zürich anfügen? Den Wunsch nämlich, die Ausübung des Anwaltsberufes sollte an einen Fähigkeitsausweis geknüpft werden?

Sie lachte. Genau das habe ich vorgehabt.

Sie hatten vereinbart, daß Emily die Reinschrift der Beschwerde vorbeibringen würde.

Anfangs Dezember erschien sie mit ihren Blättern in der Redaktion. Curti beschäftigte sich gerade mit einer wirtschaftspolitischen Artikelserie, die ersten Folgen waren schon erschienen und hatten in Zürich Staub aufgewirbelt.

Sie sagte, seine Artikel brächten das Blut ihres Vaters in Wallung. Er lächelte, sah wohl einen Moment Spyri vor sich, der mit ihm in denselben politischen Gremien saß. Das dürfte allen so gehen, die noch in der Gedankenwelt des Manchestertums leben, gab er zu. Meine Ideen über Sozialpolitik haben sich in Frankfurt gewandelt! Das geht nicht ohne Spuren vorbei: Sechs Jahre lang Redaktor einer Zeitung zu sein, die zur Regierung Bismarck in Opposition gestanden ist! In einer Epoche der Unterdrückung der Sozialdemokratie. Der Knebelung der freien Meinung!

Da sehen Sie auch die hiesigen Dinge in anderem Licht?

Er nickte heftig. Der Staat ist kein Tummelplatz für Privatspekulationen. Der Umfang der Volksrechte muß ausgebaut, das Los der Arbeiter verbessert werden!

Und doch lehnen Sie den Sozialismus als sektiererische Doktrin ab. Sie lassen sich von keinem Lager vereinnahmen; das muß mühsam sein.

Ich bin für Reformen, nicht für Revolutionen. Wer über das Ziel hinauswirft, trifft nicht! Menschen können sich nicht von einem Tag auf den anderen ändern.

Gilt das, Ihrer Meinung nach, auch für die Frauenfrage?

Er nahm ihren schelmischen Blick auf, nickte.

Aber jetzt will ich Ihre Eingabe lesen. Trinken Sie ein Glas Wein mit, Frau Kempin? Das illuminiert ein bißchen diesen grauen Nachmittag. Im Dezember spüre ich, daß meine Familie ursprünglich aus Italien stammt, ich vermisse das Licht.

Aha, das gehört auch zu Ihnen! Sie zeigte lachend auf ihn, als habe sie ihn überführt. Aber in Ihrer Zeitung haben Sie die Mäßigkeitsvereine und die Besteuerung des Branntweins unterstützt.

Er lachte zurück, und sie bemerkte die vollen Lippen. Warum versteckt er sie hinter dem Schnauzbart, dachte sie.

Ich finde Ihre Arbeit sorgfältig begründet, lobte er, als er ihr das Manuskript zurückreichte.

Gut, daß Sie sich ganz auf Artikel 4 stützen. Diesen Argumenten kann sich wohl das Bundesgericht nicht verschließen, die Zeit ist reif dazu. Wissen Sie, daß in Amerika eine Frau fast den gleichen Kampf gekämpft hat wie Sie, und zwar mit Erfolg? Als sie verneinte, zeigte er ihr eine Agenturmeldung, die über die amerikanische Juristin Belva Lockwood berichtete. ... Und jetzt fährt sie zum Entsetzen der Bürger in roten Strümpfen auf dem Rad zum Gerichtshof, schloß er lachend.

So sehen wir Sie vielleicht bald zu Ihrer Anwaltspraxis radeln, wer weiß? Wann machen Sie Examen?

Im Frühsommer. Hoffentlich motiviert mich der positive Entscheid des Bundesgerichts beim Lernen.

Wie sehr ich es für Sie wünsche, Frau Kempin.

Er begleitete sie auf den Flur hinaus, sie sah schmal aus

in dem schwarzen, mit Pelz verbrämten Mantel, im Schein der Lampe bekam ihr Haar ein paar goldene Lichter. Sie fing seinen Blick auf, es war ein lebendiger Blick, der sie noch eine Weile wachhielt.

Sechs Wochen später trat sie nach kurzem Anklopfen und ohne ein Herein abzuwarten in Curtis Büro.

Er wandte sich erstaunt nach ihr um.

Die Antwort?

Sie nickte.

Die Seiten, die ihm Emily über den Schreibtisch reichte, waren vom 29. Januar 1887 datiert.

Und?

Lesen Sie selbst.

Sie ließ sich auf einen Stuhl sinken und betrachtete sein Gesicht, das beim Lesen einen gesammelten Ausdruck annahm. Seine Lippen bewegten sich, sie hörte ihn murmeln:

Im Bundesgerichtsentscheid vom 29. Januar 1887 wird die Beschwerde der Emilie Kempin, stud. jur., als unbegründet abgelehnt.

Das darf nicht wahr sein, sagte er entgeistert. Für einen Moment ließ er die Blätter sinken.

Es ist leider wahr! Mit dem Handrücken wischte sie eine Zornesträne weg.

Wenn nun die Rekurrentin auf Artikel 4 Bundesverfassung abstellt (Jeder Schweizer sei vor dem Gesetze gleich...) und aus diesem Artikel scheint folgern zu wollen, die Bundesverfassung postulire die volle rechtliche Gleichstellung der Geschlechter auf dem Gebiete des gesammten öffentlichen und Privatrechts, so ist diese Auffassung ebenso neu wie kühn; sie kann aber nicht gebilligt werden...

Ebenso neu wie kühn. Er schüttelte ungläubig den Kopf. Einen solchen Gerichtsentscheid hätte ich dreizehn Jahre vor Anbruch des 20. Jahrhunderts nicht erwartet.

Sie nickte, sagte gepreßt: Damit hat der Richter in Selnau recht bekommen. Ich kann studieren, mein Doktorat mit Bravour machen, und trotzdem nie Anwältin werden.

Er fing ihren zornsprühenden Blick auf. Sie haben die Richter wohl das Fürchten gelehrt, Frau Kempin. *Undenkbar die Konsequenzen,* hat schon das Bezirksgericht geschrieben. Die Herren spüren, daß sich der Tag abzeichnet, an dem der andere Teil der Menschheit sein Recht fordert, und nun klammern sie sich an ihre Ausschließlichkeit. Aber wetten: in ein paar Jahren hat Zürich ein neues Anwaltsgesetz. Der Tag der Frau kommt... Ich werde jedenfalls im Kantonsrat mit Gleichgesinnten das Meine tun, um das Kommen dieses Tags zu beschleunigen.

Was nützt mir später? stieß sie ungeduldig hervor. Mir bleibt nicht lange Zeit.

Ich bin ein paar Jahre vor Ihnen geboren, warf er ein, und habe trotzdem das Gefühl, ich kann warten.

Aber ich nicht! Sie schaute ihn verzweifelt an.

(Nur ein Jahrzehnt sollte sie Zeit haben für ihren Kampf, bevor sich hinter ihr die Türen der Psychiatrischen Anstalt schlossen. Ein Jahr darauf, am 3. Juli 1898, trat, auf die Motion Curti hin, das neue Anwaltsgesetz in Kraft, das eine Anwaltsprüfung verlangte, deren Ergebnis – unabhängig vom Geschlecht! – über die Befähigung zum Beruf entschied.) Er hielt ihren Blick nicht aus. Kommen Sie, Frau Kempin, wir gehen ins Zunfthaus zur Meise und trinken ein Glas auf diesen nicht mehr fernen Tag der Frau.

Die Wirtschaft war, zur Zeit der Flaute um sechs, beinahe leer, an der Wand saß der Dichter Gottfried Keller vor einem Halben Clevner. Er erkannte die Frau des ehemaligen Pfarrers Kempin und grüßte sie mit einem Kopfnicken. Ein jüngeres Paar schaute zu Curti und seiner Begleiterin hinüber und tuschelte.

Man kennt Sie, fürchten Sie nicht um Ihren Ruf? fragte er.

Der ist mir ab heute egal, rief Emily mit gespielter Unbekümmertheit.

Sollten nicht eher Sie um Ihren Ruf bangen, wenn Sie sich mit einem studierenden Frauenzimmer in der Öffentlichkeit zeigen, Sie haben doch erst vor wenigen Jahren geheiratet?

Er schaute sie entwaffnend an, lachte.

Sie lachte zurück, ließ sich ein zweites Glas einschenken, obwohl ihr schon das erste zu Kopf gestiegen war. Er sah ihre Verwandlung: die schlagartig illuminierte Landschaft ihres Gesichts. Der verkniffene Ernst zwischen Brauen und Nasenwurzel mit einemmal vertrieben.

Auch ihr war dieser schnelle Wechsel von Schatten und Licht im Spiegel neben der Anrichte nicht entgangen: Curtis dunkler Hinterkopf und ihr Gesicht, goldgerahmt.

Sie blickte von Curtis Augen weg in die Spiegelbild-Augen: Emily, dich gibt es noch, man wird weiterhin mit dir rechnen müssen. Hast du eben entdeckt, daß es Männeraugen gibt, die dich lebendig machen? Soll ich denn keine Frau mehr sein, nur weil ich daran bin, meinen Kopf zu entdecken?

Neu und kühn, neu und kühn bin ich, rief sie plötzlich mit exaltierter Lustigkeit, und ihre Augen funkelten, was sagen Sie dazu, Redaktor Curti?

Ich freue mich, mit einer neuen und kühnen Frau hier zu sitzen, sagte er.

Inmitten der Häuser von Manhattan hatte sie in jenem Herbst 1889 ein unbändiges Bedürfnis verspürt nach Seeluft, Weite.

Sie fuhr mit der *Elevated Railway*, ließ sich von der Südspitze Manhattans mit einer Fähre übersetzen. Unter den ziehenden Wolken war das Meer aufgepflügt.

Als einzige Passagierin hielt sie vorne am Bug dem Wind stand, der in ihren Haaren zauste; ihr Cape blähte sich auf, als trage sie an ihrem Rücken einen schwarzen pelzbesetzten Flügel.

Hinter den Schaumkronen wurden die Häuser von Manhattan kleiner, der Druck auf ihrer Brust löste sich.

Durch einen Tunnel von Enttäuschung und Beklemmung war sie in den letzten Wochen gegangen, vor ihr, in Entfernung, immer dieser Schimmer, das Versprechen einer neuen Zeit: Du schaffst es, Emily, halte durch.

Von den zwei Dutzend Interessentinnen, die sich auf ein Inserat hin für ihre neue Schule beworben hatten, waren am Eröffnungsabend vierzehn Schülerinnen übriggeblieben, immerhin eine runde, hoffnungsvolle Zahl. Kaum hatte der Schulbetrieb begonnen, schieden durch die ersten Examen und die Tatsache, daß keine Stipendien bezahlt wurden, weitere Kandidatinnen aus. Schließlich hatte sich ihre Zahl auf drei reduziert. Unbeirrt fuhr sie fort, ihre Vorlesungen zu veranstalten – für drei Schülerinnen.

Dieser Aufwand an Geld, Energie, lächerlich. Auf was für ein Wunder hoffst du noch?

Walter hatte auf sie eingeredet, es endlich einzusehen: Nur fort aus New York. Zurück zum Alten, Bewährten. Noch ist Zeit, vor Beginn der Winterstürme zurückzufahren.

Plötzlich erschienen, wie auf geheime Regie, die beiden größeren Kinder, flankierten in ihren Nachthemden den Vater, kleine Zornengel, die ihr Blicke zuschleuderten, mit den bloßen Füßen stampften: Zurück, ja zurück!

Sie hörte, wie eine Galionsfigur am Bug stehend, umbraust vom Wind, andere Stimmen. Die Sutro, von ihren Vorlesungen begeistert, zu Fanny Weber: Wenn die *Emily Kempin's Law School* zumacht, können wir auch unsere gemeinsame Sache, die Bildung der Frauen, begraben. Fanny Weber, die eilig die ehemaligen Mitglieder der *Arbitration Society* zusammentrommelt. Die exaltierte Stimme der Munn mit dem Aufschrei: Nun machen wir Ernst mit der Gründung der neuen Society. *Woman's Legal Education Society* soll sie heißen! Geld sammeln für einen soliden finanziellen Background! Die nüchterne, stets etwas heisere Stimme der jungen Gould.

148

Männliche Stimmen im Chor.

Richter Noah Davis: Durchhalten, Frau Kempin, auch an der University of the City of New York tagt es.

Die Predigerstimme des Crosby: Es ist mir zu Ohren gekommen, daß sich der Kanzler der Universität, Mac Cracken, mit dem Vorschlag der Frauen beschäftigt.

Wie lange noch glaubst du an Stimmen, hatte Walter gesagt.

Du mußt auf dem Boden bleiben.

Am Landesteg entfernte sie sich rasch von den Passagieren. An den Docks vorbei folgte sie dem Meeressaum, sie ging, ohne auf ihre Schuhe zu achten, knöcheltief im Sand.

Bald waren nur noch gelbe Dünen und das grünlich schäumende Meer um sie. In der Ferne trieb die Südspitze von Manhattan einen Keil in die Wasserfläche. Der Wind hatte sich gelegt, Vögel pickten im Schlick eines einmündenden Flüßchens nach Würmern.

Sie blieb stehen, füllte die Lungen mit der salzigen Luft.

Hinter der Düne, im Windschatten einer Baracke, entdeckte sie ein Liebespaar. Der Mann hatte die Arme um die Taille der Frau geschlungen, sie lag, die Wange an seinen Hals geschmiegt, die Augen nach oben gerichtet zur Weite des Himmels.

Emily schämte sich ihrer Zeugenschaft, und doch konnte sie die Augen nicht von dem Paar abwenden, sie erschrak über die Heftigkeit ihres Wunsches, diese Frau hinter der Düne zu sein, alles hinzugeben für einen Augenblick der Liebe, Strandgut am Pulsschlag eines Geliebten.

In den Scheiben des Pavillons liegt Morgenglanz, sie hat die beiden Fensterflügel geöffnet, sie gegeneinandergeschoben, so daß ein Winkel entsteht, der sie spiegelt.

Sie ist nackt. Sie schaut sich an.

Sie ist immer noch schön mit den weichen, fließenden Linien. Schon in Berlin hat sie sich nicht mehr geschnürt, hat Brust und Hüften ihren sanften, natürlichen Schwung gelassen. Der Anblick ihres Körpers erfüllt sie mit Zuversicht.

Es gibt sie noch.

Der Körper ist, trotz dieses Gewächses, immer noch eingestimmt auf das Leben, die Liebe.

Sie erkälten sich, Frau Kempin.

Dr. Wolff ist hinter ihr ins Zimmer getreten, er nimmt die gehäkelte Decke vom Bett, legt sie um ihre Schultern.

Sie dreht sich um, ihre Beine und die linke Hüfte schauen aus dem Faltenwurf der Decke heraus.

Sie sagt zu ihm, er solle mit ihr fliehen. In England könnten sie gemeinsam von vorne beginnen. Sie schreibe heute noch an einen ihrer Gönner in Berlin, bitte um Geld.

Sie neigt den Kopf vor, ihre Stimme wird auf eine rührende, fast kindliche Weise vertraulich: Hier macht der Alte Sie kaputt.

Röte steigt in seine Wangen. Sie sieht es, mag die Zeichen der Empfindsamkeit auf seinem nervösen, bleichen Gesicht.

Sie erkälten sich, sagt er wieder.

Sie lächelt. Beschwichtigt ihn mit einer beinah mütterlichen Geste: Ich bin abgehärtet. Die letzte Nacht habe ich auf dem Fußboden geschlafen. Und bis vor einer Woche bin ich draußen barfuß durch die Wiesen gegangen, Tau heilt, nach Kneipp.

Er schaut sie an mit einer Mischung von Erstaunen und Bewunderung. Andere werden in der Öde der Friedmatt, in der Eintönigkeit des Anstaltslebens rasch teilnahmslos. Sie stählt ihren Körper und hält zäh geistige Übungen durch: Notizen für ihre Weltordnungen, Artikel, für Berliner Zeitungen bestimmt.

Dann also… Er zieht sich zur Tür zurück.

Sie nickt.

Ihr Entschluß, gemeinsam mit ihm nach England zu fliehen, steht fest. Dr. Wolff und sie, Emily.

Zwei unabhängige, herrlich freie Geschöpfe, die sich

treffen, sich wieder voneinander entfernen, immer das Lächeln des andern als Leitstern, bis sie wieder zusammenfinden.

Träume.

Noch ist alles möglich.

Die ersten Schneestürme fegten durch die Straßen Manhattans. Im Foyer der Gesellschaft »Liederkranz« brannte das Kaminfeuer, nach einer Aufführung im Deutschen Theater – man hatte Carl Maria von Webers ›Freischütz‹ gegeben – ließ man den Abend bei einem Glas Rheinwein ausklingen.

Walter Kempin und Dr. Weber saßen, von der Gesellschaft abgerückt, in einer als bayerische Trinkstube verkleideten Nische.

Sie sehen ungesund aus, sagte der Arzt, mit einer väterlichen Geste legte er seine Hand auf Kempins Arm.

Der Husten. Kempin seufzte. Er kommt gegen Morgen, und beim Aufstehen staune ich, daß es mich noch gibt.

Sie stehen zuviel im Durchzug, mein Lieber, der kommt wohl von Ihrer Frau, die sich immerzu bewegt, dies und das versucht! Fliehen Sie über den Ozean, bevor dieser Winter hier in all seiner Strenge hereinbricht, ich weiß nicht, wie Sie ihn überleben sollen mit Ihren angegriffenen Bronchien.

Sie muß sich rühren, verteidigte Kempin seine Frau. Wir sind fünf Personen, mit meinen Artikeln im ›Philadelphia Democrat‹ verdiene ich wenig, sie ist es, die für den Lebensunterhalt sorgt.

Verstehen Sie mich recht: Ich bewundere Ihre Frau, sagte der Arzt.

Noch ein Glas vom Riesling?

Sie tranken sich zu, die Lichter der Butzenscheiben, gelbliche und grüne Monde, fleckten den Tisch.

Stimmt es, daß Sie sie angespornt haben zum Studium? fragte Weber, als er sein Glas absetzte.

Ja, es stimmt.

Sie haben etwas Neues getan. Vielleicht etwas ebenso Neues wie Ihre Frau und sind nun erschrocken über Ihren Mut. Jetzt stehen Sie da, mitten in der Neuen Welt, und wissen nicht mehr, wie man einen Fuß vor den anderen setzt. Im nächsten Jahrhundert werden die Männer wohl mehr Zeit haben, sich an die neuen Frauen zu gewöhnen. Sie werden es müssen, Kempin, das Rad dreht sich nicht zurück.

Emily, Fanny Weber und Florence Sutro unterhielten sich beim Kaminfeuer, von der gemalten Decke schauten Gestalten aus der germanischen Mythologie auf sie herab. Klein sahen die Frauen aus im Vergleich zu den halbnackten Hüninnen, zierlich, wie sie mit Gabel und Messer ihre Schweinsrippchen mit Kraut traktierten, Florence hatte sie zu dem nächtlichen Schmaus verleitet, ihnen vorgeschwärmt, der Koch im »Liederkranz« sei unübertrefflich. Sie hatte dann auch während des Essens einen Erfolg zu melden: Helen Gould stifte Stipendien, damit die mit ihr befreundete Etta Titus und andere mittellose Frauen Emily Kempins Schule besuchen könnten. Auch die Planung der *Woman's Law Education Society* sei in Gang.

Schritt für Schritt wird vorbereitet, juristisch abgesichert. Mit der eindrucksvollen Liste der Mitglieder unternehmen wir abermals einen Vorstoß bei der Universität!

Was die Finanzen der neuen Society betrifft, wird wohl die Gould nochmals in die Tasche greifen müssen. Was Vater Jay Gould rücksichtslos anderen abknöpft, gibt seine Tochter für Soziales aus, das nenne ich Arbeitsteilung, nicht wahr?

Sie lachten, das Feuer verbreitete wohlige Wärme. Emily schaute den Flammen zu, die bläulich zuckten, gierig nach Nahrung suchten. Ich muß nicht zu nahe ans Feuer, auch wenn mich alles, was ich unternehme, brennend berührt. Ich muß nicht in Flammen stehen, zähmen kann man das Feuer. Ihr macht mir Mut, sagte sie, ich werde mit meiner Familie diesen schwierigen Winter überleben. Die teure Wohnung an der 59. Straße geben wir anfangs Jahr auf, mein Mann hat sich dort nie wohl gefühlt. Downtown möchte er, an die Südspitze, die Nassaustraße hat es ihm angetan, weil sie so krumm und bucklig ist wie eine Ladenstraße in Europa.

Walter hatte es seit Monaten immer wieder hinuntergezogen an die Südspitze: Von der Battery aus hatte er die Neuankömmlinge aus Europa beobachtet, in Schlangen sah er sie anstehen in Castle Gardens, wo Einwanderungsbeamte über die Aufnahme in das Gelobte Land entschieden. Später sah er dieselben Menschen aus den rückwärts gelegenen Türen des heruntergewirtschafteten Gebäudes kommen, die meisten erleichtert, erlöst, viele Gesichter wie fiebrig von hochfahrenden Plänen. Er liebte es, in ihren Mienen zu forschen, Vermutungen anzustellen über ihre Herkunft und das, was sie hinter sich gelassen hatten. In ihren Augen las er die Geschichte ihrer Entbehrungen. In ihren Haaren und Mantelfalten brachten sie Gerüche mit aus der Alten Welt. Er sah sie in die Baracken treten, wo man den Greenhorns Eisenbahnpassagen in den Westen andrehte, Grundstücke in Wisconsin. Barbiere und Schuhputzer boten ihre Dienste an, in einer der Buden wurden Stellen vermittelt, in einer andern war ein provisorisches Telegraphenamt untergebracht. Die Hoffnungen, der Mut der Neulinge rührten ihn, eine Aufbruchstimmung, die ihn für Stunden mitriß.

An diesem Nachmittag stand er mit Agnes vor den Quadern der Quaimauern, nur ein paar Meter vom Ozean getrennt, das Wasser war schilfgrün und löste sich gegen den Horizont kreidig auf. Sie hatten erst von außen an dem Haus in der Nassaustraße hinaufgeschaut, wo Mama eine Wohnung angeboten worden war, ihr Blick war an der rötlichen Sandsteinfassade hinaufgeklettert, Agnes hatte

die Steinmetzarbeiten bemerkt und die feine Aufschrift
»Palmcourt«.

Schön, Papa?

Ja, schön: für Mama und dich.

Und du?

Ich habe es mit Mama letzte Nacht besprochen: Ich
fahre mit Gertrud und Robert nach Zürich zurück. Willst
du nicht auch mitkommen aufs Schiff?

Nein, auf dem Meer wird mir übel. Ich will auch bei
Mama bleiben, sie darf nicht ganz allein sein in New York.

Stumm waren sie weitergegangen bis zur Beaver Street,
wo Walter sich in einer Agentur erkundigt hatte nach den
nächsten Schiffspassagen nach Bremen. Es zeigte sich, daß
noch Kabinen zu haben waren auf demselben Schiff, mit
dem sie gekommen waren, Abfahrt in acht Tagen.

Zwei Kinder und zwei Erwachsene?

Nein, zwei Kinder und ein Erwachsener.

Schau, das Meer ist ruhig, sagte Walter. Agnes reckte sich
über die Quaimauer: Ich mag trotzdem nicht Schiff fahren.

Es ist aber abgemacht, daß ihr uns im Sommer besuchen
kommt, du und Mutter.

Kann man denn nicht fliegen, Papa? Du hast doch einmal von einem erzählt, der's probiert hat, wie hat er wieder geheißen?

Dädalus.

Und sein Bub?

Ikarus.

Erzähl mir, wie sie Flügel gemacht haben, nein, nicht
später, jetzt, Papa, jetzt!

Sie riß ihn am Arm, strahlte ihren Wunsch aus wie ein
heißer Ofen, eine Wunsch-Inbrunst, geerbt von Emily, er
konnte sich dieser Kraft nicht entziehen.

Da war Dädalus, der Kunstschmied. Er hat zwei Flügel-
paare gemacht, ein großes für sich, ein kleines für Ikarus.

Sie übten zusammen Fliegen.

Als sie es konnten, sagte Dädalus: Wer fliegen lernt, muß auch das Stürzen üben.

Paß auf, Ikarus: Beim Stürzen kommt die Erde immer näher, die kleinen Punkte der Bäume, der Häuser fliegen dir zu.

Aber nicht sie fliegen, sondern du fliegst, und alles unter dir wird größer im gleichen Maßstab, wie du kleiner wirst.

Klein? Wie klein?

Wie eine Katze, Agnes. Denn das ist die Kunst, sich weich zu machen beim Zusammenprall mit dem, was dir entgegenfliegt.

Du weißt: Katzen haben sieben Leben, siebenmal kannst du stürzen, erst nach dem achten Sturz kommt der Tod...

Den wievielten Sturz habe ich schon überlebt, dachte Walter. Den Sturz aus der Enge, den Sturz aus der Redaktion in Remscheid, und dann – ebenfalls in diesem schrecklichen Jahr 1885 – den Sturz aus meiner eigenen philanthropischen Gründung, dem Roten Kreuz. Fast tödlich dieser Zusammenprall mit meinem Zentralkomitee, wo ich plötzlich in die Minderheit geraten bin mit meinen Vorstellungen von einem Einsatz in Friedenszeiten, und im November hat man mich gezwungen, von meinem Amt als Präsident des Centralvereins zurückzutreten. Die verbleibenden Mitglieder haben neue Statuten aufgestellt, die eher den Bedürfnissen der Armee entsprachen. Meine philanthropische Arbeit ist aufgeflogen, die eigenen Ideen sah ich gegen mich gewandt, dieser Zusammenprall hat etwas in mir getötet. Das ist mir noch nachgegangen in Remscheid, wo meine Tätigkeit erfolglos war, und auch hier in Amerika habe ich dieses innere Abgestorbensein gespürt. Und der Rückzug aus der Neuen Welt – auch ein Sturz?

Emily erneuerte sich mit diesem beginnenden Jahr 1890.

Schnee fiel und nahm Manhattan die Schwere, schloß sie hinter den Fenstern in der Nassaustraße in eine lichte Traumwelt ein.

Ein Grundton von Melancholie durchzog diese Träume, sie stellte dann ihr inneres Auge auf Fernsicht ein und sah ihre zwei älteren Kinder über den Stadelhoferplatz in Zürich gehen, ins Haus der Großmutter Kempin.

Mit leisem Schreck nahm sie wahr, daß sie ihren Ehemann kaum vermißte.

Sie spürte erst jetzt, wieviel Raum er eingenommen hatte mit seinem schleichenden, allgegenwärtigen Unbehagen. Sein Zögern, seine Wenn und Aber. Wie Talg hatte das ihre Poren verstopft, ihren Schwung gelähmt. Es kam ihr vor, als habe sie ihm in ihrem Leben Obdach gewährt und einsehen müssen: Die Kraft reicht auf die Dauer nicht aus für zwei.

Langsam kam ihre Lebendigkeit zurück.

Am Morgen, wenn sie früher als sonst erwachte, zeichneten sich die Umrisse des Tages klar ab. Freudig stand sie auf, traf ihre Vorbereitungen für den Unterricht.

Den Klassenraum an der 59. Straße hatte sie behalten, der Schulbetrieb hatte sich in den letzten Wochen eingependelt. Dank dem von Helen Gould zusammengetrommelten Hilfskomitee waren vier neue, durch Stipendien unterstützte Schülerinnen zu den drei alten dazugekommen, eigenwillige Frauen, die zu unterrichten eine Lust war.

Die Stanleyetta Titus, blitzgescheit, voll provozierender Fragen. Sie eignete sich juristisches Wissen an, um ihrer durch einen Rechtsstreit in finanzielle Schwierigkeiten geratenen Familie zu helfen.

Cornelia Hood, ein großes, energisches Frauenzimmer mit einem für ihr Alter beträchtlichen Doppelkinn. Sie hatte erst Hebamme lernen wollen. Den juristischen Fragen wandte sie sich mit hausbackenem Realismus zu. Ihre

Einwände brachten die Klasse, vor allem die musisch heitere Florence Sutro, auf den Boden zurück.

Isabella Pettus, ein pummeliges Mädchen. Was andere im Flug nahmen, eignete sie sich nur mühsam an. Hatte sie einmal die Dinge im Griff, war ihr Gedächtnis unbestechlich, wer etwas vergessen hatte, brauchte nur sie zu fragen.

Zweimal in der Woche – auch dies ein Einfall des Komitees – gab Emily Abendkurse. Wer einen Dollar zahlte, wurde Mitglied, durfte die Kurse gratis besuchen.

In der Stadt hielt der Reigen der winterlichen Vergnügungen an. Es hatte sich bei ihren Freunden herumgesprochen: Emily liebt das Theater, sitzt wie ein erstauntes Kind in der Dunkelheit, schaut mit weitoffenen Augen zur Bühne, ein erleuchtetes Schaufenster des Lebens, du darfst dich zurücklehnen, bist Zuschauer, kannst für zwei Stunden abtreten von deiner eigenen Szenerie.

Webers und Sutros luden sie regelmäßig ein.

Lieber noch saß Emily abends in ihrer neuen Wohnung an der Nassaustraße.

Den großen Wohnraum hatte sie beinah unmöbliert gelassen; das Licht, durch großzügige Eckfenster einfallend, sollte nicht geschluckt werden von Polstern und dunklem Holz.

In der Dämmerung setzte sie sich gerne auf einen alten Teppich aus dem Spyrihaus, er war in ihrem Mädchenzimmer in Zürich gelegen, mit eingewobenen blauen Dreiekken und grünen Monden, da saß sie und las, manchmal anstelle von Fachliteratur auch wieder Geschichten von Walter Scott.

Oft nahm sie Agnes in den Arm, und sie erzählten sich, was tagsüber geschehen war. Die Gesundheit des Kindes hatte sich stabilisiert. Agnes war ruhiger geworden, als sei auch von ihr, seit der Abfahrt des Vaters und der Geschwister, eine Spannung gewichen.

Was machen jetzt Gertrud und Robert? fragt sie manchmal unvermittelt.

Die schlafen. In Zürich ist Mitternacht schon vorbei. Seltsam. So weit weg sind sie, wie Tag und Nacht!

Ja, Agnes.

Wenn Agnes im Bett liegt, die übrige Familie auf der andern Seite der Welt dem Morgen entgegenschläft, ist Emily noch wach, plant, organisiert. Sie braucht wenig Schlaf. Am Morgen, aus dem Spiegel über dem Waschbecken, schaut eine andere Emily, eine, die sie lange gesucht hat.

Ende Februar wird sie von Dr. Munn gebeten, noch einmal über Hypnose zu sprechen, diesmal vor jungen Ärzten am Woman's Hospital. Das Interesse an diesem Thema schwappt wie eine Welle von Europa nach Amerika über, und Emily gilt, weil sie Dr. Forel, seine Experimente am Burghölzli und seine Publikationen kennt, als Expertin auf diesem Gebiet.

An den Vortrag schließt sich eine rege Diskussion an. Dr. Munn äußert sich erfreut über den gelungenen Abend, sie spreche mit Klarheit und Begeisterung, reiße die Zuhörer mit.

Wie wäre es, wenn sie mit ihm ins Theater ginge, er habe für den Abend zwei Karten? Seine Frau? Nein, die könne ihn nicht begleiten, gehe manchmal ihre eigenen Wege…

Er wird ein bißchen unsicher unter Emilys Blick. Munn, Modearzt mit linkischem Auftreten, Dackelaugen, abstehenden Ohren, eine Diskrepanz, die Frauenherzen rührt.

Sie müßten sich schnell entscheiden, in einer halben Stunde fange die Vorstellung an.

Dann könne sie sich nicht mehr umziehen.

Sie sei festlich genug, beteuert Munn, dieses Samtkleid mit dem Spitzenkragen, schmal sehe sie darin aus und doch feminin, auch bringe die Moosfarbe ihr dunkelblondes Haar zur Geltung…

Er rede wie ein Modejournal! Sie lacht.

In einer Loge der teuersten Preisklasse sieht sie sich ein Stück an, von dem sie wenig versteht, zwischen den Szenen serviert ein Theaterdiener Champagner. In der Pause sind

Augen und Operngläser auf ihre Loge gerichtet, immer wieder kommt es vor, daß John P. Munn, Arzt der Goulds, sich mit einer fremden Dame blicken läßt, und man wundert sich, wer es heute ist.

Sie nippt am Champagner, stellt sich vor, wie die Leute sie durch die Gläser sehen: Verkleinert, Augen wie Stecknadelköpfe, die Nase über der Balustrade aus Plüsch. Munns Kopf daneben: Stehkragen, Seidentuch, abstehende Ohren, ein Monokel eingeklemmt, das Haar mit Pomade an den Kopf geklebt, der Schnauzbart geschniegelt, geschwärzt. Ein Schwebezustand überkommt sie, als habe sich der Balkon der Loge gelöst, kreise über den Köpfen.

Nach der Vorstellung, draußen auf dem nächtlichen Pflaster, ist sie wieder nüchtern.

Munn besteht darauf, sie nach Hause zu begleiten. Sie wohne doch ganz nahe, an der 59. Straße? Nur noch ihr Klassenraum sei dort. Sie wohne downtown. Eine Droschke bringe sie sicher nach Hause, er brauche sich nicht zu kümmern.

Für eine Dame allein, in einer Mietdroschke, ist es jetzt zu spät, sagt er.

Eine lange Fahrt über den vom Schneebelag holprig gewordenen Broadway. Unter der Decke aus Lammfell ist die Wärme eines anderen Körpers angenehm, sie läßt es zu, daß er nach ihrer Hand faßt, klein liegt sie in der seinen.

Geht es, Emily?

Sie nickt.

Eine Schneeflocke, die in seinem Schnauzbart hängenbleibt, schmilzt zu Wasser. Unter der Decke drückt ihr sein Siegelring in die weiche Stelle zwischen Daumen und Zeigefinger, sie bewegt die Finger, um dem Druck zu entkommen.

Es ist zu kalt für zärtliche Gefühle. Zudem müßte der Kutscher jetzt in die Maiden Lane einbiegen, aber er ist schon bei der Trinity Church unten, eine Krummstab-

Laterne streut weiches Licht. Er nimmt die Wall Street. Beim Sub Treasury Building, das traumhaft aussieht mit den Säulen, dem frierenden Washington über der Treppe, fährt er die Nassau Street hinauf, hält vor ihrem Haus.

Munn schaut die Fassade empor, murmelt etwas, vermutlich Lobendes über den neuen Baustil, seine Worte stehen als Wolken vor seinem Mund.

Eine Tasse Kaffee, damit Sie gestärkt sind für die Rückfahrt? Sie schaut ihn an, wischt sich mit den Fingerspitzen Reif aus den Brauen.

Soll ich warten? fragt der Kutscher.

Munn verneint, zahlt.

Der Wagen ist, kaum sind sie ausgestiegen, vom Schneerauch verschluckt.

Sie zündet im Wohnzimmer die Lampe an. Geht ins Kinderzimmer, Agnes schläft wieder einmal unruhig, wirft sich herum im Traum. Munn macht sich, auf ihre Bitte hin, am Kamin zu schaffen. Als Emily aus der Küche kommt, züngelt die Flamme auf. Sie trinken Kaffee, jeder Schluck wärmt bis in die Zehenspitzen, auch sein Händedruck auf ihrem Arm pflanzt sich durch ihren Körper fort. Seine Hand hält jetzt ihren Nacken fest, er dreht sanft ihren Kopf, macht ihn gefügig, die Lippen unter dem Schnauzbart rücken näher, zuckende, sinnlich geblähte Lippen, er trägt nachts eine Bartbinde, denkt sie schaudernd und läßt sich dann doch küssen. Eine Lovestory, deren Ablauf man kennt: Er wird mit ihr Liebe machen, übermorgen wiederkommen und nächste Woche auch, ein Versteckspiel wird beginnen, das neue Abhängigkeit schafft.

Will sie das?

Gerade jetzt, wo ihr so leicht geworden ist?

Sie hört auf das Atmen und Stöhnen des Kindes im Nebenzimmer. Macht sich von seinen Händen im Nacken frei, verfügt wieder über ihren Kopf.

Es ist Zeit, sagt sie und schaut ihn streng an. Sie müssen zurückfahren.

Der Kutscher ist weg. Er lehnt sich zurück, schiebt die Stirnhaut hoch zu Dackelfalten, macht bittende Augen.

An der Fulton Street, gleich um die Ecke, ist ein Droschkenstand.

Am Fenster stehend, sieht sie ihn unten im Schein der Laterne: Nichts als ein Zylinder mit zappelnden Beinen, Gamaschen, Lackstiefelchen. Der Schnee schluckt jeden Laut, es ist, als entferne sich einer lautlos aus ihrem Traum.

Sie entkleidet sich, legt sich in der Kammer zu Agnes unter die Decke. Agnes erkennt blinzelnd die Mutter, dreht sich ihr zu mit einem Laut des Behagens.

Die Wärme des Kinderkörpers in sich aufnehmend, wird sie von einer Traurigkeit gestreift, mit dem atmenden Mund des Kindes an ihrem Hals schläft sie ein.

Den ganzen nächsten Tag verbrachte sie am Schreibtisch, gegen Abend setzte wieder Schneefall ein.

Dämmerlicht, vermehrt durch die Helligkeit des Schnees, weitete den Raum. Als die Buchstaben zu verschwimmen begannen, setzte sie sich auf ihren Hirtenteppich, strich mit der Hand über die blauen und grünen Zeichen. Sie schaute durchs Fenster in das Schneetreiben, Schnee fiel in ihren Pupillen.

Schön für die Liebe wäre dieser Raum, dachte sie.

Und trotzdem bereue ich es nicht, Munn letzte Nacht weggeschickt zu haben.

Ich stelle mir den idealen Geliebten vor, erfinde mir ihn.

Aneinandergeschmiegt atmen wir die Stille ein, in den Nachtstunden senkt sich die mondige, diffuse Helligkeit aus allen Lichtern Manhattans auf unsere nackten Körper. Auf den geheimen Zeichen meines Teppichs würden wir uns lieben. Mein Geliebter webt einen Geschichtenteppich, der uns zudeckt, und die Liebe selbst wäre eine Geschichte mit immer neuen Einfällen, warum sollte Scheherezade nicht ein Mann sein können? Walter Scott, wäre er nicht schon lange tot, könnte dieser Geliebte sein.

Seit meiner Mädchenzeit mag ich seine Geschichten, ich gehe immer von neuem durch sie, bewohne sie wie ein Haus.

In der ›New York Times‹ hatte sie gelesen, daß Walter Scott, auch er Jurist, sich ein Haus gebaut hatte, weitläufig, von großer Pracht, jedes der Zimmer ein Ambiente aus einem seiner Bücher. Er hatte sich beim Bauen verschuldet, und das Haus hatte ihn gezwungen, immer neue Geschichten zu erfinden für den Erhalt dieser zu Stein gewordenen, vielkammrigen Geschichte.

Sie legt ihren Kopf auf den Teppich mit den ozeanblauen Kreisen, die Fingerspitzen ertasten die Brüste, komm, da bin ich, laß dich spüren, damit ich mich spüre. Walter Scott, Jurist, verwickelt in den Existenzkampf für Wirklichkeit gewordene Träume, meine männliche Seite, komm, wir sind eins.

Wer es könnte
die Welt hochwerfen
dass der Wind hindurchfährt
Hilde Domin

Im April war das Wetter stürmisch geworden.

Zwischen zwei Regengüssen ging Emily mit Agnes nach draußen, sie stand, ohne es zu ahnen, an derselben Stelle der Quaimauer, wo Walter vor seiner Abreise mit Agnes gestanden hatte.

Hinter diesem Wasser sind Robert, Gertrud und der Vater, sagte Agnes nachdenklich. Wann sind wir wieder beisammen, Mutter?

Im Sommer. Dann ist das Wasser ruhig, wie geleckt. Wir fahren mit dem Schiff, und es wird dir nicht mehr übel.

Emily schaute auf den Ozean, der ihr vorkam wie ein lebendiges, atmendes Wesen.

Ein Meer trennt sie von ihrem Mann, der drüben, in der Alten Welt, ihrem Schatten zu entkommen sucht. Und doch in ihren Fußstapfen geht... Seit dem Wintersemester studiert er in Zürich Jura.

Vater hat mir von Dädalus erzählt, Mama. Agnes schaute mit ihren Kulleraugen zur Mutter auf, zog sie am Ärmel. Wie ist es weitergegangen, als er Ikarus das Fliegen gelehrt hatte?

Dann hat Dädalus gesagt, flieg hinter mir her, Sohn, murmelte Emily, in Gedanken immer noch bei Walter.

Und dann?

Und dann hat sich Dädalus nach einer Weile umgeblickt, aber er konnte Ikarus nirgends sehen.

Walter will mich mit diesem Jusstudium einholen, dachte sie, er will mir entgegenwachsen, stellt sich auf die Zehenspitzen. Sie sah ihn im Geist im Kolleg bei Schneider sitzen, bei Meili und Lilienthal.

Und dann, Mama?

Bemerkt er einen Punkt hoch oben in der Luft, nah der Sonne. Er legt den Kopf in den Nacken, starrt hinauf. Er will rufen, aber seine Stimme erreicht den Sohn nicht.

Eine Möwe fliegt da oben, herrlich frei, im Gegenlicht.

Quellwolken zogen hinter der Universität auf, legten Muster in einen frühlingshaft blauen Himmel.

Die Kutsche fuhr durch den Washington Square Park auf das Hauptgebäude zu. Wie ein Relikt aus dem Mittelalter sieht es aus, dachte Emily, mit den gotischen Fialen, den hochgezogenen, spitzbogigen Fenstern. Mit jeder Umdrehung der Wagenräder erschien ihr das strenge Gebäude bedrohlicher, ließ sie zu einem kleinen Mädchen werden, das vor dem Besuch widerspenstige Haare glattstreicht, den Taschenspiegel befragt, ob es der Begegnung, seit Monaten herbeigesehnt, gewachsen ist.

Du schaffst es, sprach ihr Fanny Weber zu, die neben Helen Gould gegenübersaß, und Helen, einen Sonnenfleck auf der rundlichen Wange, lächelte.

Trotzdem sorgte sich Emily: Werden wir in diesem Bollwerk der Wissenschaft irgendeinen lebendigen Menschen treffen? Hat diese Universität überhaupt ein Gesicht?

Aus dem dritten Stock des Ostflügels schaute dieses Gesicht auf die Straße hinunter, sah die Kutsche nahen, vor dem Portal halten, und der Mann, dem dieses Gesicht gehörte, fragte sich: Wie sie wohl aussehen, die drei Amazonen?

Nur eine der Frauen war ihm flüchtig bekannt: Helen Gould.

Bei Festlichkeiten der Universität war sie neben ihrem Vater Jay, einem ehemaligen Schüler der Universität, vorne beim Rednerpult des Rektors gesessen, Gould verdankte dem Umstand, daß er bei Kollekten tief in die Tasche griff, diesen Ehrenplatz. Wie ein Schmetterling hatte sie gewirkt, in weißem Mousseline, erfrischend jung. Nun war sie eine junge Dame geworden, deren sozialer Einsatz von sich reden machte, er war gespannt auf ihre Anregungen. Vizekanzler Mac Cracken schien es längst an der Zeit, daß sich die Universität der Frauenfrage stellte.

Man hatte die Frauen bisher ausgesperrt, mit dem Erfolg, daß sie wie eine Bedrohung auf diffuse Art allgegenwärtig wurden. Nicht nur in Boulevard-Blättern, auch in seriösen Zeitungen häuften sich erstaunliche Nachrichten: Hexendokumente waren in Salem gefunden worden, Frauen forderten in Männerkleidung freie Liebe, Pelznäherinnen an der Lower East Side probten den Aufstand...

Solche Sensationsmeldungen hätte man vielleicht mit einem Lachen abtun können. Die Pressemeldungen über die neu gegründete Rechtsschule für Frauen hingegen waren ein Alarmzeichen.

Formulierungen, wie sie vor Weihnachten ›Mail and Express‹ gebracht hatten, mußten die alteingesessenen Professoren hellhörig machen: *Doktor Emily Kempin, selbst an der Columbia und an der University of New York zurückgewiesen, wolle die Frauen befähigen, wie ihre männlichen, an den traditionellen Universitäten ausgebildeten Kollegen offizielle Prüfungen abzulegen und als Anwälte vor die Schranken des Staates New York zu treten, Boston habe inzwischen schon vier weibliche Anwälte, ein weiteres Dutzend arbeite in den Staaten westlich von Missouri und Mississippi...*

Vor Jahresfrist hatte man ein Gesuch dieser Kempin ignoriert, und schwups war ein Konkurrenzunternehmen entstanden, über kurz oder lang gefährlich für einen ganzen Berufsstand...

Wild ausschießende Weiberinitiativen, fand der Rektor, gehörten unter Kontrolle. Voraussetzung allerdings, daß es die Universität nichts koste, der Fakultät keine Mittel entziehe für ihre eigentliche Aufgabe: die Ausbildung junger Männer.

Als man daran ging, sich das weitere Vorgehen zu überlegen, war im März aus den Frauenkreisen um die Kempin nochmals ein Gesuch gekommen: unter all den Unterschriften der klare, fast noch kindliche Schriftzug der Helen Gould. Gegen alle Gewohnheit hatte man die Anfrage sofort dem Komitee der Juristischen Fakultät zur Bearbeitung weitergegeben, und dieses hatte den Kanzler beauftragt, die Damen vorzuladen, Wünsche, Vorstellungen zu sondieren.

So also sieht das Gesicht der Universität aus, dachte Emily eine Viertelstunde später im Büro des Vizekanzlers, so hätte ich es mir nicht vorgestellt. Zwar altertümlich, wie erwartet, mit diesem unmodischen, wallenden St. Nikolausbart, aber es ist ein wohlwollendes Gesicht, die Augen sind wach und humorvoll.

Frau Weber berichtete als erste über die von ihr gegründete *Arbitration Society* und das Dilemma, daß keine juristisch gebildeten Frauen für soziale Arbeit zur Verfügung stünden. Daher habe Dr. Kempin mit Unterstützung dieses Frauenkreises ihre Rechtsschule gegründet. Ein Anschluß der Schule an die Universität sei wünschenswert, Energien, die für Organisation vergeudet würden, könnten kanalisiert werden. Bedingung sei allerdings, daß Emily Kempin dieser Schule vorstehe und ihre Pläne verwirkliche…

Ihr Konzept, sagte Mac Cracken, ich möchte etwas über ihr Konzept hören.

Emily geriet, wie immer, wenn sie von der Schule sprach, in Eifer.

Beeindruckend präzis, lobte Mac Cracken, als sie geendet hatte. Was die gewünschte Selbständigkeit betrifft, bleibt die *Law Class,* auch wenn sie der Fakultät angegliedert wird, am besten unter der Protektion der künftigen *Woman's Legal Education Society.* Wann wird die Gesellschaft gegründet?

Wir bereiten Schritt um Schritt vor, bis zur Eintragung wird es noch ein paar Wochen dauern. Eine solche Gesellschaft ist ja nicht als Eintagsfliege gedacht, antwortete

Fanny Weber. Sie könne aber die Liste der künftigen Mitglieder vorlegen.

Der Vizekanzler überflog die Liste, mit Befriedigung bemerkte er die Namen bekannter und wohlhabender Leute.

Es fiel ihm nun leichter, den heikelsten Punkt zu berühren: Ihre Society müßte die Klasse in den ersten Jahren finanzieren... Wir können leider keine Mittel abzweigen.

Fanny Weber sagte mit der ihr eigenen Würde: Wir werden in den ersten vier Jahren das Gehalt von Frau Dr. Kempin übernehmen. Auch an Stipendien wollen wir uns beteiligen.

Das wird Sie aber sehr viel kosten, sagte Mac Cracken. Ist ein finanzieller Fundus vorhanden?

Wir sind daran, einen Stiftungsfonds anzulegen, sagte Helen Gould, als sei damit ihr Part gekommen. Darf ich Sie um ein leeres Blatt bitten, Reverend Mac Cracken?

Sie ließ sich das Papier über den Tisch reichen und setzte ganz oben, auf jungfräuliches Weiß:

Helen Gould spendet für die *Woman's Law Class* 16000 Dollar.

Darauf nahm Fanny Weber das Blatt, schrieb:

Fanny Weber spendet für die *Woman's Law Class* 1000 Dollar.

Dem Vizekanzler flatterten die Augenlider.

Er erhob sich, verbeugte sich formell: Ich freue mich auf Ihre Klasse, Frau Dr. Kempin. Wenn alles ordentlich abläuft, bin ich im nächsten Jahr Kanzler, Ihre Klasse steht dann unter meiner persönlichen Obhut. Es wäre mir eine Genugtuung, für die Sache der Frauen etwas tun zu können.

Sie blickte ihn an, blaß vor Glück, die Worte blieben ihr im Hals stecken.

Am 5. Mai erhielt sie den Beschluß des Universitätsrats:
Die University of the City of New York ermächtigt den Vizekanzler, Frau Emily Kempin, Doktor der Rechte der Universität Zürich, zu erlauben, an der Universität Vorle-

sungen zu halten für Nicht-Immatrikulierte, speziell für Geschäftsfrauen.

Das Vorlesungshonorar wird nach einem Abkommen von den Freunden von Dr. Kempin entrichtet, nicht weniger als tausend Dollar für jedes Jahr und insgesamt für vier Jahre. Gewisse Prozente der Hörergebühren sollen an die Kasse der Universität gehen, um die Unkosten der Universität zu decken.

Am 14. Juni 1890 wurde die *Woman's Legal Education Society* formell gegründet. Präsidentin war Fanny Weber, Vizepräsidentin Mrs. Field. Die Frau des Anwalts Alexander Forman stellte sich als Sekretärin zur Verfügung, die Ärztin und Frauenrechtlerin Dr. Mary Putnam als Schatzmeisterin.

Unter den Mitgliedern war auch Mrs. Abraham S. Hewitt, die Frau des früheren Bürgermeisters von New York.

Emily Kempins Vorlesungen sollten im Oktober 1890 beginnen.

Emily, Stehauffrau.

Als Kind hatte man ihr ein Männchen geschenkt; wenn sie es niederdrückte, schnellte es, dank einem Stückchen Blei im Bauch, wieder auf.

Diesen Punkt unter dem Nabel spüren, wo sich Erfahrungen, Hoffnungen, Utopien festsetzen. Einen Schwerpunkt finden, der einen immer wieder aufrichtet. Diese Technik wirst du dir zu deinem Vorteil aneignen müssen, Emily.

Jahre danach: Erfahrungen haben sich eingenistet, verhärtet.

Arzthände tasten die Stelle unter dem Nabel ab. Ein Geschwür, Frau Kempin, es wächst, wird schwerer.

Die weiße Gestalt im Park der Friedmatt, dort unter der Silberhängelinde, es zieht sie etwas zusammen.

Stehauffrau.

Nach dem ablehnenden Bescheid durch das Bundesgericht im Januar 1887 erhielt Emily Kempin in der Presse immer wieder Zeichen der Sympathie: Ein »Eingesandt« in der ›Züricher Post‹ zitierte im Zusammenhang mit Emily Kempin Shakespeares Porzia. Ein zweiter Artikel stellte fest, das sogenannte fortschrittliche Zürich sei in Wirklichkeit rückschrittlicher als das Mittelalter: Schon im 14. Jahrhundert habe Novella, die Tochter des Rechtsgelehrten Johannes Andreae, gewöhnlich für den erkrankten Vater an der Universität Bologna Vorlesungen gehalten, ein Vorhang verdeckte sie, um die Scholaren nicht durch ihre Schönheit zu verwirren.

Curti zeigte seine Solidarität in Leitartikeln, die den Fall Kempin betrafen. Titel wie Trommelschläge: *Warum darf eine Frau nicht Anwalt sein, Die Stellung der Frau, Der Kampf der Frau, Die Frau auf dem Katheder.*

Sogar während ihrer Zeit in New York wird er dafür sorgen, daß sie in Zürich nicht in Vergessenheit gerät.

Im Frühsommer 1887 saß Emily Kempin an ihrem Schreibtisch und sah, wie durch ein umgekehrtes Fernrohr, Zürich, seitenverkehrt und verkleinert, und darüber, gleichsam auf einer Wolke schwebend, die Männer des Rats, rechts außen ihr Vater, Theodor Curti links, und die Augen beider Männer waren auf sie und ihre Arbeit gerichtet, das eine Augenpaar anerkennend, das andere mißbilligend, die sich auf ihrer Person kreuzenden Blicke spannten sie wie ein Bogen.

Tage, Wochen, ausgerichtet auf ein einziges Ziel: das auf den Sommer festgelegte Doktorexamen.

Eines Tages sprach sie auf der Treppe vor der Universität eine Studentin an, die sonst eilig, mit abgewandtem Blick vorbeieilte: Meta von Salis.

Ich habe in der ›Züricher Post‹ von dem negativen Bundesgerichtsentscheid gelesen, sagte sie, unglaublich, ich kondoliere. Zornröte stieg in das hagere Gesicht unter dem Jägerhütchen. Noch nie hatten die beiden Kommilitoninnen allein miteinander gesprochen: Emily, gehetzt von Mutter- und Haushaltspflichten; Meta von Salis, Tochter einer verarmten Bündner Adelsfamilie, mußte ihr Studium mit Privatstunden und mit dem Schreiben von Zeitungsartikeln verdienen.

Auch ich bin nur über die ›Züricher Post‹ über Ihre Arbeit informiert, sagte Emily, ich erinnere mich an eine Rezension über Ihre Gedichte, und am 1. Januar habe ich Ihren herrlichen Artikel ›Ketzerische Neujahrsgedanken‹ gelesen. Sie wissen, daß er ganz Zürich seiner frauenrechtlerischen Tendenzen wegen jetzt noch in Atem hält?

Metas strenge Züge hellten sich auf. Das Frauenstimmrecht, fürchte ich, wird die Schweizer wohl noch lange in Panik bringen.

Aber zuerst werden wir zwei in diesem Jahr 1887 doktorieren, Sie als erste Doktorandin in der juristischen Fakultät und ich in der philosophischen! Zwei frühe Schwalben! Meta lachte.

Haben Sie nicht in Ihrem Gedichtband ›Die Zukunft der Frau‹ darüber geschrieben?

Meta nickte. Ich schreibe Ihnen die Stelle ab, zum Ansporn, versprach sie.

Emily schaute ihr nach, wie sie an Studenten vorbei, die sich über ihr Hütchen lustig machten, im Portal der Hochschule verschwand. Wir kommen, holen uns Honig aus den Waben, verschwinden wieder, dachte sie. Älter als die meisten männlichen Kommilitonen, hat uns das Leben schon am Wickel, es gilt, keine Zeit zu verlieren, uns auf ein Ziel einzustellen, jede schlägt sich allein durch ein Gestrüpp von Mißtrauen.

Am nächsten Tag fand Emily im Briefkasten einen Umschlag.

... die sonst ihr Schwingenpaar / So unablässig in die Lüfte trug / Liegt kalt und starr, weil sie den kühnen Flug / Zu früh nach Nord gelenkt in die Gefahr. / Nach

Wochen folgen erst die Schwestern nach. / Und sieh', es
lacht und duftet rings der Mai ...
... So reut mich nicht der allzu frühe Flug / Mag sein, in
meiner Flügel Wehen trug / Ich eine Botschaft, die dem
Sommer frommt.

Ende Mai 1887 reichte Emily Kempin dem Dekanat der
Rechts- und staatswissenschaftlichen Fakultät Zürich ihre
Dissertation ein mit dem Titel ›Die Haftung des Verkäu-
fers einer fremden Sache‹.

Gleichzeitig stellte sie in einer feinen, ordentlichen
Schrift das Gesuch, zum Doktorexamen zugelassen zu
werden, und berichtete über die Motivation zu ihrem Studium:

... Die nächstfolgenden Jahre, in welchen ich drei Kin-
dern das Leben gab, verlebte ich ausschließlich in der Kin-
derstube, später lernte ich in Ausübung meiner Pflichten
als Pfarrfrau die Gebrechen der menschlichen Gesell-
schaft kennen und griff zu dem Auskunftsmittel aller de-
rer, welche die Welt beglücken wollen, zur Feder – glückli-
cherweise war die einige Mal genossene Befriedigung,
mich gedruckt zu sehen, nicht stark genug, mich die Män-
gel meiner ungenügenden Vorbildung übersehen zu las-
sen, und da inzwischen der Ernst des Lebens an mich her-
angetreten war wurde ich mit Entsetzen gewahr, daß
meine Bildung mich im Notfalle auf keinem einzigen Ge-
biete menschlicher Thätigkeit befähigen würde, etwas zu
leisten: Überall halbes Können und weniger als halbes
Wissen. Indem ich bemüht war, das letztere etwas zu ver-
tiefen, ließen mich schon die Anfangsgründe der lateini-
schen Sprache, welche mein Mann mich lehrte, und ein
mathematischer Cursus am Polytechnikum die Fülle der
Quellen der Wissenschaft wenigstens ahnen, und ich be-
schloß, einige hinter den mir bis anhin verschlossenen
Pforten aufzusuchen. Im Winter 1883 hörte ich Logik und
Metaphysik bei Herrn Professor Kym (Beleg 1), im Som-
mer 84 römische Rechtsgeschichte und im Winter 84/85

Institutionen bei Herrn Professor Schneider (Beleg 2) in welch beiden Collegien ich die Überzeugung gewann, daß ich mich in meiner Wahl der meinen Neigungen am meisten zusagenden Disziplin nicht getäuscht hatte. Im Frühjahr 85 absolvierte ich das Maturitätsexamen und ging, ermutigt durch das freundliche Entgegenkommen meiner verehrten Lehrer, nach Angabe des beiliegenden Collegienzeugnisheftes (Beleg 3) auf der betretenen Bahn um so eher vorwärts, als in meinen Verhältnissen eine Änderung eingetreten war, welche es wünschbar machte, zum Zwecke fruchtbringender Verwerthung des gewonnenen geistigen Materials so bald als möglich einen Ausweis über die gemachten Studien zu erhalten.

Am 16. Juli 1887 promovierte sie mit 34 Jahren, nach sechs Semestern Studium, mit dem Prädikat »Magna cum laude«. Ihre Dissertation hatte sie *in dankbarer Verehrung* den Professoren Schneider und von Orelli gewidmet.

In was für eine Falle ist sie da geraten?

Jura studieren, sich lösen aus einengenden Mustern, um nach dem Doktorat gleichsam an Vaters Arbeitstisch zu landen als Substitutin bei Professor Meili.

Auf ihrem Tisch Bücher über Eisenbahnen, eine Liste über die Dividenden der Nordostbahn, Aufstellungen über die Rentabilität der Privatbahn, von ihrem Vater unterzeichnet.

Nach ihrem Examen hatte ihr Professor Meili, bei dem sie Vorlesungen über Institutionen gehört hatte, im Flur vor dem Rektorat gratuliert: Was sie nun mit ihrem Wissen zu tun gedenke?

Sie blickte zu dem großgewachsenen Mann mit der starken Nase, dem scharfgeschnittenen Mund auf, von dem es hieß, er führe in Zürich die modernste Advokatur. Sie weiß, daß er weiß: Sie ist darauf angewiesen, das Erlernte sofort in klingende Münze umzuwandeln. Ihr Mann, es hat sich in Zürich herumgesprochen, ist nicht erfolgreich in Remscheid, schickt kaum Geld, Miete muß bezahlt werden, die Kinder brauchen Kleider.

Advokatin könne sie ja nach dem Bundesgerichtsentscheid nicht werden, bedauerlich. Was also? Sie schaute ihn an, irgend etwas in seinem Gesicht warnte sie, ihren Wunsch preiszugeben: Privatdozentin zu werden an der Universität.

Ich schlage vor, daß Sie in meine Advokatur als Substitutin eintreten.

Er genoß ihre Verwunderung, beim Lachen ließ er sein gesundes Gebiß sehen, schon im Kolleg war ihr dieses Lachen, das andere gewinnend fanden, nie ganz geheuer gewesen; ihr war, sie gleite auf den nach unten gebogenen spöttischen Mundwinkeln aus. Arbeit gibt es genug, sagte er, im Moment beschäftige ich mich mit Eisenbahngesetzen, gestern bei einer Konferenz mit Vertretern der Nordostbahn habe ich übrigens Ihren Vater gesehen. Er läßt Sie grüßen, Frau Kempin.

Sie schaute zu ihm empor, bekam ihren erstaunten Kullerblick. Seit sie zur Universität ging, hatte ihr Vater sich von ihr zurückgezogen, nie mehr ein Zeichen geschickt... Nun dieser Gruß, eine erste Schwalbe, Aussicht auf Tauwetter?

Meili nannte Ziffern, ein Anfangsgehalt. Sie überlegte: Etwas in mir stellt Weichen. Schiele ich, wenn ich an Eisenbahngesetzen arbeite, nach Vaters Anerkennung?

Und wenn ich das Angebot nicht annehme, was bleibt mir sonst?

Sind Sie einverstanden, sofort zu beginnen, Frau Dr. Kempin?

Emily nickte.

Am ersten Tag in Meilis Internationaler Amtskanzlei an der Zürcher Fraumünsterstraße glaubte sie, die Zeit drehe sich mit ihr spiralförmig zurück. Noch einmal Vaters Schreibtisch:

173

Zeitungsausschnitte mit Eisenbahnbrücken und dort, diesen Kopf, den kennt sie doch…

Wer ist das?

Meili lächelte über ihre Unkenntnis.

Sir Marc Isambart. Erbauer des Themsetunnels. Ein Eisenkopf. Blitzgescheiter Konstrukteur, Meister der Maschinentechnik.

Die Stimme ihres Chefs hob sich: Wir sind nur Juristen, Frau Kempin. Aber auf unsere Weise, indem wir Anregungen für neue Gesetzesentwürfe geben, nehmen wir am Triumph der Technik teil.

Sie nickte abwesend. War wieder das junge Mädchen, heimgekehrt aus Neuenburg, und Vater, den Zeigefinger auf Isenbarts Kopf gerichtet: Stahlhart muß der Mann seine Entschlüsse ausführen, hörst du, Emily. Sich durch keine Gefühle ablenken lassen. So bohrt er sich durch jeden Widerstand.

Und dann, mit einem Seufzer: Aber du bist ja eine Frau, für die gilt das Gegenteil: weich, gefühlsvoll.

Gefühle, Träume sind nicht gefragt an der Fraumünsterstraße.

Meili beschäftigt sich mit allem, was die neue Zeit an Land schwemmt: Eisenbahnrecht, Markenschutz, Post-Telegraphen-Telephon-Recht, er wird sich schon 1902 mit dem Automobil befassen, alle Novitäten, so heißt es in Zürich, reißt sich das Büro Meili unter den Nagel.

Emily, auch sie eine Novität.

Der August wird heiß.

In der Kanzlei an der Fraumünsterstraße reicht man mit verhaltenem Lachen und einem Seitenblick auf Emily eine Zeitung herum: Einen Monat nach ihrem Doktorat in Jurisprudenz stimmt der Vater dieser Novella, Johann Ludwig Spyri, im Kantonsrat aus moralischen und ästhetischen Gründen gegen eine Frauenbadeanstalt im Zürichsee!

Während Emily sich mit Paragraphen herumschlägt, Dinge bearbeitet, die unter Meilis Namen mit dem Titel ›Moderne Verkehrs- und Transportanstalten‹ publiziert werden, gibt sich Meili ehrgeizigen Träumen hin. Noch ahnt er nicht, daß seine Substitutin im Nebenraum auch Träume hat, die den seinen bald ins Gehege kommen werden.

Meili, außerordentlicher Professor mit Sitz und Stimme in der Fakultät, will endlich Honorarprofessor werden. Am Polytechnikum doziert er mit wenig Erfolg, sein Wunsch nach einem Lehrstuhl wird vom Schulrat abgelehnt, denn Professoren wie Treichler und von Fick, beide bestandene Herren mit Jahrgang 1822, halten längst Vorlesungen über Eisenbahnrecht und ähnliche, von Meilis Interessen besetzte Themen. Das löst Angst aus: der ständige Kampf mit der Zeit, die ihn mit ihren Neuerungen zwingt, Schritt zu halten. Die Konkurrenz am Polytechnikum. Und nun, mit seiner Witterung für Kommendes, erkennt er eine neue Bedrohung am Horizont: die Frauen.

Da sitzen sie schon vereinzelt zwischen den jungen Männern, wissensdurstig, als hätte man sie seit Jahrzehnten von allen Quellen ferngehalten. Fleißig, strebsam.

Die ersten Wortmeldungen in den Seminarien schüchtern, aber bald richten sie sich auf, entfalten sich, Rosen von Jericho nach dem ersten Regen in der Wüste. Unabsehbar die Folgen. Die angestammten Vorrechte bedroht.

Um seine Ängste zu besänftigen, hat er diese Kempin unter seine Fittiche genommen, drüben, im Nebenraum seiner Kanzlei, behält er sie unter Kontrolle. So kann er ihren Ehrgeiz zügeln, ihren geistigen Hochmut, der sie angestachelt hat, in eine reine Männerdomäne einzubrechen.

Unter den Bildern von Lokomotiven und Eisenbahnbrücken an den Wänden soll sie die Knochenarbeit dieses Metiers kennenlernen. Substitutin. Was sie erarbeitet, kleine Mosaikteilchen, gibt er als Ganzes unter seinem Namen heraus.

Meili hegt, zu dieser Zeit, noch ein anderes Lieblingsprojekt. Er möchte eine eidgenössische Rechtsschule gründen. Frauen will er den Zugang nicht verwehren, aber eines steht für ihn fest: Dozentinnen werden dürfen sie nicht.

Schneeflocken kleben an den Fenstern der Advokatur.

Emily gönnt sich ab und zu einen Blick durch die beschlagene Scheibe; Gedanken, Hoffnungen, die sich wie Keimlinge zum Licht tasten. Aber die Tage sind kraftlos, tragen am Morgen und Abend Trauerränder.

Mit ihren entzündeten, überstrapazierten Augen glaubt sie an einem späten Nachmittag, Vater draußen im Schneegestöber vorbeigehen zu sehen.

Ist er, mit Akten über die Nordostbahn, auf dem Weg zu Meili?

Sie klopft mit dem Fingerknöchel an die Scheibe. Die Vatergestalt, eine Fata Morgana, löst sich auf.

Sie kommt wenig zum Schlafen, abends muß sie im Haushalt nachholen, was das junge Dienstmädchen nicht bewältigt. Nur am Sonntag kann sie sich erlauben, mit den Kindern in den verschneiten Seeanlagen zu spazieren, auf dem vereisten Weg kommt ihr Professor Schneider entgegen.

Wie geht es, Frau Kempin?

Sie sagt wenig, er sieht ihre entzündeten Augen, erschrickt.

Im April brach der Föhn ein; ein Licht, scharf wie ein Messer, das Verborgenes freilegt.

Im Flur des Hochschulgebäudes blieb Professor W. verwirrt stehen; was sie hier nur macht? fragte er sich. Durch das Fenster des Eckzimmers hatte er weibliche Formen wahrgenommen, eine geschwungene Hals-Brust-Hüftlinie. Noch unbelastet von bösen Ahnungen hatte ihn ein Urinstinkt geheißen, genauer hinzusehen. Von Fischen, insbesondere Stichlingen, ist bekannt, daß schon die Kartonschablone eines ausgebuchteten weiblichen Fischbauchs die Männchen erregt.

Er starrte dorthin, wo sonst Dr. Wächters hagere Gestalt zu sehen war. Langsam schaltete sich sein Verstand ein.

Sie stand vor Bankreihen voll Studenten, drehte sich wieder um und schrieb mit Kreide an die Tafel. Das Liebreizende der Gestalt jetzt schnell ausgelöscht von sich jagenden Gedanken. Eine Dozentin? Männer müssen sich von einer Frau belehren lassen? Empörung stieg in ihm auf. Er wartete die wenigen Minuten bis zum Ende der Stunde ab: Die Frau, es war die Kempin, verließ, umringt von Studenten, den Raum.

Er ging auf sie zu. Was sie hier mache?

Dr. Wächter habe sie gebeten, ihn zu vertreten, sagte sie, als handle es sich um das Normalste der Welt. Als neu gewählter Bezirksrichter könne er die bereits angekündigten Lehrverpflichtungen nicht übernehmen.

Der Ordinarius für Römisches Recht hat sein Einverständnis gegeben?

Sie nickte, lächelte ihm unbefangen zu. Dr. Schneider hat mich Dr. Wächter empfohlen.

Sie sind doch immer noch Substitutin bei Meili?

Als sie bejahte, schüttelte er den Kopf, murmelte Unverständliches. Sie hörte nur den heftig hervorgestoßenen Satz heraus: Die Angelegenheit gehört vor den Rat der Fakultät.

Emily war bestürzt. Ohne Aufsehen hätte jeder Absolvent der Hochschule diese Vertretung übernehmen können, doch der Umstand, daß sie eine Frau war, schien aus der Angelegenheit einen Skandal zu machen.

Am 19. April 1888 hielt das Protokoll der Juristischen Fakultät fest: *Prof. Schneider spricht, nachdem der derzeitige Privatdozent für Römisches Recht, Dr. Wächter, infolge seiner Wahl zum Bezirksrichter die Absicht hat, zurückzutreten, den Wunsch aus, daß ihm ein anderer Privatdozent zur Seite gestellt werde.*

Professor Schneider ist der Ansicht, daß für den Ersatz möglicherweise Frau Dr. Kempin in Frage käme, und findet, daß dem kein gesetzliches Hindernis entgegensteht. Letzterer Ansicht ist auch Prof. F. Doch meint derselbe, daß Dr. Wächter unbeschadet seiner Amtspflichten als Richter auch weiterhin Vorlesungen halten könne. Prof. v. O. hegt nicht die gleiche Auffassung, Gegner einer Kandidatur der Frau Dr. Kempin ist er auch nicht. Dagegen möchte Prof. M. (Meili) eine Meldung der Genannten zur Habilitation nicht provocieren. Prof. F. hält es für nicht wünschenswert, daß eine Frau Privatdozentin werde, obzwar er schließlich dem Antrag des Prof. Schneider zuzustimmen vermöchte. Prof. W. möchte die Frage der Zulassung einer Frau denn doch noch nach der prinzipiellen Seite geprüft wissen. Die Diskussion wird abgeschlossen, ohne daß ein Antrag formuliert worden wäre.

Bei der nächsten Sitzung, vierzehn Tage später, lag ein Gesuch der Frau Dr. Kempin um Zulassung als Privatdozentin für Römisches Recht vor. Auf den Antrag Professor Schneiders, das Gesuch an den Erziehungsrat weiterzuleiten, geriet der Fakultätsrat in Bewegung. Eine Aufgestörtheit später auch im Senat, als stocherte ein Stecken in einem Ameisenhaufen: ein fahriges Durcheinander von Meinungen, halbangefangenen Sätzen, die jäh abbrachen, sich selbst überführten. Fluchtwege, Ausflüchte.

Nur Professor Meili zog entschieden die Notbremse:

Prof M. bezweifelt die genügende Qualifikation der Bewerberin auf Grund ihrer bisherigen Tätigkeit und ist überdies in Anbetracht der möglichen Konsequenzen entschieden gegen die Gewährung des Gesuches.

Der Schatten einer Frau verunreinigt den Wissenstempel. Angst geht um im Raum, verwirrt die an rationales Argumentieren gewohnten Köpfe.

Unterdessen hatte die Kempin schon drei Stunden des zurückgetretenen Privatdozenten übernommen. Man untersagte ihr weitere Vorlesungen. Sie dürfe nicht mehr in den

Räumen der Hochschule dozieren, erst müsse der Entscheid des Senats abgewartet werden.

Und wenn sie die Vorlesungen anderswo halte?

Dann sei das ihre Privatsache.

Die Studenten, angetan von ihrer Art, den Stoff ganz konkret vorzubringen, waren einverstanden, mit ihr in ein Lokal in der Stadt zu ziehen, aber wo fand sich ein Raum, der groß genug war? Die Kantonsschule Zürich lehnte ihr Gesuch um Überlassung eines Schulzimmers im Kantonsschulgebäude am 2. Mai mit der Begründung ab: *Warum im Kantonsschulgebäude und nicht in der Hochschule? Die Zuhörer sind doch Studierende der Hochschule, da sie bei einem zurückgetretenen Privatdocenten das bezügliche Kolleg belegt haben.*

Immer wieder Obdach suchen müssen. Pläne bleiben schwebende Seifenblasen, bringt man sie nicht irgendwo unter Dach. Auf der Straße landen, als gehe es darum, den Studenten etwas Fragwürdiges beizubringen. Begreifen, daß offizielle Gebäude nur für die Vertreter der angestammten Macht da sind. Emily Kempin findet keinen Raum für das Kolleg, die von Dr. Wächter übernommene Vorlesungsreihe wird abgewürgt.

Den ganzen Mai, den halben Juni läßt man sie auf den Entscheid in der Privatdozentinnenfrage warten.

Da erhält sie eine Einladung nach Berlin: Für Bildungsfragen engagierte Frauen möchten sie sehen, hören, Emily Kempin, die erste Juristin.

So reist sie in diesem Frühsommer 1888 zum ersten Mal nach Berlin; in der Reichshauptstadt hängen die Fahnen auf Halbmast, im März ist Kaiser Wilhelm gestorben, und nun ist auch sein Sohn und Nachfolger, Kaiser Friedrich, einer Krankheit erlegen.

Henriette Schrader-Breymann, eine Nichte Fröbels und Frau des Reichstagsabgeordneten Karl Schrader, hatte

Emily in ihrer Kutsche vom Bahnhof abgeholt. Eine Frau von mütterlicher Ausstrahlung, auch dem Alter nach hätte sie Emilys Mutter sein können. Auf einer kleinen Stadtrundfahrt zeigte sie ihrem Gast das von ihr gegründete Pestalozzi-Fröbelhaus in Schöneberg mit den Kindergartenklassen.

Am Abend lernte Emily Kempin in ihrem Haus einen Kreis von Frauen und Männern kennen, die sich hier regelmäßig zu »pädagogischen Abenden« zusammenfanden: Politiker wie Eberty, Rickert, Althaus, die wie der Hausherr der Liberalen Fortschrittspartei angehörten; einige der Frauen waren ihr dem Namen nach bekannt: Helene Lange, Auguste Schmidt, Minna Cauer, Marie Loeper-Housselle. Auf das Zusammentreffen mit Helene Lange war Emily besonders gespannt gewesen, Curti hatte in der ›Züricher Post‹ über ihre ›Gelbe Broschüre‹ berichtet, die neue Forderungen enthielt für die im argen liegende Mädchenerziehung; nicht nur im preußischen Erziehungsministerium hatten sie wie ein Blitz eingeschlagen.

Was für ein Skandal für die konservativen Kreise Berlins: Viktoria, die Witwe des eben verstorbenen Kaisers, die sich von nun an Kaiserin Friedrich nannte, zeigte als gebürtige Engländerin für die Anliegen der Frauen Sympathie. Sie hatte Helene Lange kürzlich nach England geschickt, um dort die fortschrittlichen Bildungsanstalten für Mädchen kennenzulernen.

Jetzt berichtete die Lange von diesem Besuch. Ihre Art, sich konzentriert und doch humorvoll zu äußern, die Augen, die in dem breitflächigen Gesicht immer auf der Hut schienen und doch gütig aus einem Kranz feiner Lachfalten blickten, beeindruckten Emily. Es fiel ihr auf, was für eine starke mütterliche Ausstrahlung diese Frauen hatten, die sich in Kleidung und Auftreten traditionell gaben, einzig Minna Cauer, Mitunterzeichnerin der ›Gelben Broschüre‹, trug einen Tituskopf und ließ in ihrem Bericht über den eben von ihr gegründeten Verein »Frauenwohl« radikalere Ziele erkennen.

An diesem Abend erschien, zu aller Überraschung, auch die mit Henriette Schrader befreundete Kaiserin Friedrich, um die erste Juristin kennenzulernen: Emily ahmte verdattert den Hofknicks der anderen Damen nach. Doch ihre Befangenheit schwand bald: Unter dem kronenartig drapierten Witwenschleier sah sie ein rundliches, von praktischem Sinn geprägtes Hausfrauengesicht. Am nächsten Abend erschien zu Emilys Vortrag in der Humboldt-Akademie die erste Generation der deutschen Akademikerinnen. Emily kannte die meisten von ihnen, vor allem die Medizinerinnen Franziska Tiburtius und Emilie Lehmus, sie alle hatten in Zürich studiert.

Noch gab es, so hörte sie in der anschließenden Diskussion, in Deutschland keine Gymnasien für Mädchen.

Die Vorstellung, ein weibliches Wesen könne Abitur machen, ruft selbst bei Erziehungsministern Lachstürme hervor, sagte Helene Lange und erklärte ihren Plan, mit Hilfe des »Allgemeinen Deutschen Frauenvereins« in Berlin *Realkurse für Frauen* einzurichten. Sie seien auch als Vorbereitung für die Schweizer Maturaprüfung gedacht, nachdem Zürich noch immer die einzige deutschsprachige Universität sei, die Frauen offenstehe.

Noch hatte man sich in Zürich in der Privatdozentinnenfrage nicht entschieden, als Emily zurückkam. Mit jeder Sitzung, so schien es, nahm die Ratlosigkeit zu.

Unterdessen behielt Meili aus dem Nebenzimmer der Kanzlei die Kandidatin fest im Auge, sie spürte sich von seiner Wachsamkeit eingekreist. Ansichten, die er im Senat geäußert hatte, sickerten, in Andeutungen wenigstens, bis zu ihr durch. Dieses Lächeln, mit der er ihre Arbeit entgegennimmt: Rotkäppchens Wolf leckt sich das Maul, die Mundwinkel füllen sich mit Spucke.

Sind Sie dagegen, daß ich Privatdozentin werde, Herr Dr. Meili?

Nichts gegen Sie, Frau Kempin. Aber da gibt es Grundsätzliches zu überlegen...

Was heißt das?

Ich meine, wo kämen wir hin, wenn auch die Frauen…

Wo wir hinkämen? Sehen wir doch zu, wo wir hinkommen.

Emily schaut aus dem Kanzleifenster, sieht Frauen, Frauen.

Aus allen Startlöchern kommen sie, winkt man nur einer mit dem kleinen Finger.

Frauen auf allen Sitzen, an allen Tischen.

Frauen, wie Sand am Meer.

Meili eingekreist. Er rettet sich in einen Fesselballon, schwebt über dem Zürichsee, patentiert die künftigen Wolkenschiffe, die Luftbahnen, seine Hirngespinste.

Am 1. Juni 1888 hielt das Senatsprotokoll fest: *Der Senat ist der Ansicht, daß Paragraph 132 des Unterrichtsgesetzes die Zulassung weiblicher Privatdocenten durchaus ausschließt und daß auch hievon abgesehen, dieselbe unter den gegenwärtigen Verhältnissen inopportun ist.*

Und am 29. Juni abschließend: *Weitere Mitteilungen des Rectors betreffen: … die Abweisung des Habilitationsgesuchs der Frau Dr. Kempin durch den Erziehungsrat.*

Ich glaube an mein Herz, das beim Säen
in die nie endende Furche wuchs.
Gabriela Mistral

Die Leere dieses Sommers 1888.

Taumelig wird ihr im Glast, der die Konturen der Berge
und Hügel auflöst, Himmel und See zu diffusem Grau zu-
sammenschmilzt. Nichts Griffiges mehr in ihrem Leben,
kein Ziel, das anzustreben noch lohnt.

Und Walter aus Remscheid zurück.

Sein Versuch, sich dort als Journalist zu etablieren, gescheitert. Sein Glaube an eine Zukunft gebrochen. Man
sieht es ihm an. Er riecht, stellt er sich irgendwo vor, nach
Mißerfolg.

Mit der Gründung eines eigenen Büros für Rechtsfragen
an der Schweizergasse hat Emily wenig Glück. Was sie in
Zürich auch unternehmen wird: Immer steht sie im Schatten ihres rechthaberischen, konservativen Vaters, im
Schatten ihres in Mißkredit gekommenen Ehemanns.

Curti bringt in dieser Zeit in der ›Züricher Post‹ eine Notiz
über eine junge Frau namens Popplin, die in Belgien 1888,
ein Jahr nach Emily Kempin, in Jurisprudenz doktoriert.

Ein anderer Artikel berichtet über das Wirken der
Frauen in den Vereinigten Staaten. Wieder fällt dabei der
Name Belva Lockwood und entzündet Emilys Phantasie.

Diese Frau, gut zwanzig Jahre älter als Emily Kempin,
ist in Royaltown in der Nähe der Niagarafälle geboren.
Nach dem frühen Tod ihres Mannes sieht sie sich mit der
vierjährigen Tochter allein und beginnt aus Brotsorgen zu
studieren. Sie graduiert 1857, wird Lehrerin. Gründet
1866 in Washington eine Schule mit Koedukation. Nach
einer zweiten Heirat nimmt sie sich vor, Jura zu studieren.
1873, nach bestandenem Examen an der *National Law
School*, verweigert man ihr das Diplom. Sie wendet sich an

Präsident Grant und erhält im September 1873 die Erlaubnis, sich im Columbia-District als Anwältin niederzulassen.

Im folgenden Winter wird ihr am *Federal Court of Claims* das Recht zu plädieren verweigert. Sie legt beim Obersten Gerichtshof der Vereinigten Staaten Rekurs ein, erlebt eine Abfuhr. Nach fünfjährigem Streit aber gewinnt sie dank einem frauenfreundlichen Senator und wird 1879 – als erste Frau – am Obersten Gerichtshof und am *Federal Court of Claims* zugelassen.

Sofort setzt sie sich für das Frauenstimmrecht ein und nimmt schwarze und indianische Minderheiten in Schutz. 1884 bewirbt sie sich um die Präsidentschaft, bekommt viele Stimmen von Männern. Das Pressebild zeigt, wie die Lockwood auf dem Rad, mit roten Strümpfen, von ihrem Büro zum Gerichtshof fährt...

In der Flaute des Sommers, am Horizont hinter der dunstigen Landschaft am Zürichsee, sieht Emily ein rotes Blitzen.

Beine in wirbelnder Bewegung.

Die roten Strümpfe der Lockwood.

Ein Lockvogel, diese Lockwood.

Winkt ihr zu, die Haare im Fahrtwind: Mut, Emily. Im Schatten des Vaters wirst du nicht groß. Zieh aus wie im Märchen, dein Glück zu suchen. Auf dem härtesten Pflaster der Welt, in Manhattan, erprobe deine Kraft; wer dort das Leben meistert, schlüpft später überall durch.

Mit Sack und Pack auswandern, Ende September 1888, über den Ozean fahren mit einem Postdampfschiff der Cunard-Linie, 145 Franken kostet die Überfahrt pro Kopf, 200 Pfund Gepäck sind frei. Mit 22 Spyri-Kisten, einem brotlosen Ehemann, drei Kindern, einem Dienstmädchen aus Wollishofen.

Auswandern und doch aus dem Augwinkel nach Zürich schielen, wortlos betteln: Schau, was ich hier leiste, Vaterstadt, beachte mich.

Aus Zürich weggehen und jenseits des Ozeans das schmerzhafte Ziehen spüren, als hänge sie an einer unsichtbaren Angelschnur.

Zürich, der Widerhaken in der Herzmitte.

Vater, hören solltest du mich, sehen, an diesem 30. Oktober 1890.

Die Antrittsvorlesung zur Eröffnung der epochemachenden neuen *Woman's Law Class* an der University of the City of New York, im Beisein des Dekans und der Professoren der Fakultät. Über die Verfassung der Vereinigten Staaten, die Gesetzgebung der Gliedstaaten und Territorien, über Pflichten und Rechte der Bürger habe ich gesprochen. Ein Auftakt für meine Grundkurse, die sich wie vier Fächer, mit je zwölf Vorlesungen, in den nächsten Wochen entfalten sollen. Zweimal wöchentlich, im alten Universitätsgebäude an der Ostseite des Washington Square. Für die tagsüber beschäftigten Studentinnen kommt ein Abendkurs dazu.

Mit wieviel Schwung haben wir diese erste *Woman's Law Class* der Welt begonnen. Fünfzehn Schülerinnen für den Tageskurs, acht für die Abendvorlesung. Namen, Gesichter, für immer in mein Gedächtnis eingeprägt. Im Mittelpunkt, als Klassensprecherin, Florence Sutro, umgeben von Stanleyetta Titus, Katharina Elizabeth Hogan, Cornelia Kelley Hood. Harriet S. Barnes, Lulu Alexander, Lucy A. Flynn, Marie Webb stießen neu dazu, um nur einige Namen zu nennen.

Geldsorgen haben wir keine. Wir sitzen gewissermaßen auf einem Goldschatz, die Stipendien fließen reichlich. 25 000 Dollar sind zusammengekommen, Mrs. Gould mit 16 000 und Mrs. Munn mit 5 500 Dollar brachten die Löwenanteile ein.

So müssen wir wenig Schulgeld verlangen, wie beim billigen Jakob bekommt man bei uns ein Paket von zwölf Vorlesungen für nur fünf Dollar! Der ›New York Herald‹ hat sich darüber mokiert: *The first woman lawyer we hear*

of bargained for a heart… Shylock was to get a pound as
his part if he lawfully carried out Portia's argument of his
case; the University of New York just gets a bit over a
pound (5 $) for furnishing these modern Portias with the
inspiration for arguments, namely, twelve lectures, or one
course of legal study.

Den ersten Vorlesungen über Entstehung und Begründung
staatlicher Gesetze haben Vizekanzler und Dekan der Juristischen Fakultät beigewohnt. Auf ihren lobenden Bericht
hin hat der Universitätsrat beschlossen, mir gleich zu Beginn des neuen Schuljahrs einen Lehrgang über Römisches
Recht zu übertragen, diesmal vor den an der Universität
immatrikulierten männlichen Studenten!

Die *Woman's Legal Education Society* hat die Vorlesungen in ihrem ersten Jahresbericht als Markstein bezeichnet: *The first modern instance of a woman lecturing*
on law to classes of young men.

Die Presse greift die Sensation auf, nur die in New York
erscheinende ›Schweizer Zeitung‹ verschläft sie. Kein
Wort über die Landsmännin; in ihren Spalten erscheint
um diese Zeit das Gedicht einer gewissen Rosa R.:

Es gleicht der Mann dem sprudelnden Felsenquell
kühn jede Hemmnis überwindend.
Das Weib ist wie der träumende Alpsee,
Der still dem schönen Tag entgegenharrt…

Schnell trieb dieses Schuljahr 90/91 dahin.

Wie in leichtem Fieber, immer in Atem gehalten von
Vorbereitungen, Terminen, habe ich es zugebracht,
dachte sie. Beduselt von prickelndem Höhenrausch.

Abends, wenn die Betäubung der Arbeit wich, wurde
ihr im Gedanken an die zwei größeren Kinder das Herz
schwer. Im Sommer war sie mit Agnes in Zürich gewesen,
Wochen beschwingt von Zukunftsmusik, denn drüben
wartete New York, ihr erstes akademisches Schuljahr. Anfangs Oktober hatte sie sich am Bahnhof von den weinen-

186

den Kindern losreißen müssen, beinahe entzweigerissen hatte sie dieser Abschied.

Und nachts, zwischen zerrissenen Träumen, lag sie, die Wange auf das Kissen gepreßt. Wie durch ein Guckloch sah sie auf die andere Seite der Welt. Morgensonne rötete die Bergspitzen, ihr Vater flog weit unter ihr, sie sah seinen Schatten über dem Zürichsee. Ein Wolkenfisch. Suchte er sie? Entdeckte er sie, nah bei der Sonne, eine kleine, kreiselnde Scheibe von Licht?

Zürich, Nacht für Nacht auf dem Grund ihres Traums.

Häuser auf Seelilienstengeln, zart bewegt von den Wellen.

Zürich, ausgeschüttet in der Senke des Seegrunds, smaragdenes Wassergras, Korallenbäume.

Schmerzhafte Vision.

Sie faßt die Universität ins Auge, sucht drüben das Pendant, den steinernen Irren-Palast, das Burghölzli.

Jedes Gebäude verkleinert, unschädlich gemacht, seitenverkehrt in ihren Pupillen.

Eine Dompteuse mit schielendem Blick, hält sie die beiden Punkte in Schach.

Noch einmal mit Iris durch den parkähnlichen Wald hinter der Anstalt, wo sie vor Blicken hinter der Scheibe des Direktionsbüros sicher sind. Die schlechtesten Nerven im Burghölzli hat Gudden. Vater Spyri hat es gesagt und den Tag vorausgesehen, an dem der Anstaltsdirektor, in ziemlich nervösem Zustand, seinen Posten aufgeben würde, um einem Ruf nach München zu folgen. Kurz vor Emilys Promotion kam die Nachricht von Guddens Tod: im Starnbergersee ertrunken. Von Iris, der Jugendfreundin, nie mehr etwas gehört...

Auf Gudden war Hitzig gefolgt. Ein Berliner. Berühmt durch seine Experimente über die elektrische Erregbarkeit des Gehirns. Verwalter Schnurrenberger, dem Direktor an Kompetenz gleichgestellt, wird es mit seinen Attacken in demokratischen Blättern schaffen, in wenigen Jahren auch

Hitzigs Nerven zu ruinieren; verstört wird Hitzig Zürich fluchtartig verlassen.

Sein Nachfolger, der Waadtländer Auguste Forel. Hirnspezialist, Ameisenforscher.

Ab 1879 sorgte er in der heruntergekommenen Anstalt mit eisernem Besen für Disziplin. Schnurrenberger und die damalige Stadtregierung hatten die in der Nähe der Anstalt gelegene Stephansburg einem elsässischen Wirt verpachtet, der dort unter dem Aushängeschild der Wirtschaft ein kleines Bordell führte. Auch die Frau des Gemeindepräsidenten von Riesbach hatte ein Puff eingerichtet. Forel sorgte für eine neue Parkumzäunung, damit sich die Bordellmädchen mit ihren Freiern nicht mehr im Wäldchen hinter dem Burghölzli herumtrieben. Eindringlinge wurden über den Zaun zurückspediert. Im Innern der Anstalt kämpfte Forel, der Abstinent, gegen Alkoholmißbrauch.

Emily besuchte damals Forels Vorlesungen über Hypnotismus. Der Professor lud die Studenten ein, im Burghölzli bei einem Experiment zu assistieren, bei diesem Anlaß unterhielt sich Emily lange mit Forel. Erst später erfuhr sie: im Senat, als die Privatdozentinnenfrage hängig war, hatte er sich energisch für sie eingesetzt.

Sie ist wütend. Läßt mit einem Stoß die gläserne Flügeltüre des Salons schwingen. Die Männer, Privatpatienten der Friedmatt, blicken erstaunt von ihrem Kartenspiel auf.

Sie richtet sich gegen den inneren Widerstand auf, der sie zwingt, den Oberkörper zur Seite zu neigen. Drückt ihr Rückgrat durch. Geht in dieser Haltung, verfolgt von Blikken, durch den Raum zum Schreibtisch.

Im Lack immer noch der Tintenfleck in Form eines Teufelskopfs. Der Schatten der Topfpalme zittert auf ihrem gewölbten Rücken. Sie überzieht mit ihrer dünnen, von rankenhaften An- und Abstrichen durchsetzten Schrift einen Bogen Papier. Zerknüllt das Blatt, preßt es zusammen zu einem kleinen Ball, greift nach einem neuen Bogen. Sie schreibt jetzt langsamer. Manchmal läßt sie die Feder ruhen, schüttelt die Finger der Schreibhand, als gelte es, sie abzukühlen.

Dann stützt sie die Ellbogen auf, beißt sich, wie in Gedankenleere, in den Handballen der linken Hand.

Die Hügin serviert den Herren den Mokka.

Ein Duft breitet sich aus, der sie ganz aus dem Konzept bringt.

Für eine Tasse Mokka hat sie der Hügin neulich eines ihrer letzten Spitzentaschentücher angeboten, aber die Hügin hat nur ängstlich den Kopf geschüttelt und nach den »Herren« geschielt. Der Mokka ist Vorrecht der Pensionäre. Den übrigen Insassen wird abends Milchkaffee vorgesetzt, ekelhaft lau steht er auf dem Nachttisch, nachdem er auf einem Wägelchen vom Ökonomiegebäude durch den Park zu den Pavillons gekarrt worden ist, Hautfetzen von Milch treiben auf ihm.

Sie überfliegt noch einmal den Brief:

Irrenanstalt Friedmatt, 29. 4. 00

Herrn Regierungsrath Nägeli, Zürich

Sie werden sich meiner und meiner Bitte, mich nach Zürich zu nehmen, wohl noch erinnern. Ich will unter allen Umständen hier weg, in meinen Heimatkanton. Gegebenenfalls würde ich mich beim Bundesgericht beklagen. Ich weiß, daß Sie Kantonsangehörige aufnehmen müssen. Die Versorgung im Februar 1899 von Berlin hierher habe ich natürlich nur als einen momentanen Notbehelf, bis Sie mir in Zürich Platz gemacht haben, hinnehmen können. Da seit meinem letzten gleichen Gesuch an Sie 1 Jahr und 2 einhalb Monate verstrichen sind, darf ich mit gutem Grund auf eine sofortige Transportierung nach Zürich rechnen.

Dr. jur. Emilie Kempin, geb. Spyri

Seit dem Dezember 99 heißt die Irrenanstalt Heil- und Pflegeanstalt, Frau Kempin. Die Stimme der Hügin, dicht an ihrem linken Ohr.

Die Pflegerin mit ihren leisetreterischen Stoffschuhen hat sich von hinten angepirscht. Sie bückt sich, um ihren Eifer zu zeigen, am Boden nach der Papierkugel.

Emily streicht das Wort »Irrenanstalt«, ersetzt es durch »Heil- und Pflegeanstalt«.

Warum schreiben Sie nicht im Zimmer, Frau Kempin?

Ich habe die Erlaubnis, Korrespondenzen, auf die es ankommt, hier zu erledigen.

Von Dr. Wolff?

Von Dr. Wolff.

Sie spricht den Namen langsam, fast zärtlich aus. Die Hügin hängt ihre Schneidezähne heraus, preßt sie in das weiche Fleisch der Unterlippe. Verzieht abschätzig die Mundwinkel. Bietet sich dann an, den Brief gleich mitzunehmen, zu Dr. Wille.

Die Kempin wehrt ab. Strafft den Rücken, schafft mit ihrem Blick Distanz: Ich werfe ihn persönlich ein. In den Briefkasten beim Haupttor.

Auch diese Briefe passieren zur Zensur den Schreibtisch des Direktors. Ich weiß.

Auf dem Kiesweg zum Pavillon kommt ihr mit raschem Schritt Dr. Wolff entgegen.

Sie schreiben in letzter Zeit viele Briefe, Frau Kempin.

Er lächelt ihr zu, in ihren Augen spiegelt sich für einen Moment seine Munterkeit.

Gleich ist der Funke wieder erloschen.

Sie deutet an, daß sie wohl schreibe, aber keine Antwort auf Briefe bekomme. Ihre Geduld ist zu Ende. Ihre Rufe verhallen, als schicke sie sie in eine Eiswüste. Lebt sie hier, abgedriftet von der Welt, auf einer Eisscholle? Gibt es außerhalb des Zauns keine Welt mehr? Ist die Welt zur Friedmatt geworden?

Wenn Sie nicht mit mir nach England kommen, hier auf

den Direktorposten warten, was ich verstehen kann, bestehe ich auf meiner augenblicklichen Verlegung nach Zürich, ins Burghölzli, sagt sie. Ich schätze Dr. Forel. Ihm will ich mich anvertrauen.

Forel hat Zürich im letzten Herbst verlassen, Frau Kempin.

Sie schaut ihn groß an, die Erregung läßt sie stottern:

Aber... Er ist doch, ist noch nicht alt, kaum fünfzig, schätze ich...

Dr. Wolff lächelt. Trotzdem zieht er es vor, für den Rest seines Lebens die Patienten mit seinen Ameisen zu vertauschen. Er lebt jetzt im Waadtland, in Chigny.

Sie überlegt. Senkrecht zwischen ihre Brauen gräbt sich dieser strenge, konzentrierte Zug.

Ich beharre trotzdem darauf, ins Burghölzli zu kommen.

Sie greift in einer rührenden, fast kindlichen Geste nach Dr. Wolffs Hand, schlägt die Augen auf zu ihrem immer noch wirkungsvollen Kullerblick.

Bitte, bitte, tun Sie mir einen Gefallen.

Ja?

Nehmen Sie diesen Brief mit. Werfen Sie ihn irgendwo in der Stadt ein.

In New York ging das Wintersemester 90/91 zu Ende.

Der Kanzler der Universität notierte in seinem Bericht: *The course of lectures by Dr. Emily Kempin was carried on with considerable spirit.* Schon drängten sich Kandidatinnen zu den Einschreibelisten für das nächste Schuljahr, die Damen der *Woman's Legal Education Society* triumphierten.

Im Beisein von Kanzler Mac Cracken, Richter Noah Davis und drei New Yorker Rechtsanwälten nahm Emily Kempin das Examen ab. Dreizehn der Schülerinnen hatten mit Erfolg bestanden.

Die Verleihung der Zertifikate wollte man öffentlich feiern. Warum sollten die Frauen ihr Licht unter den Scheffel stellen, die *Woman's Law School* sollte bekannt, geachtet und nachgeahmt werden. Emily hatte sich das Zeremoniell ausgedacht: Drei der graduierten Schülerinnen lasen nach ihrer Eröffnungsrede schriftliche Arbeiten vor, Stanleyetta Titus ›Origin of Our Law‹, Cornelia Hood ›Considerations‹ und die Klassensprecherin Florence Sutro ›Why I study Law‹.

Im Anschluß trat eine Studentin nach der andern auf die Bühne, Mac Cracken teilte hinter einem Stehpult die Zertifikate aus.

Emily schaute mit Stolz in die erwartungsvollen Gesichter. Die jungen Frauen hatten vereinbart, nicht Talar und Barett zu tragen wie die männlichen Graduates, in weißen Sommerkleidern wollten sie feiern, ein Reigen von Batist, Spitzen, Rüschen!

Die Überraschung spiegelte sich schon in den nächsten Tagen in den Schlagzeilen: *These Women Know Law – but they don't look like typical lawyers at all!* schrieb die ›New York Times‹.

Der ›New York Continental‹ vom 15. April 1891 stellte fest, das Wort »Anwalt« in seinem männlichen Sinn suggeriere stockfleckige Bücher und kahle Räume *(musty books and barren rooms),* als weibliches Pendant stelle man sich eine Frau vor mit Mittelscheitel und Schnecken über dem Ohr, im schwarzen halbwollenen Kleid, mit einer Brosche am Hals, welche die Haare irgendeiner verstorbenen Verwandten enthält… Jedoch, schloß er, *die kleine Gruppe frisch graduierter Anwältinnen der Universität von New York ist die Verkörperung von allem, was man als weiblichen Liebreiz bezeichnet…*

Nach der Übergabe der Diplome und Preise ein von Emily nicht vorgesehenes Intermezzo: Im Namen der Klasse trat Florence Sutro auf die Bühne, umarmte Emily und überreichte ihr eine Armbanduhr: ein Geschenk, ausschließlich von der *Woman's Law Class*! Bei dem Wort

»ausschließlich« zwinkerte sie ihren Mitstudentinnen zu, ein Murmeln und Kichern ging durch die Reihen.

Den Grund erfuhr Emily erst später: Florence Sutro erzählte die Uhrengeschichte einer Reporterin des ›New York Continental‹:

Den ganzen Winter unterrichtete Mrs. Kempin vor männlichen Studenten Römisches Recht, und viele davon behandelten sie, um es noch gnädig auszudrücken, ungalant. Obwohl sie diese Vorlesungen regelmäßig und mit größtem Interesse besucht hatten, äußerten sie kein Zeichen von Anerkennung, und Mrs. Kempin ist doch, was Römisches Recht anbelangt, eine der besten Autoritäten, und in Deutschland hat die Kaiserin sie sehen wollen! Gegen Schluß des Schuljahrs ließen die Studenten eine Liste zirkulieren: »Wir, die Studenten der Roman Law Class unterschreiben...« und baten uns Studentinnen, die Liste weiterzuführen. Es war eine Geldsammlung für eine Uhr. Aber wir sahen nicht ein, warum wir bei dieser Aktion der Roman Law Class mitmachen sollten. Wir lehnten es ab, zu unterschreiben und kauften die Uhr selber, und die Männer zeigten sich in keiner Weise erkenntlich für Mrs. Kempins Arbeit.

Sie schloß den Bericht treuherzig mit dem Satz: *But some day people will realize what she has done!*

Ein Fotograf erschien für die bei Promotionsfeiern obligate Gruppenaufnahme. Vom Weiß der jungen Frauen hoben sich die dunkeln Talare von Mac Cracken und Dr. Kempin ab. Anstelle des tellerartigen Baretts erlaubte sich Emily ein Samtkäppchen, hinten auf den Scheitel gedrückt, ließ es das Stirnhaar frei.

Auf dem Bild wirkt die Kempin überfordert.

Die Augen, seherisch in die Weite gerichtet, ängstlich verkrochen unter der gewölbten Stirn, stehen im Kontrast zu dem schmalen, fast mädchenhaften Gesicht.

Niemand hatte gemerkt, daß während der Feier ein Schatten auf ihr lag.

Am Morgen hatte sie eine Depesche von Walter erreicht, ihr Sohn Robert sei ernstlich erkrankt, man hoffe auf ihre baldige Ankunft.

An der Nassau Street waren die Koffer gepackt für eine überstürzte Rückreise nach Europa.

Hin- und herweben vom Karriereufer zum Mutterufer, hin und her, um immer wieder diesen Ozean zwischen den beiden Polen zu überqueren.

Nur für die lange Sommerpause wollte sie sich verabschieden, denn in New York lagen schon die Pläne für das Schuljahr 91/92, Dr. Emily Kempins erfolgreiche Vorlesungen erneut im Programm, diesmal, der großen Nachfrage wegen, doppelt geführt.

Unverändert das von ihr entworfene Grundkonzept, das noch im Jahre 1940 den Professoren der *Woman's Law Class* an der New York University als Grundlage dienen wird.

Atemlos kam sie in Zürich an. Ausgelaugt von Selbstvorwürfen, besorgt über den Zustand ihres Sohnes. Robert lag in der Obhut von Großmutter Kempin am Stadelhoferplatz 5. Der Arzt hatte ein Halsdrüsenleiden diagnostiziert, das, kaum hatte sich der Junge etwas erholt, in Abständen immer wieder fiebrige Schübe auslöste. Blaß und abgemagert, die Augen glänzend, streckte er der Mutter die Arme entgegen. Emily ließ sich von seiner Umarmung einschließen, hörte das Flüstern dicht an ihrem Ohr:

Nicht wahr, Mama, jetzt bleibst du für immer da!

Jetzt, wo die Mutter wieder da ist, wirst du schnell gesund werden, redete auch Walter dem Kranken zu. Er strich Emily, die mit zuckenden Schultern am Bett saß, behutsam über den Rücken. Schwiegermutter Kempin atmete auf. Alt und kränklich geworden, hatte sie die

Pflege des Kindes überfordert. Sie war froh, daß nun Emily die Zügel des Haushalts übernahm.

Acht Wochen dauerte es, bis Robert sich erholt hatte. Acht Wochen auf dem Mutterufer.

New York und ihre Professur am andern Ende der Welt.

Im Hochsommer dann jäh die Gewißheit: schneller als gedacht wird der Oktober kommen, der Abschied; die erste Vorlesung in New York war auf den 2. November festgelegt. Erneutes, qualvolles Sich-Losreißen. Wird es Mutter Kempin überhaupt noch mit den Kindern schaffen? Der Gedanke ließ sie mitten in der Sommerhitze frieren.

Eine Frau, die mit einem Bein in Europa, dem andern Bein in Amerika steht. Dazwischen der Abgrund des Ozeans.

Eine überspannte Angelegenheit, Emily.

Eine Zerreißprobe.

Das eine oder andere Ufer aufgeben. Risse man die Familie, dieses Beziehungsgeflecht, mit seinen Wurzeln aus ihr, müßte sie auf der Stelle tot umfallen.

New York also aufgeben, wo sie sich leicht und neu fühlt? Jetzt, wo sie drüben erreicht hat, was sie will? Ich schaffe es nicht mehr lange. Laß deinen Ehrgeiz, redet ihr die Schwiegermutter zu. Spricht man bei einem Mann, der seinen Beruf liebt, nur von Ehrgeiz?

Zudem: Sie brauchen Geld. Schon aus diesem Grund muß sie ihre Kenntnisse nutzen. Walter, der Jurastudent, führt ein kleines Anwaltsbüro, das wenig einbringt.

Mutterpflichten und Karriere also einander näherbringen. Eine vage Möglichkeit, eine Dozentur an der Universität Bern zu erhalten: wie nach einem Strohhalm griff sie danach.

Mit einem Absagebrief zerschnitt sie in der Mitte des Sommers den Faden nach New York.

Das Leben schreibt sich voran.

Einmal in Bewegung gesetzt, ist es, als schreibe da eine Hand, eine Schrift gleitet dahin, nichts hält sie auf.

Das Leben im sommerlichen Zürich, wo jedes Ding, jeder Mann, jede Frau den zugewiesenen Platz einnimmt.

Die Fensterläden sind an heißen Tagen geschlossen. Die Plüschmöbel werden vor dem Licht, das durch die Ritzen der Läden schießt, mit Staubüberzügen geschützt.

Sommerblumen welken hinter den schmiedeeisernen Zäunen der Vorgärten. Unbewegliche Luftsäulen, von Mücken durchtanzt.

Robert ist wieder gesund. Die Mutter sieht ihn vom Fenster aus, da unten geht er mit seinen Schwestern, sie hat ihn wie zum zweiten Mal geboren. Ein langaufgeschossener, magerer Knabe, der trotzige Gesichtsausdruck kommt von dieser von ihr geerbten, sinnlich gepolsterten Unterlippe. Viel zu rot ist diese Unterlippe im hageren Gesicht, das noch die Spuren der Krankheit trägt.

Walter ist hinter sie getreten. Richtet ihr Grüße aus von Meili, sie könne, wenn sie wolle, wieder bei ihm arbeiten.

Emily, die Welt geht nicht an Zürich vorbei. Schau dir nur Meili an. Ein buchhalterischer Jurist, der nichts Neues erfindet, aber von Neuerungen lebt, er hat die Ohren steif im Wind, seine Spürnase vorne.

Sie sieht Meilis Schreibtisch vor sich, erkennt durch die Zahlen der Statistik Vaters Gesicht, Augen, die ihr nochmals befehlen wollen...

Gestern hat sie Vater von weitem gesehen: Aus dem Rathaus ist er gekommen, der massig gewordene Leib in einen schwarzen Anzug gezwängt, das Gesicht rot, wie gebläht, ganz Würde, ganz öffentliche Person, Ratsherr und Chef vieler Angestellter auf dem Statistischen Amt der Nordostbahn.

Sie zieht es vor, sich mit Walter zu einer Bürogemeinschaft zusammenzuschließen.

Da kommt Bewegung in die Windstille des lethargischen Sommers: Professor von Orelli gratuliert ihr zu ihrer Schrift, die er im Andruck gelesen hat, demnächst wird sie in Zürich bei Orell Füssli erscheinen:

Die Rechtsquellen der Gliedstaaten und Territorien der Vereinigten Staaten in Amerika mit vornehmlicher Berücksichtigung des Bürgerlichen Rechts, verfaßt von Emily Kempin, Doktor beider Rechte der Universität Zürich, Docent der Rechtswissenschaft an der Universität der Stadt New York, Professor für gerichtliche Medizin am New Yorker Medical College und Hospital for Women.

Von Orelli deutet an, in aller Diskretion: Er glaube, jetzt sei die Zeit reif für eine Privatdozentur, die Fakultät könnte von ihren Kenntnissen in englischem und amerikanischem Recht profitieren, die neue Schrift bei Orell Füssli eigne sich glänzend zur Habilitation.

In einem Gesuch vom 14. Oktober 1891 bewirbt Emily Kempin sich nochmals um die Venia legendi: Privatdozentin möchte sie werden für römisches, englisches und amerikanisches Recht.

Der Fakultätsrat läßt durch Professor von Orelli den Behörden mitteilen: *Das Bedürfnis für eine solche Privatdozentur sei vorhanden und die Befähigung der Kandidatin außer Zweifel.*

Darauf findet im Senat eine denkwürdige Sitzung statt.

Auguste Forel erinnert sich daran in seinem Buch ›Rückblick auf mein Leben‹:

Die Frau des Pfarrers Kempin, die tüchtige Studien gemacht hatte, hatte sich zur Habilitation gemeldet. (...) Die meisten alten Zöpfe des Senats waren dagegen und machten aus ihren Vorurteilen kein Hehl: die Juristen waren jedoch meistens dafür, und ich trat auch energisch für das Zulassen der Frauen ein, indem ich sagte, es sei absolut kein stichhaltiger Grund vorhanden, den Frauen das Studium zu erlauben und das Dozieren zu verbieten. Wir blieben jedoch im Senat mit einem guten Drittel in der Minderheit, verlangten aber, daß auch der Minoritätsantrag den Behörden vorgelegt würde...

Der Erziehungsrat folgt dem Minderheitsantrag und

lädt Emily Kempin noch im Dezember zu einer Probevorlesung ein, Thema: ›Der Einfluß des römischen Rechts auf England und Amerika‹.

Darauf wird Emily Kempin-Spyri *ausnahmsweise* die Venia legendi für römisches, englisches und amerikanisches Recht erteilt, die Antrittsvorlesung über ›Die modernen Trusts‹ auf den 4. März angesagt.

Noch einmal, in einer flauen Zeit des Wartens, eine Einladung nach Berlin.

In den deutschen Frauenverbänden hatte sich Emily Kempins Aufstieg zur Privatdozentin rasch herumgesprochen.

Ein Financier aus dem Kreis des Reichstagsabgeordneten Schrader hatte es möglich gemacht, daß sie vor der vornehmsten deutschen Juristenvereinigung, der »Juristischen Gesellschaft«, in Berlin reden sollte, den Vorsitz hatte der damalige Reichsbankpräsident Dr. Koch. Nur die Eingeweihten wußten, daß der eingeladene Referent und Spezialist für englisches und amerikanisches Recht eine Frau war. Als sie vor das Publikum trat, unter dem auch die Größen der Berliner Universität saßen, von Gneist, Kohler, von Liszt, Dernburg, Simmel, ging ein erstauntes Raunen durch die Reihen: Da stand eine Frau mittlerer Statur, dunkelblond, mit einem zwar gefälligen, aber unauffälligen Gesicht.

Sie sprach mit schweizerischem Akzent, ihre Sprechweise war nicht affektiert, und was sie sagte, von Sachverstand geprägt.

Nach dem Vortrag lud einer der Reichstagsabgeordneten, Freiherr von Stumm-Halberg, Emily Kempin zu einer Besprechung ein. Er bat sie, ihn bei seiner Arbeit für den zweiten Entwurf des Bürgerlichen Gesetzbuches zu unterstützen.

Henriette Schrader klärte sie auf: Von Stumm-Halberg, ein Stahl- und Kohlenmagnat, gehört jenem konservativen

Flügel an, den man »Freikonservative« nennt. Trotz seines Konservativismus erkenne er die Zeichen der Zeit, er setze sich für Reformen im ehelichen Güterrecht ein. Das Recht der Ehefrau, über ihren Arbeitsverdienst selbst zu verfügen, sei ihm ein besonderes Anliegen. Böse Zungen in Berlin behaupten allerdings, sagte sie lachend, er verbinde diese Aufgeschlossenheit mit persönlichem Interesse: Er werde sein ganzes Vermögen einmal seiner Tochter vererben, seinem einzigen Kind, und er wolle nicht, daß sein Lebenswerk unter die absolute Verfügungsgewalt eines Schwiegersohnes gerate!

Auch der »Allgemeine Deutsche Frauenverband« wollte sich die Kenntnisse der ersten Juristin zunutze machen. Louise Otto Peters und Auguste Schmidt, Redaktorinnen des Vereinsorgans ›Neue Bahnen‹, baten sie, eine Broschüre über die Rechtsstellung der Frau zu verfassen; der erste Entwurf des neuen Bürgerlichen Gesetzbuches sollte darin den bisherigen Verfügungen der verschiedenen deutschen Staaten gegenübergestellt werden.

Emily seufzte ein bißchen, als gelte es, einen neuen Anlauf zu nehmen.

Die Herausforderung, ein neues Gebiet aus der Optik der Frau zu erarbeiten, verlockend… Sie akzeptiere, sagte sie, nur gehe die Arbeit in Zürich vor. Als neue Privatdozentin müsse sie die ersten Hürden überwinden, für das Sommersemester habe sie gleich zwei Vorlesereihen angekündigt.

Sie steht am Fenster der Universität.

Der Hörsaal füllt sich. Ihre Augen machen eine schwindelerregende Talfahrt über die Giebel der Altstadt, ruhen sich einen kurzen Moment aus auf der Fläche des Sees.

Die Alpen noch verschneit, die Häuser am Ufer voller Einschlüsse aus Licht. Dort, im Einschnitt der Sihl, könnte Vaters Büro sein.

Er hat ihr nicht zur Professur gratuliert. Unsichtbar, stumm bleibt er anwesend in ihrem Leben. Manchmal, bei einem Gang durch die Stadt, spürt sie seinen Atem im Nacken. Dieser Gedanke darf sie jetzt nicht mutlos stimmen.

Sie geht zum Katheder, stellt sich den Blicken.

Weit mehr Hörer sind zu dieser ersten Vorlesung gekommen als die zehn, die sich eingetragen haben für ihr Kolleg. *Institutionen des englischen Rechts, zwei Stunden,* steht im Vorlesungsverzeichnis, und daneben, zwischen Klammern: *gratis.*

Kostenlos die erste dozierende Frau hören! Die jüngste deutschsprachige Universität hat das Experiment gewagt, wenigstens für den Auftakt der Reihe will man sich diese Sensation nicht entgehen lassen.

Die Blicke schüchtern sie ein. Als sie den Mund öffnet, fühlt sie ihre Knie zittern, die ersten Sätze tönen gepreßt.

Gelächter aus der hinteren linken Ecke.

Sie hört nicht hin, redet. Die Fugen zwischen den Wörtern füllen sich mit Atem, Sätze rollen wellenförmig an, sie gewinnt Sicherheit, in ihre Augen kommen Wärme und Glanz.

Sie kennt den Moment, wo die Sätze nicht mehr abzuprallen scheinen an einem Widerstand. Wo sie allmählich eins werden mit den Menschen, den Gegenständen im Raum. Die Luft zu tanzen beginnt im Rhythmus der Wörter.

Sie wächst mit jedem Satz, nimmt ihren Raum ein. Wirft diese spröde, scheue Mädchennatur ab.

Ihre oft erprobte magische Kraft, welche die Aufmerksamkeit wie in Berlin ganz auf ihre Person bündelt.

Jetzt kann sie es sich leisten, die Gesichter anzuschauen. Mit der Namenliste in der Hand hat sie sich gestern die dazugehörigen Menschen vorgestellt.

Sieben Männer, drei Frauen: Hitz Arthur, Zürich;

Böninger Richard, Duisburg; Hasler Heinrich, Aarau; Mackenroth Anna, Berlin...

Die Mackenroth! Sie hat es also gewagt. Im Herbst hat die Fabrikantentochter aus Danzig ihre Vorträge für Laien besucht, sich von Emily überzeugen lassen, Jurisprudenz zu studieren.

Da sitzt sie. Links und rechts von ihr eine Frau, alle drei Ellbogen an Ellbogen, als suchten sie Verstärkung. Und das in der vordersten Bank, gleichsam sprungbereit, jeden Wissensbrosamen, der vom Tisch fällt, aufzuheben.

Die kleine Südländerin mit dem empfänglichen Gesicht: Anna Cesana aus Oggione. Die Tschechin daneben abweisend, lauernd, als wolle sie jeden Satz, der vom Katheder kommt, zerpflücken.

In der Mitte, vorne, Ehemann Walter.

Wieder tut er etwas völlig Neues: Er sitzt zu Füßen seiner Frau. Er, der Jurastudent, hat beide Vorlesungen von Emily Kempin belegt: neben dem Gratiskurs auch den über den Römischen Zivilprozeß, zwei Stunden zu zehn Franken. Nur sechs Hörer haben sich für diesen Kurs eingeschrieben. Walter hängt an ihren Lippen. Als habe er diese Frau noch nie gesehen, gehört. Als beginne alles nochmals von vorne, wie damals im Spyri-Garten...

Ihre Blicke kreuzen sich.

Für den Bruchteil einer Sekunde spiegelt sie sich in seinen Pupillen.

Fremd muß sie auf ihn wirken, eine Riesin, Göttin.

Hinter ihrem Kopf flutet Licht herein, grausames, verschwenderisches Frühjahrslicht...

Ertappt weicht er ihrem Blick aus. Beugt den Kopf, macht Notizen. Aus der ungewohnten Perspektive bemerkt sie, wie dünn und grau sein Haar geworden ist; er geht in sein dreiundvierzigstes Jahr.

Unter der Feder eilt seine Schrift voran, lauter kleine Bergspitzen aneinandergereiht, als hätte sie lauter spitzige Dinge gesagt.

Nach dem Kolleg warteten Gratulanten. Walter war mit anderen Studenten schnell zur nächsten Vorlesung geeilt. Die Mackenroth und die Cesana begleiteten die Kempin zu ihrer neuen Wohnung an der Florhofgasse 1.

An der Universitätsstraße blühten schon die Forsythien. Die Studentinnen hatten vereinbart, die frisch gewählte Dozentin einzuladen. Ein feierliches Bankett, eine Überrrrraschung. Die R's der Cesana rollten.

Auch Ehemalige der Hochschule kommen, sagte die Mackenroth. Wir wollen einen Verein akademisch gebildeter Frauen gründen. Sie werde gleich noch bei einigen Frauen vorsprechen: bei Ricarda Huch, Anita Augspurg, Rosa Luxemburg, Marianne Plehn.

Vor Emilys Haustüre verabschiedeten sich die Studentinnen. Sie setzte sich in der leeren Wohnung an ihren Schreibtisch. Ein Brief aus New York war angekommen, sie öffnete ihn ungeduldig: Florence Sutro. Sie gratulierte Emily zu ihrer Wahl zur Privatdozentin! In die Freude mische sich Trauer, sie vermisse die Lehrerin und Freundin. Ihr Nachfolger, Professor Christopher J. Tiedeman, habe bei der Abschlußfeier Emily Kempin erwähnt: *Ohne die Voraussicht, den Mut und das hervorragende Konzept der Frau Dr. Kempin wäre diese Klasse undenkbar…*

Emily schloß einen Moment die Augen. Sah Manhattan vor sich, die Gesichter befreundeter Menschen, Straßenzüge, Plätze. Schön wäre es, im nächsten Jahr mit einer Frauengruppe zur Weltausstellung nach Chicago zu fahren…

Aber erst muß sie hier zur Ruhe kommen. Die Wohnung an der Florhofstraße entspricht ihrem Geschmack: das Haus ist unauffällig, von gediegener Behaglichkeit. Sie mag, wie es der Stadt den Rücken kehrt, die Frontseite gegen den Hang drückt. Ein Arbeitszimmer, vor Aus- und Einblicken geschützt, hinter dem Schilf der Welt.

Drei Jahrzehnte später wird Tucholsky in diesem Haus Asyl finden.

Auch die Kinder benötigten eine Atmosphäre von Sicherheit und Ruhe, gerade jetzt, wo die zwei älteren in die Pubertät kommen. Aber noch immer ist diese Ruhe bedroht, im Würgegriff der Existenzangst... Privatdozenten beziehen kein festes Gehalt, sie leben von der Gunst ihrer Hörer. Und diese Gunst ist ungewiß, solange man die Privatdozenten vorpreschen läßt auf neue oder entlegene Gebiete, die Pflichtvorlesungen hingegen den Ordinarien vorbehält.

Sechs Hörer in ihrem gebührenpflichtigen Kurs, das heißt, sie wird in diesem halben Jahr mit der Privatdozentinnen-Tätigkeit ganze 60 Franken verdienen...

Vor ein paar Wochen ist sie, trotz einiger Bedenken, mit Walter eine Bürogemeinschaft eingegangen.

Sie erinnert sich an den Blickwechsel während der Vorlesung: Für den Bruchteil einer Sekunde hat sich ihre Beziehung schlagartig erhellt: Sie sind miteinander verhängt, Schalen einer Waage. Ein geheimes Kräftespiel sorgt dafür, daß sie fast nie in Balance sind, immer von neuem zeigt die Zunge Unstimmigkeit an.

Was mit ihr geschieht, wirkt sich auf ihn aus...

Kaum ist sie zur Dozentin aufgestiegen, schaut plötzlich alles auf ihn herab, den über vierzigjährigen Studenten.

Von 1885 bis 1887 hat er schon einmal Jura studiert und nach der Rückkehr aus Amerika den zweiten Anlauf genommen. Abschließen wird er nie, spottet man in Zürich. (Und die Leute werden, zu Emilys Lebzeit wenigstens, recht behalten. Lange nach ihrem Tod, erst mit 65 Jahren, wird er an der Universität Heidelberg doktorieren, mit einer Arbeit ›Über die Cameralbuchhaltung‹.) Man belächelt, daß er freiwillig vor ihr auf der Schulbank sitzt. Vertauschte Rollen. Aber das ist nur ein Teil der Wahrheit.

Tag für Tag, in ihrer Bürogemeinschaft, ist es umgekehrt: Sie, die erfahrene Juristin und Dozentin, muß als »Rechtskonsulentin« im Hintergrund bleiben. Er, der Jurastudent, darf sich, weil er ein Mann ist, »Advokat« nennen und die Klienten vor Gericht vertreten.

Redaktor Curti hat sich darüber aufgeregt: absurd. Jetzt, wo man Sie als Privatdozentin akzeptiert, muß man auch den zweiten Schritt tun und weibliche Anwälte zulassen.

Auf seinen Rat hin hat sie im Oktober 1891 eine Petition an den Hohen Kantonsrat des Kantons Zürich eingereicht. Der Kantonsrat, in dem ja auch ihr Vater sitzt, hat die Bittschrift nach kurzer Diskussion abgelehnt und ist zur Tagesordnung geschritten!

Im Januar traf sie Curti in der »Meise«. Er hatte sich die Begründung des Kantonsrats verschafft, schüttelte darüber den Kopf. Man hat ihre Bitte, weibliche Kandidaten für die Advokatur einer Prüfung zu unterziehen, vom Tisch gewischt mit dem Argument: das schaffe *einen privilegierten weiblichen Advokatenstand*. Auf ihren Vorschlag, von allen Anwaltskandidaten einen Fähigkeitsausweis zu verlangen, ist man überhaupt nicht eingegangen!

Fadenscheinig, undemokratisch!

Diesmal war sie es, die ihn beruhigen mußte.

Mit der Zeit wird sich alles ändern, hatte sie gesagt und gelächelt, weil ihr bewußt war, daß sie seinen Satz von damals wiederholte. Daß ihr wenig Zeit zum Warten blieb, spürte sie heute wie damals. Aber sie sprach es nicht mehr aus.

Seine Empörung legte sich. Er schaute sie an, aber ihr war, sein Blick ginge durch sie hindurch auf ein fernes Ziel zu.

Als er sein Glas Clevner geleert hatte, sagte er ruhig: Die Zeit für meinen Einsatz ist gekommen. Im Februar nahm Nationalrat Curti mit gleichgesinnten Mitgliedern des Zürcher Kantonsrats Verbindung auf und reichte folgende Motion ein:

Der Regierungsrat wird eingeladen zu untersuchen, unter welchen Bedingungen den Frauen die Anwaltspraxis zu gestatten und welche Revision bestehender Gesetze hiefür in Aussicht zu nehmen ist.

Der Motion lag ein Gutachten von Professor Gustav Vogt bei: *Der Begriff »Aktivbürgerrecht« ist nicht identisch mit Stimmrecht, sondern mit »bürgerlicher Ehrenfähigkeit«.*

Nun konnte der Kantonsrat nicht mehr kneifen. Schon im Februar beschloß er, im Sinne der Curtischen Eingabe zu prüfen *ob nicht eine bessere Gleichstellung der Frauen mit den Männern auf dem Gebiete des Privatrechts anzustreben und ob nicht die Befugnis zur Ausübung der Anwaltspraxis allgemein an gewisse Bedingungen zu knüpfen sei.*

Diese Prüfung werden sie auf die lange Bank schieben, Emily. Walter hatte es ihr prophezeit. Jahre kann es dauern, bis man sie endlich als Anwältin zuläßt, grau wird sie darüber werden, aufgerieben vom Existenzkampf, krank.

Eine Türe war ins Schloß gefallen.

Sie schreckte am Schreibtisch aus ihren Gedanken auf.

Gertrud warf im Flur ihre Schultasche hin, Emily hörte sie in der Küche hantieren, mit einem Butterbrot in der Hand erschien sie im Arbeitszimmer.

Wie war deine Vorlesung?

Frag Vater. Ich glaube, es ist gut gegangen.

Was gibt es zu essen?

Alles vorbereitet, ich muß es nur aufwärmen und den Salat anmachen: Geschnetzeltes gibt es, dein Lieblingsessen.

Gertruds Gesicht hellte sich auf. Sie sah mit ihren fünfzehn Jahren groß und stattlich aus, eine kleine Frau. Etwas Unbändiges lag manchmal in ihren Zügen, Gefühle strichen darüber hinweg wie der Wind über einen Wasserspiegel. Sie kam auf die Mutter zu, umarmte sie überschwenglich: Schön, daß du wieder da bist. Und diese Wohnung, wunderbar!

Kauend fügte sie hinzu: Nicht wahr, jetzt ziehen wir für eine Weile nicht mehr um?

Emily antwortete nicht. Mit Walter hatte sie sich gestern zum Entscheid durchgerungen, in drei Monaten an die Bahnhofstraße 52 umzuziehen. An bester Adresse würden sie ein Büro eröffnen: *Amerikanisches Rechtsbüro, Dr. E. und W. Kempin.* Williams, ein New Yorker Anwalt, den sie während ihrer Zeit bei der *Arbitration Society* kennengelernt hatten, sollte als amerikanischer Kompagnon gleichsam ihr verlängerter Arm sein.

Ein glänzendes Souper hatte die Mackenroth versprochen.

Im Auftrag der Studentinnen dann den kleinen Saal im »Plattengarten« reservieren lassen, dem *traditionellen Lokal aller Aufrührer, Russen, Feministinnen und Sozialisten,* wie es in Zürich hieß.

Emily, auf dem Ehrenplatz am oberen Ende der Tafel, erhebt sich zur Begrüßung. Schildert ihren bisherigen Weg als Juristin, das Gestrüpp der Schwierigkeiten, die New Yorker Erfolge, das bange Warten auf den Entscheid der Zürcher Behörden in Sachen Advokatur.

So offen, schwesterlich hat man die Kempin noch nie erlebt. Sonst bleibt sie, wenn Persönliches angesprochen wird, gerne unverbindlich. Steht da mit diesem harmlosen Gesicht eines in die Jahre gekommenen Mädchens. Schlecht geschnittene blonde Haarfransen in der Stirn, hinter der man keine großen Gedanken vermutet. Keine Denkerfalten, keine Philosophennase, keine bedeutenden Gesten. Hübsche, aber unauffällige Kleidung. Eine Frau ohne Besonderheiten.

Eine Tarnung, auf welche die Leute willig eingehen mit der Vorstellung, daß eine solche Frau ungefährlich ist. Während der Vorlesung hat man es schon bemerkt: Dieses Gesicht verwandelt sich, gewinnt beim Reden an Tiefe und Profil.

Sie redet eindringlich, gegenwärtig bis in ihre Fingerspitzen.

Eine gute Anwältin könnte sie sein, man hört und spürt es.

Anita Augspurg aus Verden bei Hannover spricht es in

ihrer Rede aus. Sie wünscht ihr Glück. Schließt dann mit den Worten: Emily Kempin, wir alle, die hier sitzen, profitieren von Ihren Kämpfen, Ihren Erfahrungen.

Die Augspurg hat sich ereifert. Man merkt ihr beim Sprechen die ehemalige Schauspielerin an. Etwas Verschmitztes kommt in ihr Gesicht, die Bäckchen unter der starken Nase ziehen sich zu Äpfeln zusammen. Die Kolleginnen applaudieren. Sie dankt, bläst sich eine Strähne des kurzgeschnittenen Haars aus dem Gesicht.

Die Mackenroth wirbt für die »Internationale Vereinigung akademisch gebildeter Frauen«, die noch an diesem Abend gegründet werden soll, und bittet die Kempin in aller Form um den Vorsitz. Nach dem Essen will man Mitglieder-Listen herumgeben. Die Flügeltüre schwingt auf, Serviererinnen, in Zürich Serviertöchter genannt, bringen Speis und Trank.

Bald lockert der ungewohnte Wein die Zungen.

Eine Medizinstudentin stimmt Trink- und Vagantenlieder an, Texte und Melodien sind bekannt von den Kneipen-Abenden der männlichen Kommilitonen.

Noch haben die Studentinnen nichts Eigenes, sie suchen erst nach ihrer Identität.

Hin und wieder schaut durch den Spalt der Flügeltür ein Student herein, erstaunt über den ausgelassenen Ton der jungen Frauen. Der hübsche Kopf der Augspurg mit dem kurzgeschnittenen Haar ist kaum mehr auszumachen im Zigarettendunst. Ihre Tischnachbarin, die Mackenroth, sonst als zurückhaltend bekannt, entpuppt sich als theatralisches Talent. Es hat sich herumgesprochen, daß sie heimlich schreibt. Auserwählte haben ein gefühlstriefendes Stück lesen dürfen: ›Lebensfieber‹. Ein Entwurf mit dem Titel ›Die Raubdirne‹ liegt noch in der Schublade.

Sie hat sich mit dem Weinglas in der Hand erhoben: *Lieber Frater in Apoll!*

Sie ruft es mit Pathos, stößt mit ihrem Gegenüber an.

Der *Frater in Apoll,* ein zierliches, schwarzlockiges weibliches Wesen, heißt Hedwig Waser, eine Zürcherin.

Die Vorlesungen von Professor Knochenmeier am Anatomischen Institut waren ihr zu verknöchert, jetzt studiert sie Germanistik. Verehrt den kürzlich verstorbenen Gottfried Keller. Eine Ehre, zu den bescheidenen Nachmittagstees von Hedwig und Mutter Waser eingeladen zu werden, der Studentenkreis, der sich dort regelmäßig trifft, nennt sich *Seldwyla* nach dem Namen des Hauses an der Universitätsstraße. Zum Kern des Kreises gehören die Zoologin Marianne Plehn und Ricarda Huch.

Das Gespräch dreht sich plötzlich um die aus Braunschweig stammende Ricarda Huch, die Historikerin, die Dichterin. Leider ist sie nicht gekommen. Man vermißt sie. Eingeweihte wissen, daß sie abends nach der Arbeit ihr Manuskript ›Evoe‹ redigieren muß, ihr Verleger Hertz in Berlin ist außerstande, ihre lottrige Maschinenschrift zu lesen... Seit sie im letzten Sommer in Geschichte doktoriert hat, sieht man sie selten. Ihr Leben sei von *eintöniger Grauheit*, sie komme sich vor wie *l'homme machine*, hat sie der Waser geklagt: In den hinteren Räumen der Stadtbibliothek sichtet sie alte Dokumente, unterrichtet, um ihr Gehalt aufzubessern, an einer Mädchenschule.

Marianne Plehn schlägt mit dem Löffel an ihr Kaffeeglas, bittet um Ruhe. Entschuldigt ihre Freundin Ricarda Huch: Arbeit, gewiß. Sie läßt aber auch bestellen, sie habe wenig übrig für Festivitäten. Für *offiziell-tendenziöse Feste,* wird sie später Viktor Widmann, dem Schriftsteller und Bund-Redaktor in Bern schreiben.

Gelächter. Typisch Ricarda Huch!

Auf ihre direkte Art kann sie Unverschämtheiten sagen, und niemand nimmt es ihr übel. Ricarda, die heimliche Prinzessin von Zürich, mit ihrem schwebenden Gang, ihrem Sphynxgesicht. Alle gucken hin, wenn sie im Hörsaal erscheint. Auf ihren Pultdeckel hat jemand eingeritzt: *Ricarda, liebst du?*

Später hat man daneben entziffern können: *Ja, mich selber.* Der Waser soll sie gestanden haben, sie selbst habe die Antwort eingekerbt.

Die Plehn bittet nochmals um Ruhe: Als Zeichen der Sympathie hat uns die Huch etwas gedichtet. Ein *gesinnungstüchtiges Tischlied* nennt sie es. Nachher können wir es zusammen singen, nach der Melodie des Studentenliedes »Nach Süden nun sich lenken«! Der Inhalt der Verse ist komisch, es wird schallend gelacht: Ein *Lindtwurm* liegt vor der Universität und wacht, daß keine Frau hereinkommt. Der Lindtwurm, das sind die frauenfeindlichen Studenten und Professoren! Die Stimmung ist angeheizt, die Unterhaltung wird lauter. Grinsende Männerköpfe im Türspalt: Dürfen wir mitfeiern? Polnische Studenten, sie spielen abends im Nebenraum Billard.

Emily Kempin, die sich vorhin kaum hat halten können vor Lachen, findet es besser, wenn sie das Lindtwurm-Lied der Huch nicht singen. Der Plattenhofgarten ist voller Spione. Wir dürfen uns, wo ich endlich die Privatdozentur erhalten habe, nichts verscherzen.

Man fügt sich der Anordnung, läßt Listen zirkulieren. Beschließt, die frühere Generation der Akademikerinnen für den Verein zu gewinnen, die Zürcher Ärztinnen zum Beispiel. Die Heim, Karoline Farner.

Warum Rosa Luxemburg nicht mitfeiere, fragt die Cesana. Die studiere doch auch Jura. Die Luxemburg sei in Berlin, werde erst im Mai zurücksein. Wetten, die wird sich bei der Kempin nie für eine Vorlesung einschreiben, wirft die Augspurg spöttisch über den Tisch, solidarisch zeigt sie sich nur mit den russischen und polnischen Emigranten. Nach dem Kolleg sitzt sie über ihren Proklamationen, vertreibt mit Jogiches kommunistische Aufrufe, reist nach Genf und Paris.

Wenn es um ihr Studium geht, gibt sie sich aber schön bürgerlich! Die Mackenroth lacht. Sie hört bei Gustav Vogt, dem Redaktor der ›Neuen Zürcher Zeitung‹. Will bei diesem Wolf promovieren, der kürzlich ein Buch über Marx veröffentlicht hat, über das sich die ›Arbeiterstimme‹ entrüstet! Die Medizinerin Lehmann stimmt nochmals ein Lied an: »Oh alte Burschenherrlichkeit...«

Passend, sehr passend. Sie singen es trotzdem. Die Kerzen an der Festtafel brennen nieder, aber keine mag als erste aufstehen und den schönen Schein der Zusammengehörigkeit zerstören.

Dieses Gefühl, einen Platz angewärmt zu haben in einem Leben, wo nichts mehr sein wird wie gestern.

Die Festtafel mit den Frauen, ein Schiff mit zwei Reihen von Ruderinnen, sie treiben es vorwärts, durch Wellen und Wind, hoch über der Gischt, die Kämpin, die Kempin im Bug. Das Gefühl trügt: noch hat die Zeit keine von ihnen vorgesehen.

Zu früh: Inschrift auf Grabsteinen.

Zu früh: Todesurteil auf Lebendigem.

Zwischen den Dornen das Halali der Ewiggestrigen, das Keuchen der Jäger.

Die Ärztin Karoline Farner wird mit ihrer Freundin und Haushälterin im September 1892 ohne Vorwarnung brutal am Bahnhof Zürich verhaftet. Sie sei eine Erbschleicherin, wirft man ihr vor, ohne Beweise werden die Frauen ins Gefängnis abgeführt und verbringen sieben Wochen in Einzelhaft. Monate später wird ihre Unschuld bewiesen.

Die mit der Farner befreundete Meta von Salis greift in einer Schrift die Machenschaften der Zürcher Justiz an. Sie wird wegen Ehrverletzung eingesperrt.

Die Hexen sind zurückgekommen: Blaustrümpfig, rotstrümpfig, mit kurzgeschnittenen Titusköpfen. Sie radeln auf Velozipeden zur Universität.

Restless women: Eingefriedet müssen sie werden, mit Gewalt zur Ruhe gebracht.

Die Fenster des neuen Büros, Bahnhofstraße 52, gaben den Blick auf Geschäftshäuser frei: Sandstein, Säulchen, Friesen, Balkone. Schräg gegenüber, ebenfalls klassizistisch, eines der zahlreichen neuen Bankgebäude.

Über den Dächern sah Emily in einen rötlichen Abendhimmel. Ladenbesitzer ließen rasselnd ihre Türgitter herunter, Männer kamen aus den Büros, verspätete Einkäufer warteten mit gefüllten Taschen auf den Tramway, von den Bäumen lösten sich Herbstblätter.

Sie sah aus dem Fenster, und ihre Hände lagen auf dem Tisch, als gehörten sie zu den abgelegten Akten, die sich auf der linken Seite, neben dem Büchergestell stapelten. Der Tisch, speziell angefertigt für das Kontor, das früher in dieser Wohnung untergebracht war, nahm die Hälfte des Raumes ein, die Platte, wellig gehobelt, mit Lack versiegelt.

Emilys Klienten mußten sich dahinter vorkommen wie hinter einem Ozean, auf dem Lack fanden sich nach jedem Gespräch Abdrücke von verschwitzten, verkrampften Fingern. Jeden Abend wischte sie mit einem Wollappen die Spuren weg und sah dabei noch einmal die Finger vor sich, die sie fixiert hatte, um den Klienten nicht ins Gesicht zu schauen, während sie mühsam zu formulieren versuchten.

Gepflegte Frauenhände meist, und was da über den Tischozean auf sie zukam, war die aufgestaute Verzweiflung der Oberschicht: Zorn, jahrelang heruntergewürgte Scham. Da klagte eine Ehefrau, ihr Mann habe das ganze Frauengut durchgebracht, einer anderen waren von ihrem Gatten die Kinder weggenommen worden, um eine Scheidung zu erzwingen, und eine stolze Frau aus der Hautevolée zeigte auf die Würgemale am Hals, die blutunterlaufenen Flecke auf der Brust. Der Tisch ächzte unter diesen Klagen, und die Juristin geriet in Wut über die mangelhaften, ungerechten Gesetze, mit denen diesen Vergehen kaum beizukommen war. Oft dachte sie auch mit Schmerz an die Frauen in kleinen Verhältnissen, denen Selbstbewußtsein und Geld fehlten zu diesem Gang in ein Advokaturbüro an der Bahnhofstraße. Ihr Vorsatz, wie in New York eine unentgeltliche Rechtsstelle für Frauen zu eröffnen, stand fest.

Ja, es war vor allem weibliche Klientel, die ihr Büro aufsuchte, und die meisten Frauen erklärten sofort, daß sie von Frau und nicht von Herrn Kempin angehört werden wollten, in der Annahme, eine Frau verstehe Frauenklagen besser.

Walter wurde erst eingeschaltet, wenn die Sache vor Gericht ging. Daß er und nicht Emily sie vertrat, enttäuschte die Klientinnen. Schnell hieß es, Kempin fehle die Sachkenntnis, er mache zu viele Umstände, zögere durch seine Unsicherheit einen Fall hinaus. Daß diese Vorwürfe nicht unbegründet waren, ärgerte Emily am meisten.

Gerade heute hatte sie ihm Vorhaltungen machen müssen wegen eines verpaßten Termins. Im Flur hatten sie sich heftig gestritten. Im Wandspiegel ihre Köpfe: sie mit zornroten Flecken, flattrigen Auglidern, er mit vorgeneigtem Graukopf, starrem Blick, verkniffenen Lippen.

Eva und Adam, aus der gegenseitigen Gnade gefallen. Wie sie sich verstört in die Augen schauen, als lasse sich da noch ein Schimmer vom Paradies entdecken, jener Spiel- und Liebeswiese hinter dem Rand der Welt, wo Löwe und Lamm, Mann und Frau in fraglosem Einverständnis beieinanderliegen.

Wird es dieses Einverständnis je wieder geben, zwischen dem neuen Adam, der neuen Eva?

Unabhängigen Menschen, einander ebenbürtig, in Liebe zugetan. Hinter ihrem Klageozean sitzend, erträumt sich Emily dieses Menschenpaar.

Hinter der Glastüre, welche die Praxisräume vom privaten Bereich trennte, wurde das Nachtessen vorbereitet. Emily mußte aufstehen und hinübergehen, das neu eingestellte Mädchen benötigte Hilfe. Sie hoffte, daß Walter, der nach dem Disput die Wohnung geräuschvoll verlassen hatte, mit der Familie bei Tisch sitzen würde, als hätte es den Streit nicht gegeben. Sie hoffte es *der Kinder wegen* und ertappte sich, wie oft sie: *der Kinder wegen* dachte. Sie wollte *der Kinder und ihrer Ausbildung wegen* in ihrem Beruf auf einen grünen Zweig kommen, doch während der Arbeit, verfolgt vom schlechten Gewissen, bedauerte sie, wie wenig Zeit ihr in Wirklichkeit *für die Kinder* blieb.

Allen alles sein: Gattin, Juristin, Mutter.

In keiner dieser Eigenschaften genügen, weder den eigenen, noch den Ansprüchen der andern. Und auf weiter Flur kein Vorbild, das aufzeigt, wie man alles unter einen Hut bringt.

Walter erschien zum Nachtessen, der schöne Schein der Büro- und Ehegemeinschaft für einen Abend gerettet. Sie hielt ihm Leckerbissen zu, erzählte Erfreuliches. Immer in Furcht vor seiner in letzter Zeit so offenkundig gewordenen Empfindlichkeit.

Nach dem Essen begann jenseits der Glastüre der Abendkurs.

Auf ein Inserat in der ›Züricher Post‹: *Unterzeichnete... eröffnet in ihrer Wohnung, Bahnhofstraße 52, eine Rechtsschule für Laien, wie dies von ihr vor wenigen Jahren in New York geschehen ist,* hatten sich unerwartet viele Interessenten gemeldet, ein dankbareres Publikum als an der Universität, wo im Wintersemester 1892/93 in ihrem Kurs *Englisch-amerikanischer Zivilprozeß und seine Beziehungen zum internationalen Rechtsverkehr* ganze fünf Hörer saßen! Noch immer galt für viele Studenten, was eine liberale Zeitung nach ihrer Wahl geschrieben hatte: *Eine Demütigung für männliche Studierende, sich von einer Frau belehren lassen zu müssen.*

Und der Entscheid, ob sie als Anwältin zugelassen wird, noch immer in der Schwebe.

Nur sich jetzt keine Gunst verscherzen. Vorsichtig, als tänzle sie über Eier, hat sie vor Aufnahme ihrer privaten Kurse angefragt, ob dies der Fakultät *genehm* sei.

Sie darf nichts riskieren, auch in der Angelegenheit Farner hält sie sich in der Öffentlichkeit zurück.

Nachts schweißüberströmt erwachen.

Im Traum hat sie einer mit dem Messer verfolgt. Sie

setzt sich in ihren Kissen auf, hört mit pochenden Schläfen auf ein Geräusch. Aber sie hat aus dem Nebenzimmer nur Walters Schreibfeder gehört, die mit kratzendem Geräusch über Papier jagt. Mit Vorliebe benutzt er zum Arbeiten die Nachtstunden, verfaßt hoch über der Bahnhofstraße, wo tagsüber das Geld rollt, Schriften über Zinssätze, Versicherungen, Börsenkurse.

Der Philanthrop hat seine Menschheitsthemen aufgegeben: unentgeltliche Krankenpflege, Ferienkolonien für arme Kinder; krick, krack, es zieht sich, wie einst bei Vater Spyri, ein Riß durch sein Leben. Spyri hat sein Seelenamt an den Nagel gehängt, ist als Statistiker zur Nordostbahn gegangen, und Walter Kempin vertauscht die Menschheitsliebe mit der Börse.

Wo ist ihr alter Walter geblieben, der beeindruckbare, tatkräftige Menschenfreund? Wo ist er begraben, damit sie an seinem Grab weinen kann?

Und wo ist der Pfarrer beerdigt, der im Neumünster neben dem Bild des Auferstehungsengels gepredigt hat? Vater und Ehemann schleppen ihren abgedorrten Teil, den erschlagenen Zwillingsbruder mit sich herum. Warum hat man die beiden Männer mit ihrem biographischen Knacks nicht ins Burghölzli gesteckt?

Seele mit Statistik vertauschen, Menschenliebe mit der Börse, das gilt als normal, nur wer es umgekehrt macht, gilt als Spinner.

Du liebes Verdienen, um das Goldene Kalb tanzen Männer und Frauen auf der Bahnhofstraße dem Ende des Jahrhunderts zu.

Nur nachts, wenn das Fenster offensteht, riecht es in der Luxusmeile nach dem alten Fröschengraben.

Neben Curti geht sie die Bahnhofstraße zum See hinunter.

Es ist Ende Oktober.

Er trägt keinen Zylinder, der Wind bläst schwarze Strähnen in seine Stirn, sie hält, mit gerafftem Rock den

Pfützen ausweichend, mit ihm Schritt. Sie fühlt sich neben ihm jung, voller Schwung.

Er besteht darauf, daß sie zum Tee ins »Baur au Lac« gehen, viel zu vornehm, meint sie, das mögen Sie doch, sagt er und lacht. Sie ergötzt sich wie im Theater: Haute-volée, Samt und Kaskaden von Taft hinter Marmortisch-chen.

Die Wintermode diktiert gigantische Samtschleifen: vorn, hinten, an allen strategisch wirksamen Punkten.

Auf den Lockenköpfen als Nouveauté kleine Pyrami-den. Umgestülpte Papierkörbe, grinst Curti. Er bestellt sei-nen Clevner. Widersteht dem exotischen Duft nach heißer Schokolade und Mokka. Kein Pianist mehr am Flügel, aus dem kastenartigen Gramola träufelt Walzermusik, der letzte Schrei, Musik Hug vertreibt es in Zürich.

Nach dem ersten Schluck Wein erzählt Curti seine Neu-igkeit: Ich habe mich entschieden, ich will es machen.

Schaut zu, wie sich freudige Überraschung auf ihrem Gesicht ausbreitet. Sie kann in solchen Augenblicken wie ein Kind staunen, die Augen vergrößern sich, bekommen die Farbe von Malven.

Sie ist immer noch sprachlos. Bringt nur heraus: Sie wa-gen es also?

Er nickt. Alle vierzehn Tage. Es wird die neuzeitlichste Frauenbeilage in deutscher Sprache: gut geschrieben, kon-kret anpackend, alles andere als leisetreterisch. Fällt Ihnen ein Name ein?

›Frauenrecht‹, sagt sie.

Er nickt: Das nennt die Sache beim Namen.

Curti, gewohnt, in der Redaktionsstube beim Rattern der Schreibmaschinen laut zu sprechen, läßt mit seiner Stimme die Gespräche an den Nebentischen verstummen.

Blicke schießen hin und her zwischen gefiederten Blät-tern. Die Palmschatten auf den gepuderten Gesichtern schwanken. Getuschel: Der Redaktor der ›Züricher Post‹ mit der Kempin. Ihre Artikel sind immer gut geschrie-ben.

Das schon, aber ich möchte nicht sehen, wie es bei der Privatdozentin zu Hause aussieht.

Die Kinder sollen in der Schule nicht glänzen.

Und der Mann hat noch einmal für ein Pfarramt kandidieren wollen. Man hat ihm nahegelegt, es nicht zu tun. Nach dem Gerede in der Enge und überhaupt, ein Pfarrer mit einer Frau Privatdozentin...

Und?

Darauf soll er wutentbrannt aus der Synode ausgetreten sein.

Der Kellner gießt Curtis Glas nochmals voll.

Curti neigt sich über den Tisch: Ist Ihr Buch schon in Deutschland erschienen?

Sie hat auf dieses Stichwort gewartet. Gestern! Sie überreicht es ihm strahlend.

Er überfliegt den Titel: ›Die Rechtsstellung der Frau nach den zur Zeit in Deutschland gültigen Gesetzesbestimmungen für das Deutsche Reich‹, Leipzig 1892, bei M. Schäfer. Sie werden Vorträge halten müssen, so eine Veröffentlichung bleibt nicht ohne Folgen.

Ich bin schon nach Dresden, Leipzig und Berlin eingeladen worden. Eine ganze Tournee.

Aha, haben Sie sich schon ein Kleid mit Samtschleife schneidern lassen?

Sie verschluckt sich an der heißen Schokolade, senkt den Kopf, prustet, lacht.

Curti bleibt ernst. Man wird Sie wohl ganz nach Deutschland hinüberziehen...

Aber Sie halten mich fest! Sie wirft ihm einen schalkhaften Blick zu. Er schaut sie fragend an, rötliche Reflexe spielen auf ihrem Haar.

Ja, mit Ihrem ›Frauenrecht‹! Was werden Ihre Politiker sagen? Die müssen sich doch fragen, warum Sie sich für die Rechte der Frauen einsetzen.

Curti verweist schmunzelnd darauf, daß er im Moment Autoren aus dem alten China liest, die überzeugt sind, daß in jedem Mann auch eine Frau steckt.

Und in jeder Frau ein Mann?

Er nickt. Wenn ich also für die Frauen kämpfe, so tue ich es auch für mich.

Blicke vom Nachbartisch. Die Dame sieht ihre Freundin an, hebt die Brauen.

Hast du das gehört, Mimi? Dieser Curti...

Du bist ein Extra,
ein Irrtum, Strandgut:
eine Gabe, ein Widerspruch
Margaret Atwood

Spinner, Phantasten. Noch nie scheint es so viele von ihnen gegeben zu haben. Als wirble sie das sterbende Jahrhundert wie welke Blätter von den Bäumen.

Beamte füllen mit säuberlicher Schrift ihre Karteikar-
ten. Sind genug Beweise da, werden die Spinner mit dem
gelben Wagen abgeholt. Die Anstalten füllen sich, oft trifft
es besonders begabte, eigenwillige oder schöpferische
Menschen.

Gottfried Kellers Testament wird von den Erben ange-
zweifelt, es sei in geistiger Verwirrung abgefaßt worden.

Conrad Ferdinand Meyer wird wieder in die Psychiatrische Anstalt Königsfelden eingeliefert.

Seine Mutter hat sich in einem Augenblick geistiger Um-
nachtung umgebracht.

Die Witwe des Musikers Götz wirft sich aus Liebe zu Ricarda Huch in die Limmat, wird rechtzeitig herausge-
fischt. Man solle sie in eine *nette Anstalt* bringen, schreibt
die Huch.

Lydia Escher und Maler Stauffer. Verrückt geworden
aus Leidenschaft...

Man darf nicht zuviel leben, Mimi, das kann die geistige
Gesundheit kosten. Wo hast du diesen Seidenmantel ge-
kauft? Bei Grieder?

Ersatzparadiese an der Bahnhofstraße.

Scheinlebendige unterhalten sich über Scheintote.

Ein Fräulein steht im Walde, ganz still und stumm. Sie hat
vor lauter Ärger ein Mäntlein um. Sag wer...

Die Hügin.

Ist gerade dazugekommen, wie die Kempin, krebsrot im

Gesicht, unter einem Baum vor dem Ökonomiegebäude ein Messer vergraben hat. Sie hat es aus der Küche mitlaufen lassen nach dem Kartoffelschälen.

Und Dr. Wolff?

Hat die Kempin wie ein rohes Ei behandelt. Ist erst eine Weile unter der Tür gestanden, hat sich dann in die Nähe gesetzt, ist mit dem Stuhl immer näher gerückt, als sei da ein heißer Brei, und er könne sich die Finger verbrennen. Fragen dann, vorsichtig gehaucht, geblasen, als wolle er etwas abkühlen.

Warum sie es vergraben habe, das Messer?

Darauf unterdrückt die Kempin ein Lachen. Antwortet glucksend: ein Messer für alle Fälle.

Hat weitere Fragen einfach an sich ablaufen lassen, einen Frühlingsregen von sanften Wörtern.

Hinter ihrer Stirn haben sich die Gedanken gejagt. Mit einem Ruck setzt sie sich auf, schreit: Wenn Sie fragen, will ich zurückfragen. Wo haben Sie meinen Brief an die Zürcher Behörden eingeworfen?

Wolffs Blick ist unsicher geworden, richtet sich auf die kahlen Parkbäume vor dem Fenster: im Kasten neben dem Haupttor. Alle Briefe müssen im Büro des Direktors durch die Zensur, Vorschrift...

Sie sollten ihn aber in der Stadt einwerfen! Wollen Sie sich beliebt machen, in Kürze Direktor werden?

Geschrien hat sie das. Dann geseufzt. Schließlich wie versöhnlich gesagt: Gehen wir lieber zusammen ins Burghölzli.

Darauf Wolff: Die Anstalt in Zürich ist überfüllt, Frau Kempin. Man benötigt dort auch keine Ärzte.

Die Kempin am Nachmittag auf dem Parkweg. Auf und ab auf diesen weißen, mit Kies bestreuten verschlungenen Linien, die vorgeben, das Areal sei weitläufig, ein Paradiesgarten.

Dr. Wille hat sie angehalten: Ob ihr nicht kühl sei? Es riecht nach Erde, hat sie verhalten gesagt, vielsagend gelächelt.

Lichtblicke.

Auf der Vortragsreise durch Deutschland beobachten, wie die Saat der Frauenbewegung aufgeht.

In Berlin war Helene Lange der längst geplante Coup geglückt: Sie hatte ihre Realklassen in ein Gymnasium verwandeln können.

Auch in Leipzig stand man kurz vor der Eröffnung eines Mädchengymnasiums, obwohl der Nervenarzt Möbius dort das Klima vergiftete mit der These, Frauen seien – so habe die Natur sie vorgesehen! – schwachsinnig. Das durchschnittliche Hirngewicht der Frau niedriger als das eines männlichen Idioten.

Weibliche Intelligenz ein Zeichen von Entartung. Möbius plante seine verstreuten Aufsätze herauszugeben unter dem Titel ›Über den physiologischen Schwachsinn des Weibes‹.

Emily sprach in München und auf dem Frauenkongreß in Nürnberg.

Ihre Lieblingsstadt Dresden hatte sie sich für den Schluß aufgehoben.

Vor zwei Jahren hatte sie das erste Mal in Dresden gesprochen, eingeladen hatte sie Marie Stritt. Marie, in Emilys Alter, verfügte über eine komödiantische Art, aus Anlässen ein Ereignis zu machen. Wie eine Zirkusdirektorin hat sie einen Riecher für Talente, Emily soll ihre Kunststücke zeigen, nein, nicht nur an einem Abend, ein ganzer Zyklus über Frauenrecht bitte. Die Menschen sind ausgehungert nach allem, was ihnen Rechte und Freiheit verspricht.

Die Stritt hatte Emilys ersten Vortrag knapp nach Ankunft des Zuges angesetzt, kurz vor Dresden vertauschte die Referentin im Waschraum das zerknitterte Kleid mit einem gut geschneiderten Kostüm: die Frauenbewegung soll nicht in Sack und Asche gehen.

Marie Stritt lachend am Bahnhof. Die hübsche Dunkelhaarige, ehemalige Schauspielerin, erregte Aufsehen mit der stürmischen Art, wie sie ihre Kollegin umarmte, sie durch die Halle zog: Die Droschke wartet schon. Der Saal bis auf den letzten Platz besetzt. Die Stritt hielt eine launige Einführung. Wo sie den Mund aufmacht, hört alles gebannt zu, im Frühjahr hat sie in Berlin ihren Vortrag ›Die Frau, die auszog, die Logik zu suchen‹ zweimal halten müssen. Auch jetzt Sätze, mit Schwung vorgebracht, die dem Abend zum voreherein alles Trockene nehmen: Da ist sie wieder, unsere *erste deutsche Juristin*. Aus der Schweiz, flüstert jemand, aber der Stritt kommt es nicht auf Kleinigkeiten an, noch bilden die Frauen der Bewegung eine einzige Nation.

Aufbruchstimmung. Der Boden gepflügt, begierig, Emilys Lieblingsidee der Rechtsschutzvereine aufzunehmen.

Ein Büro für unentgeltliche Rechtsauskünfte, wie es auf Emilys Anregung hin vor kurzem in Zürich eröffnet wurde.

Vergißt man die mittellosen Frauen, sagt sie, so taugt die ganze Frauenbefreiung nichts.

Sie führt das Beispiel der ersten Medizinerinnen an: die Klinik der Berliner Ärztinnen Dr. Franziska Tiburtius, Dr. Emilie Lehmus und Dr. Agnes Blum. Dort wurden in den Jahren 1877 bis 1892 unentgeltlich 17000 Patientinnen behandelt!

Dresden, ein besonders fruchtbarer Boden. Im Nu werden sich die ersten Zellen vermehren, Rechtsstellen bald in ganz Deutschland bestehen... Die Idee zündet. Die Ortsgruppe Dresden des Allgemeinen Deutschen Frauenvereins gründet ein Institut, *in welchem Frauen und Mädchen jeder Klasse der Bevölkerung in Rechtsfällen unentgeltlich Rat und Auskunft erteilt wird.*

Die als zwanglos angekündigten Zusammenkünfte des Dresdner Frauenvereins finden im »italienischen Dörfchen« statt, im Roten Saal von Helbig's Restaurant.

Die Abende, von Marie Stritt und Adele Gamper geleitet, verlaufen lebhaft wie in kaum einer anderen Ortsgruppe. Nach den Verhandlungen wird getafelt.

Auf den Gesichtern der Widerschein der rot bespannten Wände.

Zigarettenrauch umkringelt den Lockenkopf der Gamper, der sizilianische Kellner soll nochmals Wein bringen.

Eine Zigeunerin betritt das Lokal, der Wirt duldet, daß sie von Tisch zu Tisch geht und aus der Hand liest. Marie Stritt läßt sich ein langes Leben voraussagen.

Und ich?

Die Zigeunerin faßt nach Emilys Händen, kindlich klein sind sie, wenige, fast unsichtbare Linien, die Fingerspitzen bleiben kühl, als berührten sie Schnee.

Die Herzlinie zum Daumen hin doppelt gezogen: Ein Mann geht, ein neuer kommt.

Röte schießt in Emilys Wangen.

Die Stritt, die brennende Zigarette zwischen den Fingern, klatscht, Scherzworte fliegen über den Tisch.

Und dann? Emily fragt es atemlos.

Die Zigeunerin starrt immer noch auf die zwei hellen, von winzigen Schweißtropfen glänzenden Muscheln. Schweigt.

Läßt, statt einer Antwort, Emilys Hände sinken.

Das ›Frauenrecht‹, alle vierzehn Tage als Beilage in der ›Züricher Post‹, findet Beachtung. Emily entdeckt, daß die Arbeit am Schreibtisch ihr auch ganz persönlich etwas bringt: schreibend kreist sie sich ein, erlöst sich in der Mitte.

Sie gewinnt an Festigkeit in ihrem Auftreten. Als einzige Frau nimmt sie im September 1894 in Basel am Juristentag teil. Eugen Huber, Redaktor des künftigen Schweizerischen Zivilgesetzbuches, bezeichnet in einem Referat die Güterverbindung als rechtlich beste Lösung zwischen Ehegatten. Emily Kempin weist seine Argumente zurück. Sie hat das 1893 in Paris erschienene ›Le droit des femmes‹ ins Deutsche übersetzt und tritt mit dem Autor Bridel vehement für Gütertrennung ein: *Die Frau ist immer im Nachteil in der Ehe ... Die Sicherungsmittel, welche Professor Huber vorschlägt, sind nur gut auf dem Papier;*

wenn die Frau von ihnen Gebrauch machen will, so ist es mit dem friedlichen Einvernehmen aus... Es muß ein Güterstand gewählt werden, der die Frau in der Defensive läßt.

Später am Kongreß der Internationalen Kriminalistischen Vereinigung in Bern.

Zum Abschluß der Tagung machen die Teilnehmer unter Leitung von Bundesrat Ruchonet einen Ausflug ins Berner Oberland. Es ist ein strahlender Tag, die Stimmung beschwingt. Emily auf der Terrasse des »Thunerhof« die einzige Frau unter festtäglich gelockerten Männern, eine Novella.

Man fordert sie zum Sprechen auf.

Emily, hervorgezaubert aus Männeraugen.

Ihre Sätze gewinnen an Leichtigkeit, steigen auf. Sie hält sich an einem dieser Ballone fest, schwebt, umflossen von Blau.

Die in Bern erscheinende Zeitung ›Bund‹ hält diese Sternstunde fest:

Sie sprach mit Begeisterung, nicht wie eine Frauenrechtlerin gewöhnlich spricht, sondern frei von Phrasen und Deklamation. Und einmütig sagten die Männer unter sich... »Das war eine ausgezeichnete Rede, die Kempin ist eine bedeutende Frau«.

Lichte Augenblicke, in denen alles gelingt.

Die Flucht ist geglückt.

Sie hat nachts die verriegelte Zimmertür öffnen können, ohne das Messer, ja ohne dieses Messer, das man ihr aus ihrem Versteck gestohlen hat.

Sie hat es mit Hilfe eines krummen Nagels geschafft. Daß sich die alten Schlösser der Friedmatt mit einem Nagel öffnen lassen, hat sie aus einem Gespräch der Kartenspieler im Salon der Privatpatienten erfahren. Genau hat sie mitgehört, alle Einzelheiten sich eingeprägt, während sie getan hat, als schriebe sie an einem Brief.

Dr. Wille hatte am Vortag von *häufigen Entweichungen* gesprochen, den Insassen ins Gewissen geredet: Er führe eine Anstalt und kein Gefängnis, verzichte auf moderne Türschlösser und Sicherungen.

Es ist vier Uhr in der Frühe, milchige Helligkeit zeichnet sich am Horizont ab, sie ist auf dem Weg zum Bahnhof.

Fort aus der Friedmatt, aus dem Netz der eigenen Gespinste.

Eine Fahrkarte kaufen, nach Zürich oder St. Gallen reisen, wo Curti jetzt wohnt. Später, wenn sie sich genügend Geld erbettelt hat, weiter nach London, New York, Berlin.

Leuchtende Städtebilder, die im Rhythmus der Schritte entstehen, versprühen.

Sie ist inwendig illuminiert.

Erwache, hat die Erde zu ihr gesagt. Neulich, als sie das Messer vergraben hat unter dem Baum.

Gewühlt hat sie mit bloßen Händen, bis die Haut um das Nagelbett aufgerissen und blutig geworden ist.

Dieser aufreizende Erdgeruch, pilzig, frühlingstoll.

Er hat sie betäubt, gierig gemacht auf dieses Leben, das unter Baumwurzeln und Schneekrusten klammheimlich seinen Widerstand organisiert.

Die erdverschmutzten Hände, die Nägel mit den Trauerrändern unter der Bettdecke verstecken. Immer wieder daran schnuppern, wittern. Sich am Geruch der Hoffnung berauschen. Bis Clarissa Rosa dahinter gekommen ist und die Decke mit einem Aufschrei gelüftet hat: Pfui, Frau Dr. Kempin!

Pfui dem Leben, das sich nicht einsperren läßt.

Sie lacht glucksend. Versucht, weniger fest aufzutreten. Ihre Schuhe klappern bei jedem Schritt, die Absätze malträtieren das Pflaster. Das hallt durch die neblige, milchige Luft, scheucht Krähen auf vom leeren Feld.

Die ersten Häusergruppen.

Schneeiger Hauch dringt aus den Mauern.

Das hat sie nicht bedacht: Daß es frühmorgens noch kühl ist.

Sie trägt nur einen Unterrock unter dem Mantel, die Ausgehkleider liegen in der Anstalt unter Verschluß. Auch aus der Anstalt in Lankwitz ist sie in dieser Aufmachung geflohen, Ende Februar, quer durch den Wald, drei Stunden Fußmarsch bis nach Berlin. Im Unterrock durch die Allee Unter den Linden. Wachen sind ihr entgegengekommen, einer mit Troddeln an den Schultern, gewichsten Stiefeln hat sie erkannt, hat schlaftrunken gegrüßt: Tag, Frau Kempin. Im Zwielicht ist sie an ihrem Haus vorbeigegangen. Unter den Linden Nummer 40. Die Messingtafel mit der Aufschrift: Dr. Emily Kempin.

Englisch-Amerikanisches Rechtsbüro.

An die Friedrichstraße dann zur Jerusalem-Kirche, zu Professor von Soden. Der Pfarrer und seine Frau beim Frühstück. Man hat ihr Kaffee eingegossen. Ihren Protest angehört: Schluß mit Lankwitz. Wenn schon ins Irrenhaus, dann ins Burghölzli nach Zürich. Lieber aber die Freiheit, nur brauche sie einen finanziellen Vorschuß…

Für die Freiheit sei es noch zu früh, hatten am Nachmittag Pfarrer und Arzt entschieden, nach dem schweren Nervenzusammenbruch gönne man ihr noch eine längere Erholungszeit…

Zürich? Mal sehen, was man tun könne.

Schließlich hat man sie nach Basel gebracht, nur eine Zwischenstation, hat man ihr versprochen. Hier müsse sie abwarten, bis im Burghölzli ein Platz freiwerde.

Anderthalb Jahre später zeigt Zürich noch immer die kalte Schulter.

Genieren sich vielleicht die feinen Verwandten, wenn Emily Kempin-Spyri statt zur Universität ins Burghölzli geht?

Pferdegetrappel, Karrenlärm.

Sie erschrickt, duckt sich in den Schatten einer Tür. Alles vorbei schon wie ein Spuk. Ein Hund schlägt an.

Sie schreitet kräftiger aus.

In ihrem Unterleib dieser ziehende Schmerz, den hat sie auf der Flucht nach Berlin noch nicht gespürt.

Schon wieder das Geräusch eines sich nähernden Wagens.

Sie geht schnell, den Kopf gesenkt, wie durch Widerstand.

Der Wagen hält ruckartig an, zwei Männer in weißen Kitteln springen vom Trittbrett, zerren die Frau an ihren dünn gewordenen Handgelenken. Kaum ist sie im Wagen, wendet der Kutscher, der Gaul fällt in Trab.

Das Straßenband, das sie mühsam Schritt für Schritt erobert hat, schnurrt zurück.

Das Tor der Friedmatt. Licht geht an. Pfützen von trüber Helligkeit auf dem Pflaster des Vorplatzes. Der Direktor steht unter dem Bogen, die Augen klagen an, durchdringen sie.

Sie spürt: Es ist nicht Dr. Wille, es ist Vaters Wille, der sie durch diesen Blick straft, sie erbeben läßt bis ins Mark.

Vater, du hast mich mit deinem Blick heruntergeholt.

Lange hattest du mich aus den Augen verloren, dann hast du mich entdeckt, hoch oben, ein Punkt zwischen Vogelschwärmen. Du standest da, den Kopf im Nacken, starrtest hinauf.

Zorn über meine Vermessenheit: Wie eine Lanze traf mich dein Blick.

Ich taumelte, stürzte kopfvoran durch quirlige Luftmassen von Himmelsstufe zu Himmelsstufe und sah, auf der Höhe der Vorhölle, Zürich mir entgegenfliegen mit seinen Häusern am See, dem Wissenstempel, dem Irrenpalazzo, komm, riefen sie, die Vaterstadt wartet, und ich raste auf sie zu, bereit zur Umarmung.

Im Februar 1895 wurde Emily auf dem Weg zur Universität von einer ihr wildfremden Person angehalten.

Sie teilte ihr mit, Vater Spyri gehe es schlecht, er leide an Herzanfällen.

Bei der Beerdigung ihrer Mutter hatte sie den Vater zum letzten Mal gesehen, ihre Besuche, so hatte er ihr bestellen lassen, seien unerwünscht.

Auch die Tatsache, daß sie Privatdozentin geworden war, hatte ihn nicht umgestimmt.

Jetzt wollte sie zu ihm.

Mit Agnes ging sie an die Escherstraße.

Auf ihr Läuten hin blieb es still im Haus, erst nach einer Weile öffnete sich über ihrem Kopf ein Fensterflügel.

Ihre Schwester Maria Karolina schaute heraus.

Ich möchte zu Vater, rief Emily mit gepreßter Stimme, Angst saß ihr wie ein Kloß im Hals. Neben ihr senkte Agnes die Hand mit dem schon zum Gruß erhobenen Blumensträußchen.

Er hat heute früh einen Anfall gehabt... kam es von oben. Wenn er dich sieht, erregt er sich, das kann ihn das Leben kosten.

Der Fensterflügel schloß sich wieder.

Emily stand immer noch da, Schmerz und Zorn kämpften in ihr.

Da trat Tante Johanna Spyri aus der Haustür, Emily hatte gehört, daß sie oft ihren kranken Schwager besuche.

Tante Johanna...

Die Spyri hob ihr Gesicht, das faltig und grau geworden war, nur die Augen, die erstaunt auf Emily blickten, waren jung geblieben.

Sie erkannte die Nichte, die sie jahrelang nicht gesehen hatte. Geh nicht hinauf, stieß sie mit ungewöhnlicher Heftigkeit hervor. Karolina hat es dir doch gesagt: Er hat einen Anfall gehabt.

Sie blickte auf das hochaufgeschossene Mädchen an Emilys Seite, hielt es für Gertrud, Agnes war ja noch bei ihrem letzten Besuch – acht Jahre war es her – auf ihrem Schoß gesessen.

Nach kurzem Abschiedsgruß ging Johanna durch den Vorgarten, vor dem eine Mietdroschke wartete, der Kutscher schaute sich ungeduldig nach ihr um.

Emily drehte am Türknopf, die Verriegelung war nicht vorgeschoben. Behutsam, fast lautlos, stieg sie mit Agnes die Treppe hinauf.

Im oberen Flur begegnete sie Möbeln aus ihrer Kindheit, dem Schrank aus Eichenholz, mit der Hand strich sie über die Schnitzereien. Da hing auch noch das Bild vom Tunnelbauer Isambart, dem Eisenkopf, seine stahlblauen Augen fixierten einen Punkt im Halbdämmer des Gangs, als hätte ihn die Zeit vergessen.

Die Türe zum Wohnzimmer stand offen. Vater saß aufrecht im Lehnstuhl, er war eingenickt, ein Koloß aus schlaffem Fleisch; die eine Hand hing wachsweiß, wie muskellos, herab, die andere war auf die Brust gelegt, als wollte sie einen Schmerz stillen. Der Kopf war zur Seite gefallen. Durch den offenen Mund quälte sich ein langgezogenes, unregelmäßiges Röcheln, es kam und ging, kam und ging, während Emily mit ihrer Tochter, die immer noch das Sträußchen in der Hand hielt, auf der Schwelle stand, unfähig sich zu rühren. Im Bannkreis des Zauberers.

Agnes zog die Mutter am Arm und gab ihr mit einem beschwörenden Blick zu bedeuten, daß sie sich fürchtete und gehen wollte.

Emily schaute noch einmal hin und fand die Kraft, sich umzudrehen. Diebisch leissohlig, ungesehen, wie sie gekommen waren, verließen sie das Vaterhaus.

Da lag er, der kranke Koloß in ihrem gemeinsamen Zürich, widerstand noch monatelang seiner Krankheit, während unter Emily der Boden immer mehr zu wanken begann.

Die Bürogemeinschaft mit Walter hatte sie wegen Unstimmigkeiten aufgegeben. Zu dem privaten Rechtskurs waren anstatt der fünf erwarteten gleich fünfundzwanzig Schüler gekommen; sie verstopften die viel zu engen Räume an der Bahnhofstraße, so daß nicht an einen geregelten Unterricht zu denken war. Ihre Bitte um ein Zimmer in einem der städtischen Schulhäuser wurde abgelehnt, weil sie gezwungen war, ein kleines Entgelt zu fordern, das war gegen das erziehungsrätliche Prinzip.

So flog die private Rechtsschule auf.

Zum Glück blieben ein paar Unterrichtsstunden an der Handelsklasse der Höheren Töchterschule: Handels- und Wechselrecht. Auch für zwölf öffentliche Vorträge im Winter 94/95 an dieser Schule spricht sich die Aufsichtsbehörde *sehr anerkennend* aus und zahlt das respektable Honorar von 250 Franken.

Noch immer wartete sie – nun schon das dritte Jahr – auf den Entscheid der Behörden, der es ihr als Frau gestattet hätte, sich als Anwältin niederzulassen. Curti hatte Zürich verlassen, die Herausgabe der ›Züricher Post‹ eingestellt. In seinem Heimatkanton St. Gallen wurde er Regierungsrat und legte den Grundstein für die Handelshochschule, nach der Jahrhundertwende berief man ihn nochmals nach Frankfurt, wo er Direktor der ›Frankfurter Allgemeinen Zeitung‹ wurde.

Ein günstiger Entscheid über die Motion Curti hätte all ihre Brotsorgen vertrieben, mehr als je benötigten die Kempins jetzt, da die Kinder in der Ausbildung standen, regelmäßige Einkünfte. Daß Curti Zürich verlassen hatte, sah Emily als schlechtes Omen an, sie vermißte ihn, den Freund bewegter Frauen, gerade jetzt hätte sie seine Protektion gebraucht.

Da tat sich eine von Emily schon lange herbeigesehnte Möglichkeit auf: an der Fakultät wurden zwei Plätze im Olymp der Ordinarien frei, die Herren Fick und Treichler hatten sie bis zum Alter von 73 Jahren besetzt gehalten.

Jetzt muß es gelingen. Vom Honorar als Privatdozentin läßt sich weder leben noch sterben, bekommt sie den

Lehrstuhl, fließt ihr jeden Monat, wieviel Hörer sich auch bei ihr einschreiben, ein Gehalt zu.

Sie gibt zu verstehen, daß sie auf einen dieser freiwerdenden Lehrstühle reflektiert. Die Fakultät aber gibt zu verstehen, daß sie zwei andere Kandidaten, nämlich die Privatdozenten Hitzig und Fleiner, bevorzugt.

Zwei der hervorragendsten Vertreter der zeitgenössischen Rechtswissenschaft, heißt es. Nie waren diese Senkrechtstarter auf Umwege angewiesen, nie sah man sie auf der Suche nach Kurslokalen, nie zwang man sie, mit läppischen Petitionen Stufe um Stufe zu erklimmen und am anderen Ende der Welt ohne Sprachkenntnisse und Beziehungen Leistungen zu erbringen.

Unverbrauchte junge Männer.

Da bleibt für Emily Kempin keine Chance, das muß man ihr gleich deutlich zu erkennen geben: in einer Mitteilung der Fakultät heißt es, man erachte *die Qualifikation der Frau Dr. Kempin für die Abhaltung eines Praktikums über den Züricher Zivilprozeß im Seminar für nicht nachgewiesen.*

Eine Unruhe erfaßt sie.

Dumpf spürt sie, daß ihr wenig Zeit bleibt.

Im Mann muß auch der weibliche Teil
noch wirksam sein,
und eine Frau muß auch Umgang pflegen
mit dem Mann in sich
Virginia Woolf

Die Vorstellung, nachts in einem fahrenden Zug zu sitzen.

In rasender Geschwindigkeit fährt sie durch die Dunkelheit einem ihr unbekannten Ziel zu: Stazione Termi-
nus.

Der Zug hält nirgends, die Gegend erscheint lichtlos,
unbewohnt.

Das Trassee dieser Bahn ist in irgendeinem Büro, in einem Kopf geplant worden.

Hat mein Vater durch mein Leben Schienen gelegt, bewege ich mich, ohne es zu merken, schon die ganze Zeit
in einer von ihm vorgegebenen Richtung?

Wo soll ich ankommen, Vater?

So weit das Auge reicht, eine tödlich enge Spur.

Umzug von der Bahnhofstraße an die Fraumünsterstraße 8.
In der Nähe, im alten Fraumünsterschulhaus, befindet
sich die unentgeltliche Rechtsstelle.

Aber dieser Wechsel bringt wenig, ihre Ehe mit Walter
ist an einem toten Punkt angelangt. Beruflich gehen sie
jetzt ihre eigenen Wege. Walter, Advokat, arbeitet im
Büro nebenan. Der Erfolg ist gering, er versucht sich in
anderen Geschäften, scheitert, bittet die Ehefrau immer
wieder um Geld.

Da begegnet sie auf einer Abendgesellschaft am Zürichberg einem Lebendigen.

Er saß da, sprach kaum, war aber wie kein anderer anwesend mit einem hellen, alles durchschauenden Blick.

Nach dem Souper wechselte man vom Eßzimmer auf

die Terrasse. Ein lauer Juniabend. Man unterhielt sich in kleinen Gruppen, in Emilys Nähe kam die Rede auf das neueste Œuvre der Marholm: ›Das Buch der Frauen‹.

Was für ein Anspruch im Titel, kam es aus dem Halbdunkel.

Sie löst ihn aber ein, sagte der Fremde. Es sind treffende zeitpsychologische Portraits: *Femme fin de siècle*...

Die Gastgeberin stimmte ihm zu: Erstmals befaßt sich eine Autorin mit den Schwierigkeiten studierter Frauen. Das Portrait der Kowalewska, zum Beispiel, der ersten Professorin für Mathematik. Sie bekommt in Paris den Prix Bourdin und verliebt sich darauf wie ein gewöhnliches Weib. Das beschreibt sie trefflich, die Marholm.

Zu schwülstig für meinen Geschmack, kam es aus dem Hintergrund.

Haben Sie es schon gelesen, Frau Professor Kempin?

Emily verneint.

Flackerndes opalenes Licht auf den Gesichtern. Gerüche von Sommerflor.

Was die Zeitrichtung aus dem Weibe macht. Ein Leben mit vollem Dampf gelebt, zwecklos. Zerpflückt, zerstückelt.

Wie bitte?

Ich habe die Marholm zitiert.

Vom Geländer her, wo eine Gruppe Frauen steht, grelles, schnell abbrechendes Gelächter. Eine Schulterkugel blitzt auf.

Sich räkelnde Körper in knisterndem Taft.

Seidenbestrumpfte Beine.

Das Wesen der beiden Liebenden muß sich decken. Deckt es sich, so wird sich das Glück entfalten. Der Mann mit dem hellen Blick, den sie Mathieu Schwann nennen, sagt es zur Gastgeberin.

Sie hat ihn auf sein Buch angesprochen: ›Heinrich Emanuel‹. Es breche, so vermute sie, mit dem Moralkodex seines Herkunftlandes, die Gegend um Köln sei doch gewiß stockkatholisch?

Er nickt, lächelt spöttisch: Auch hier hat es schockiert, im stockprotestantischen Zürich…

Sie sind zu unverhohlen für das, was Sie das Recht der Liebe nennen.

Ich bin nur dagegen, daß man Verwesendes über Lebendiges setzt…

Er wirft Emily einen Blick zu. Sie errötet.

Drüben steht Walter bei einer Männergruppe, die laut über Börsenkurse spricht.

Ich bin nur gegen diese fürchterlich zufälligen Ehen.

Sie sollten ein Buch über Liebe schreiben.

Ich habe es vor. Es wird von Leidenschaft handeln und von der Auflösung dieser lächerlichen Zufälligkeit, die man heute Ehe nennt. Sie abzuschaffen ist eine Notwendigkeit der Zeit, sagt er leise, als spreche er zu sich selbst.

Er sucht wieder Emilys Augen, versucht diesen träumerisch verhangenen Blick irgendwo am Horizont abzuholen.

Lächelt dann verhalten. Läßt seinen Satz, der wie eine Bombe eingeschlagen ist, wirken.

Unruhe breitet sich unter den anwesenden Paaren aus. Verlegene Stille.

Ich will Ihnen etwas erzählen, unterbrach sie Mathieu Schwann: Da war eine Frau, die sang wundervoll, aber wenn sie sang, wurde es ihrem Mann unbehaglich. Während alle entzückt waren von der Stimme seiner Frau, verzog er sich ins Nebenzimmer. Er spürte: Sie richtete ihre Lieder nicht an ihn, sondern an das Unbekannte ihrer Sehnsucht. War das Paar allein zu Hause, sang sie nie. Aber sobald er fort war, eilte sie zum Flügel und sang und träumte, träumte und sang. Und das Unbekannte muß ihr eines Tages erschienen sein. Ihre Augen glänzten, ihr Wesen war wie verändert.

Sie verließ ihren Mann. Die ehrbare Welt aber schimpfte über die Frau und den schamlosen Ehebruch…

Mit Recht, sagte eine junge Frau mit hochgesteckter Frisur scharf.

Ihr Ehemann pflichtete bei: Sie sind Mann und Frau, sie haben sich zu tragen und zu ertragen.

Das heißt, der eine herrscht, und der andere wird zum Sklaven, wandte die Gastgeberin heftig ein.

Sie blickte in die Runde, aber niemand sagte etwas. In der Stille hörte man das dumpfe Geräusch eines Nachtfalters, der gegen das Glas der Lampe prallte.

Drüben löste sich der Gastgeber von der Börsengruppe.

Er kam zu seiner Frau herüber, setzte den Gesprächen mit einem Vorschlag ein Ende: Man wolle, nach Einbruch der Dunkelheit, ein Feuerwerk steigen lassen zu Ehren der Gastgeberin, deren Geburtstag sie feierten.

Zerstiebende Lichtchrysanthemen.

Regen aus Lichtteilchen.

Jeder Funke ein wahnwitzig gewordenes, selbständiges Ich.

Mathieu Schwann hatte Emily beim Abschied um ein Treffen gebeten: Er benötige in einer Angelegenheit ihren fachfraulichen Rat.

Sie sitzen im Büro an der Fraumünsterstraße einander gegenüber. Die Kempin hat die Verabredung auf die Randstunde gelegt, wenn in den Räumen des Geschäftshauses Ruhe einkehrt, Walter ist für Tage in einer Geschäftssache verreist.

Sie läßt Schwann am anderen Ende des Klageozeans Platz nehmen.

Während er spricht, fixiert sie die wolkigen Abdrücke seiner Finger auf dem dunkeln Lack. Sie gerät, wie durch einen Sog, in dieses Leben, stößt auf ihr nur allzu bekannte Muster: Existenzschwierigkeiten. Die gut situierten Eltern im Rheinland verweigern die Hilfe. Die Universität Zürich lehnt die Habilitation des »Privatgelehrten« Schwann ab. Er hält sich mit Publikationen, die sich mit historischen und wirtschaftlichen Aspekten von Landschaften befassen, über Wasser. Seine Frau lernt, um ihm finanziell unter die Arme zu greifen, einen Beruf. Damit habe, so deutet Schwann an, die Entfremdung zwischen den Ehepartnern begonnen...

Sie schaut ihn erstaunt an. Was denn seine Frau mache?

Sie sei Hebamme.

Nun ersuche er Emily Kempin in einer Erbschaftsangelegenheit um eine Expertise.

Sie verspricht, das Mögliche zu tun. Entläßt ihn in den Abend.

Aufgewühlt bleibt sie zurück.

Noch immer ist sie befangen im bläulichen Gespinst dieses Blicks. Wie viele Widerwärtigkeiten ihm das Leben auch gebracht hat, es geht von Mathieu Schwann eine Ruhe, eine vitale Kraft aus, die ihr abgeht.

In diesen fremden Augen erkennt sie sich selbst, sie erschrickt.

An Sommerabenden vertreibt sie den Schlaf mit Lektüre: das Portrait der Kowalewska.

Auf der Höhe ihres Ruhms hat sich die Mathematikerin zum Entsetzen ihrer Bewunderer in einen jüngeren Mann verliebt.

Sie liest auch Schwanns neuestes Buch, das jetzt als Neuerscheinung aus dem Fischer Verlag in den Schaufenstern der Buchhandlungen liegt. Im Gegensatz zu seinen früheren Publikationen ein romanhafter, persönlicher Bericht: ›Heinrich Emanuel, die Geschichte einer Jugend‹. Irgendwo im Rheinland sittenstreng erzogen, bekehrt er sich nach Umwegen zum Leben, entdeckt die Sinnlichkeit, die Liebe.

Sie sitzt nach der Lektüre lange da. Das Buch gleitet auf ihre Knie, der Blick ist auf ihre innere Landschaft gerichtet: ein Flußtal, verschüttet von Geröll. Regen und Schmelzwasser haben den Schutt von den Bergen heruntergebracht, die Gegend öd, menschenleer.

An einem dieser Abende schreibt sie Walter einen Brief: Sie will sich von ihm trennen.

Schwann kommt wieder, sie hat die von ihm gewünschten Erkundigungen eingezogen.

Das Gespräch wird bald persönlich. Schwann sagt offen, die Zeit sei gekommen, sich von seiner Frau zu trennen... Da sei nur noch Gewohntes, Bequemes: Wo keine Liebe mehr ist, flieht der Atem des Lebens.

Sie erschrickt über diese Koinzidenz. Redet er von ihr, wenn er von sich spricht?

Zuhörend löst sie sich auf: winzige, im Licht flimmernde Partikel, die in den Sog fremder Strömung geraten.

Sie schwebt, wolkengleich, über einer Lebenslandschaft: ein Fluß im Schatten noch nie gesehener Bäume. Häuser, eine Burg auf dem Hügel, alles beleuchtet von diesem bläulichen Licht, das von den Augen jenseits des Klageozeans kommt.

Als er gegangen ist, spaziert sie in der Dämmerung zum See. Der Schein einer Laterne schwankt auf dem Wasser, verzerrt ihr Spiegelbild.

Ein Gegen-Ich.

Da ist es, betrachtet mich, läßt mich nicht aus dem Auge.

Schattenschwester.

Hinter nächtlichen Uferbäumen machst du mir Zeichen. Unerlöst, stumm. Wer hat dich geschunden, gedemütigt, wer rettet dich, du mein abgespaltenes Ich?

Am Tag, bei nüchterner Stimmung, hält sie ihre Liebesgedanken ans Licht: Sie halten der Prüfung stand.

Mathieu Schwann, wenn auch ein paar Jahre jünger, so doch ihre Generation. Klug, eigenwillig, sensibel. Eine neuartige Beziehung kann da entstehen. Zwei einander ebenbürtige, gereifte Menschen.

Sie fühlt sich lebendig, wie neugeboren. Er hat an ihrem Klageozean über seine sexuellen Bedürfnisse geredet, das hat sie noch nie in dieser Offenheit gehört, es hat sie erregt. Sinnliche Vorstellungen: zwei Körper, umschlungen hinter dem Schilf der Welt. Das erste Menschenpaar.

Die Mauern der Friedmatt holen 51 Aren aus dem unermeßlichen Leben heraus.

Wie eine Kuchenform stechen die Mauern aus dem Himmel ein Stück Bläue.

Das Leben umstellt. Nur noch zu ertragen in kleinen, konzentrierten Portionen.

Wie bringt man dieses hungrige, maßlose Herz zum Schweigen.

Das Zimmer der Frau Kempin ist seit ihrer Flucht nun auch tagsüber abgeschlossen.

Es ist zu einer Friedmatt geworden innerhalb der Friedmatt.

Sie hat den Mut gehabt, Mathieu Schwann zu einem Nachtessen einzuladen. Ihre großgewordenen Kinder werden mithalten. Später wird Zeit sein für Zweisamkeit.

Eine neue Sinnlichkeit, die nach innen wächst, sich unter der Haut mit Wurzeln vernetzt.

Der Abend wird zur Katastrophe.

Während sich Emily am Tisch mit Mathieu unterhält, folgen seine Augen jeder Bewegung der neunzehnjährigen Gertrud, die aus der Küche die Speisen bringt.

Er erkundigt sich nach ihren Plänen. Hört sich mit unendlicher Geduld dieses kindliche Geplapper an. Manchmal bricht ein Satz jäh ab, erstickt in Gekicher. Sie hat sich die Hand vor den Mund geschlagen, als wolle sie sich dieses Lachen, das ihre Schulterblätter erbeben läßt, verbitten. Äugt ihn mit beweglichen dunklen Augen über die Fingerspitzen hinweg an. Er lacht, wenn sie lacht, schweigt, wenn sie schweigt. Verschlingt sie fast mit den Augen.

Emily sieht die Tochter plötzlich mit Mathieus Blick: Schlank ist sie geworden, biegsam, geschmeidig, das lange Haar schmeichelt ihr, die Augen, die rasch ihren Ausdruck wechseln, haben einen taufrischen Glanz.

Die Schule habe sie vorzeitig abgebrochen, die Lehre in einem Modeatelier befriedige sie nicht, erzählt sie.

Nun habe sie Lust, etwas anderes zu versuchen. Vielleicht in ein Hotel am Genfersee. Englisch habe sie ja in New York gelernt, nun verbessere sie ihr Französisch…

Die jüngeren Geschwister langweilen sich, verziehen sich auf ihre Zimmer. Mathieu ermuntert Gertrud, noch dazubleiben, eine Erwachsene unter Erwachsenen.

Sie fühlt sich geschmeichelt.

Bittet ihn, von seinem Roman zu erzählen, von dem ganz Zürich rede, ob er wirklich so sittenlos sei?

Schwann lacht. Sie müsse ihn lesen, dann selbst entscheiden. Nach der Lektüre erwarte er sie zu einem Gespräch…

Emily sieht zu, wie ihr die Tochter entwächst, wie sie Macht bekommt über Mathieu Schwann.

Gertrud schwärmt am Frühstückstisch von seinen unwahrscheinlich hellen Augen.

Auch der Bart gefalle ihr, so blond, ein dichter, kuscheliger Flaum.

Zwei Frauen unter demselben Dach lieben denselben Mann.

Die Tochter, wie geblendet, merkt nichts vom Schmerz, den sie ihrer Mutter zufügt. Während sie von ihrer Sehnsucht spricht, lehnt sie, wie früher als Kind, ihren Kopf an den Hals der Mutter. Emily ringt unter dieser Liebkosung nach Luft.

Tage später erzählte Gertrud, sie sei bei Schwanns gewesen. Sie schaute die Mutter an mit schwärmerischen Augen.

War seine Frau auch dort?

Nein.

Hat er dich geküßt?

O nein.

Die Hand auf deinen Arm gelegt?

Die Tochter erschrak über den fremden, lauernden Ausdruck im Gesicht der Mutter, jäh brach sie ab. Von weiteren Besuchen erfuhr Emily nur noch durch Zufall. Manchmal erriet sie es auch an der Betonung eines Wortes, an der mit Gedanken gefüllten Leere zwischen zwei Sätzen.

So entglitt ihr mit Schwann auch die Tochter. Sie kam sich leer vor, abgeerntet, ein Baum, der die Äste ausstreckt in Erwartung des Winters.

Den aufsteigenden Schmerz verbog Emily schnell zu Spott: Sie hat sich eben getäuscht. Er ist ein Spießer, begehrt ein Kindweib, keine ebenbürtige Frau. Ein Weibchen will er, das er formen kann wie Wachs, damit es ihm dient, ihn bewundert, ein possierliches Haustierchen, Eichkätzchen, Bettschätzchen.

Sie ist empört.

Das Buch ›Heinrich Emanuel‹ im Haus bald allgegenwärtig. Überall muß die Mutter sich danach bücken: im Flur, auf dem Sims neben dem Französisch-Lehrbuch. Am Morgen liegt es offen neben Gertruds ungemachtem Bett.

Sie hebt es auf, liest stirnrunzelnd die angestrichene Stelle: *Liebe ohne Sinnlichkeit ist keine Liebe mehr, sondern verschrobenes Geschwafel.*

Sie blättert, findet weiter hinten angestrichen: *Ein Mensch, der liebt, untersteht der Konsequenz der Gefühle. Er kann nicht sagen, an diesem oder jenem Punkt hörst du auf.*

Alles, was du willst, Liebling, sagte Adda zu ihrem Geliebten.

Emily ist alarmiert. Der Sinnesrausch, der sie eben noch ergriffen hat, soll nicht auf die Tochter überspringen. Sie ist erst neunzehn. Noch ein halbes Kind.

Eines Abends läßt sie Mathieu Schwann kommen. Sagt ihm klipp und klar, was sie denkt.

Sie warne ihn, die Naivität ihrer Tochter zu mißbrauchen.

Freie Liebe, die soll er sich aus dem Kopf schlagen. Nicht mit ihrer Tochter. Verstanden?

Frau Schwann beklagte sich in einem an Emily Kempin gerichteten Brief darüber, wie ihre Tochter, dieser Backfisch, ihren Mann anschmachte. Die Sache sei bis jetzt wohl noch harmlos, aber wenn es so weitergehe…

Ihre Tochter sei kein Backfisch. Sie werde an ihrem nächsten Geburtstag zwanzig, schreibt Emily würdevoll zurück. Frau Schwann müsse zusehen, wie sie mit ihren Eheproblemen fertig werde.

In Zürich wird geredet.

Die Dichterin Ricarda Huch gibt den Stadtklatsch an den ›Bund‹-Redaktor Viktor Widmann nach Bern weiter und überliefert ihn in diesem Briefwechsel der Nachwelt:

Nun will ich erzählen, was mir von Schwann erzählt wurde.

Er ist aus guter Familie (die Geschichte seiner Jugend ist in seinem Roman ›Heinrich Emanuel‹ nachzulesen, den Sie wahrscheinlich kennen), allerlei gewesen, ich glaube z. B. Apotheker, hat erst später studiert, aus Liebe geheiratet, seine Frau auch aus sehr guter Familie. Auf irgend welche Weise sind sie um ihr Geld gekommen (d. h. ich glaube, die Eltern haben ihnen nichts gegeben), kurz, er hätte etwas verdienen sollen, aber diese Beschäftigung mit Erdensorgen drückte ihn nieder, und seine Frau beschloß, sie ihm abzunehmen, indem sie sich in Zürich zur Hebamme ausbildet. (Man kann sich des Gedankens nicht enthalten, daß es vielleicht auch noch einen andern Beruf gegeben hätte.) Er wollte sich während der Zeit hier als Privatdozent der Geschichte habilitieren. Ihre Stellung in der Gesellschaft hier erschwert ihr Hebammentum etwas, aber man hat sich ihrer doch sehr freundlich angenommen. Große Praxis bekam sie nicht, dann fiel sie einmal des Nachts, als ihr Hauswirt, um sie zu ärgern, stark an der Glocke geläutet hatte, damit sie dächte, es ließe sie jemand rufen(!), und durch diesen Fall zog sie sich ein in-

neres Leiden und lange Krankheit zu. Er konnte aber das
Kranksein nicht vertragen, und darunter litt die Liebe. Da
wurden sie bekannt mit Frau Dr. Kempin, und Frau Dr.
Kempin verliebte sich in ihn (sagt das Gerücht) und be-
schloß ihn zu umgarnen, um ihn mit ihrer Tochter zu ver-
heiraten. Die Tochter ist nach allgemeiner Aussage nied-
lich, aber der minimste Backfisch, den man sich denken
kann, ganz kindisch. Dafür spricht, daß sie z. B. zum
Dienstmädchen von Schwanns gesagt haben soll: Ach,
wenn ich nur wüßte, wie ich es anstellen soll, um von Dr.
Schwann einen Kuß zu bekommen. Die Einzelheiten habe
ich vergessen, kurz die Frau fing bald an zwischen Zwei-
feln und Selbstmordgedanken zu schweben, die sie nie
ausführte, schließlich kam es zu allgemeiner Aussprache
und Erklärung. Frau Dr. Kempin soll an Frau Schwann
geschrieben haben: »Mein Kind lechzt nach Liebe; es
hätte Milan betreffen können oder Wedekind, aber nun ist
es Ihr Mann. Das ist nun einmal so, und Sie müssen sich
hineinfinden, u. s. w.«
Ihr Mann schrieb ihr, es wäre wahr, er liebe die kleine
Kempin (...) es schwebte ihm offenbar als interessanter,
neuer und dichterischer vor, wenn alles innerhalb der
freien Liebe vor sich ginge. Aber ich glaube kaum, daß
Frau Dr. Kempin sich darauf eingelassen hätte, Frau Dr.
Kempin ist dann nach Berlin übergesiedelt...

Eine Weile fort aus Zürich. Aus diesem beruflichen und persönlichen Engpaß.

Emily Kempin bittet in einem Schreiben an die Fakultät für das Wintersemester 95/96 um Urlaub.

In einer geschäftlichen Angelegenheit müsse sie nach Berlin, später vielleicht in derselben Sache nach Nordamerika. Auch das Sommersemester 96 werde sie vermutlich nicht halten können.

An der Höheren Töchterschule, wo sie ebenfalls um Urlaub eingibt, ist schon ein Ersatz bereit: die eben zum Dr. jur. promovierte Anna Mackenroth. Die Danzigerin folgt als Angestellte im Rechtsbüro Meili der Spur ihrer Lehrerin Dr. Kempin. Sie wird in Zürich bleiben und den Ruhm, erste Juristin Deutschlands zu sein, Anita Augspurg überlassen, die drei Jahre später, 1897, ihr Doktorexamen macht.

Berlin 1896.

Sie hat sich nach Atemluft gesehnt.

Wind streicht vom flachen Land her durch die Alleen und über die Plätze.

Straßen, Gebäude, zu groß im Anspruch. Plätze, zu weit, zu offen unter einem kreidigen Himmel. Sie wohnt, dank ihrer Beziehungen zum Schrader-Kreis, an bester Adresse: Unter den Linden 40.

In der Nähe die Akademie, das Schloß, die Universität. Prunkgebäude mit Flachdächern, auf denen steinerne Figuren in den von keinem Hügel begrenzten Himmel ragen.

Zu Stein erstarrte Gesten.

Von ihrem Bürofenster aus sieht sie auf die Linden hinunter.

In der Allee spazieren Kindermädchen mit ihren Schützlingen, die Mägde aus dem Spreetal tragen rote kurze Röcke, knallbunte Hauben und haben einen abwesenden, frühlingssüchtigen Blick.

Gegen Mittag füllt sich die Fahrstraße mit Leben: Börsenmakler in ihren Droschken, Familienlandauer, ein Pferdewagen voller Schulmädchen, die zu einem Landausflug fahren, Stallknechte zu Pferde und immer wieder Offiziere, vor denen die Wachen am Schloß salutieren.

Berlin ist in diesem Frühjahr voller Bewegung.

Der zweite Entwurf des neuen Bürgerlichen Gesetzbuches ist fertig, Wind fährt durch die Blätter, Paragraphen wirbeln auf. Die Frauen fühlen sich übergangen. Minna Cauer mit ihrem Verein »Frauenwohl« ruft zum Widerstand auf, in Scharen strömen die Frauen zu einer Kundgebung in den Konzerthaussaal, ein *Frauenlandsturm*,

Emotionen streichen über die Gesichter, Wind bauscht die Röcke.

Die Frauenbewegung hat sich verändert.

Helene Lange hatte der Kempin auf einem Spaziergang zum Charlottenburger Schloßgarten davon berichtet. Aus den Anfängen der achtziger Jahre, der organisierten Mütterlichkeit, ist Agitation geworden.

Langsamen Bewußtseinswandel hat die Lange angestrebt, jetzt wird sie von radikalen Frauengruppen überholt, nicht mehr die Verschiedenheit der Geschlechter, die Gleichheit wird betont.

Die Zeit kann nicht stillstehen, sagte Helene Lange versöhnlich. Sie arbeitet auch für uns. Die ersten sechs Schülerinnen meines Gymnasiums haben vor Ostern ihr Abitur gemacht, die ersten Abiturientinnen Deutschlands!

Aber noch werden sie an keiner Universität zur Immatrikulation oder zu staatlichen Prüfungen zugelassen!

Mit Helene Lange besuchte Emily Kempin eine Versammlung des neu gegründeten »Bundes Deutscher Frauenvereine«. Ein Dachverband gemäßigter und radikaler Gruppierungen, nur die proletarischen Frauen hielten aus verschiedenen Gründen Distanz.

Emily sah die Veränderung mit einem Blick: Bei ihrem ersten Berlin-Besuch war sie mütterlichen Frauen begegnet, meist Lehrerinnen oder Kindergärtnerinnen, die Versammlungen wurden bei Kaffee und Kuchen eröffnet, später wurde ernsthaft gearbeitet, die gemeinsame Ausrichtung hatte die unterschiedlichsten Frauen verbunden.

Jetzt schon äußerlich eine buntere Szene: Frauen in großbürgerlichen Roben, Angestellte in Baumwollröcken, Exzentrische in wallenden Reformkleidern, die nackten Füße in Sandalen. Bekannte Gesichter darunter. Emily schüttelte Hände. Da war die alt vertraute Marie Stritt, jetzt spielte sie im Dachverband eine führende Rolle. Die lange Nase, die roten Bäckchen der Anita Augspurg. Im Sommersemester 94 hatte sie in Zürich das Kolleg der Kempin über Englische Rechtsgeschichte besucht.

Sie habe vor, im nächsten Jahr abzuschließen, sagte die Augspurg, und Emily überlegte: Zehn Jahre nach meinem Doktorat wird sie die erste deutsche Juristin werden, ich wünschte, es wäre umgekehrt, ich hätte in ihrem Fahrtwind segeln können.

Früher hatte man sich bei den Versammlungen irgendwo hingesetzt, jetzt spielte man Parlament, radikale Gruppierungen stürmten in den Saal, um die Plätze auf der linken Seite einzunehmen. Wie in der Wirtschaft hatten sich die Frauen spezialisiert, als erste erhielt die Expertin der Sittlichkeitsbewegung, Hanna Biber-Böhm, das Wort. Die Augspurg, die neben Emily Kempin saß, flüsterte ihr zu, sie möge diese Sittlichkeitstante nicht. Die rede sich die Nasenspitze rot. Stehe da in ihrer selbstgehäkelten Bluse, rede über Prostitution und Perversion in einem naiven Plauderton, als habe sie diese empörenden Dinge in ihrem Nähkästchen verwahrt.

Die Cauer griff in einer Propagandarede für das Frauenstimmrecht die Lange an: zu langmütig, zu gemäßigt. Es gelte jetzt auch für den »Allgemeinen Deutschen Frauenverband«, keine Kompromisse mehr einzugehen.

Aus dem gemäßigten Lager kam der Vorwurf, schwierige Zusammenhänge würden von den Radikalen in ein paar Schlagworte gepreßt. Das gelte vor allem für die juristische Polemik der Raschke, das sei keine Information, nur Agitation.

Marie Stritt, Mitglied der Rechtskommission des Bundes, wollte diesen Vorwurf nicht auf sich sitzen lassen. Sie verlangte eine Diskussion über das Bürgerliche Gesetzbuch und bat Emily Kempin, die einzige ausgebildete Juristin im Saal, Stellung zu nehmen. Ihre Broschüre ›Die Rechtsstellung der Frau nach den zur Zeit in Deutschland gültigen Gesetzesbestimmungen‹ sei wohl allen bekannt?

Die Schrift ist zu trocken, warf Sera Proelß, eine der Rechtsabgeordneten des Verbandes, ein.

Auguste Schmidt, Redaktorin der ›Neuen Bahnen‹, protestierte. Das Buch sei nicht als Agitationsschrift gedacht.

Sie empfehle es als Standardwerk für die Rechtsschutzkommission. Es sei klar, verständlich, gründlich, übersichtlich.

Man erwartete jetzt die Stellungnahme der Kempin. Sie betonte, inhaltlich wäre am Bürgerlichen Gesetzbuch noch manches zu verändern. Bedauerlich, daß die von ihr empfohlene Gütertrennung nicht als gesetzliches Güterrecht verankert worden sei. Doch warne sie davor, das Kind mit dem Bad auszuschütten. Gewisse Neuerungen im Güterrecht zeigten erst in der Gerichtspraxis den versteckten Pferdefuß. Gesetze, deren Vorteile man nicht kenne, könnten einem zum Nachteil geraten, die Frauen sollten sich besser über ihre Rechte informieren. Lebenserfahrung und Praxis ließen sie an das Gesetzbuch Forderungen stellen, die von den Frauenverbänden kaum beachtet worden seien: Erbregelungen zum Beispiel.

Sie holte zu einer längeren Erläuterung aus, im Saal entstand Unruhe. Sie sprach zu sehr als Juristin. Kein Grundsatzreferat war jetzt gefragt, man verlangte Schlagworte, Agitation. Das schmerzte: an einem anderen Punkt angelangt zu sein. Zu spüren: jede Lebenszeit bringt etwas anderes.

Nicht Emily Kempin als Person war gefragt, ihre Erfahrung als Einzelkämpferin, ihre Wenn und Aber. Zur Gruppe hätte sie sich schlagen sollen, es war die Zeit des Zusammenschlusses, gemeinsam im Rudel drang man ins Offene vor.

Sie begann das Licht der Öffentlichkeit zu fliehen. Am Internationalen Frauenkongreß, den Lina Morgenstern im September zusammenrief, hielt sie keines der Hauptreferate. Den Reden war zu kurze Zeit zugemessen, die juristischen Ansprachen empfand sie als dilettantisch und plakativ. Sie war jedoch, wie sie später in einem Artikel schrieb, hingerissen von der Aufbruchstimmung der Frauen, die den stickigen Saal täglich bis zum letzten Platz füllten, hellwach noch am siebten Tag, nach der hundertsten Rede.

Noch einmal mobilisierte sie alle Kräfte zum Überleben.

Ihre Kinder waren zu ihr nach Berlin gezogen, nur Gertrud wohnte, um ihre Lehre abzuschließen, bei ihrem Vater in Zürich. Robert hatte schon in Zürich das Gymnasium abgebrochen; gegen ein Entgelt nahm ihn schließlich ein Buchdrucker in die Lehre. Der Meister, der seinen kleinen, aber feinen Betrieb Unter den Linden hatte, war sich seiner Würde als Hoflieferant von Drucksachen bewußt, die wichtigeren Entscheidungen überließ er allerdings seiner bigotten Frau. Monat für Monat mußte Emily nun das Lehrgeld und die teure Miete für die Büroräume aufbringen. Im Freundeskreis der Schraders, zu dem auch die Kaiserin Friedrich gehörte, gab es Menschen, die diesen stillen Kampf bemerkten: Von Soden, Theologieprofessor an der Universität und Pfarrer an der Jerusalemkirche, verhalf Emily Kempin zu Vorlesungen an der Lessing-Hochschule und an der Humboldt-Akademie.

Dieser Schmerz, so viele Schritte zu setzen und doch wie genarrt im Kreis zu gehen.

Die Grelle der Tage. Lichtpfeile drangen in ihre Poren, ihre Haut war dünn geworden, verletzlich. Die vielen Augen, fragend, wachsam auf sie gerichtet, dörrten sie aus.

Abends hatte sie keine Kraft mehr, sich Menschen auszusetzen. Am Schreibtisch, zwischen Manuskripten und Büchern, fühlte sie sich geschützt. Da saß sie in der Kühle der Nacht, eine Eidechse zwischen Steinen. Ihre Artikel über Frauenfragen und juristische Grenzbereiche waren begehrt, Zeitschriften wie ›Zukunft‹, ›Grenzboten‹, die ›Deutsche Juristenzeitung‹ warben um sie. Tinte war ihr zu Blut geworden, schillernd, nachtfarben zog sie eine Spur durch die Einsamkeit der Stunden. Sie schrieb oft, bis die Morgendämmerung im Fenster lag.

Vor Büroöffnung blieb ihr gerade noch Zeit, über dem Ausguß das Gesicht zu kühlen, beim Abtrocknen stellte sie im Spiegel fest, wie schmal und hart ihr Mund geworden war, als habe sie die Zähne zusammengebissen, damit nicht der Sand, der diese flache Gegend bedeckte, ihr in den Mund geriet.

Ein Gesetz ist ein Skelett, hatte sie den Frauen in der Versammlung gesagt, erst die Rechtsprechung gibt ihm Fleisch und Blut. Was nützen die besten Gesetze, wenn man sie nicht kennt, sie nicht zum eigenen Vorteil nutzen kann?

Sie will auf ihre Weise kämpfen. Den Ehefrauen helfen, die in schwieriger Lage auf ihr Recht pochen müssen.

An langen Abenden hat sie Merksprüche aus dem Bürgerlichen Gesetzbuch zusammengestellt, sie erscheinen unter dem Titel ›Rechtsbrevier für deutsche Ehefrauen‹ im Frühjahr 1897 im Heine Verlag Berlin. Bei der Abfassung der Merksprüche hat sie an all die Frauen gedacht, die bei ihr Rat gesucht haben: *Spruch 1: Du kannst nicht gezwungen werden, mit Deinem Mann zusammenzuleben, und wenn Du zu Deiner Weigerung gute Gründe findest, kann sie Dir nicht schaden.*

Dann folgt die Erläuterung zu Paragraph 1353. Sie drückt sich knapp aus, ohne Umschweife, wie es der Zeit entspricht, die Ratsuchende redet sie mit schwesterlichem Du an.

Spruch 2: Du brauchst Dich der Entscheidung Deines Mannes nicht zu fügen, wenn er sein Recht mißbraucht. Gestützt auf die Paragraphen 1354 und 1402.

Die Schrift mit 52 Merksprüchen ist ihrer Tochter gewidmet: *Meiner lieben Tochter Gertrud zum Eintritt in das Alter der Volljährigkeit.*

Sie hatte Gertrud seit ihrem 20. Geburtstag im November nicht mehr gesehen. Nun reiste sie Ende Februar aus Zürich an, leichtes Schneetreiben trübte die Fenster. Ein Korps von Kadetten ging unter den kahlen Linden vorbei, ihre Stiefel hinterließen Löcher im dünnen Schneebelag.

Wie geht es dir, Gertrud? Sie blickte in das Gesicht der Tochter, blaß, fleckig erschien es ihr im gelblichen Winterlicht.

Ich erwarte ein Kind.

Die Mutter schwieg. Sie mußte sich setzen. Die Tochter schmiegte sich an sie, legte den Kopf an ihren Hals.

Von Schwann?

Ja.

Und? Heiratet er dich?

Die Tochter seufzte. Er ist noch verheiratet. Katholisch.

Emily stand mit einem Ruck auf, stieß Zornesworte hervor: dieser Liebesakrobat, blauäugige Frauenfänger.

Mutter, sagte die Tochter matt, ich liebe ihn.

Die Mutter sank zurück auf das Sofa. Sie wischte sich Tränen weg, schwieg. Gertrud liebt Mathieu Schwann. Wie sollte gerade sie das nicht verstehen? Sie wird diese liebeshungrige Tochter, die am meisten im Schatten der elterlichen Beziehung gefroren hat, samt ihrem Kind ernähren. Sie wird weiterarbeiten, hart, unerbittlich, bis auch dieses Kind groß ist.

> Sie schaufelten und schaufelten ein Grab
> und warfen Ampel, Schwert und Frau hinab
>
> *Meta v. Salis*

Die Vaterstadt war unzufrieden. Dieser lange Urlaub in Berlin, was sich denn die Privatdozentin Kempin erlaube? Sie war sich keiner Schuld bewußt, hatte sie sich doch vom Erziehungsrat beurlauben lassen. Als sie von der Mißstimmung erfuhr, entschloß sie sich rasch, trotz Beurlaubung, Vorlesungen abzuhalten: Englische Rechtsgeschichte, 2 Std. gratis, Das Familienrecht in rechtsphilosophischer Darstellung, 1 Std. publice et gratis. Aber das Vorlesungsverzeichnis war schon in Druck gegangen.

In einem Fakultätsprotokoll berührte Professor Schneider *das eigenthümliche Verhältnis des Privatdozenten Frau Kempin, die in Berlin domiziliert, angekündigte Vorlesungen nicht hält und für das nächste Semester jede Ankündigung oder Anzeige unterlassen hat, und beantragt Mitteilung an den Erziehungsrat.*

Ausgerechnet Schneider, der sich stets für sie eingesetzt hatte. Das traf sie. Es hieß im Klartext: Man ließ sie abgekämpft, verbraucht, fallen.

Im September 1896 ersuchte sie daraufhin um ihre Entlassung. In Zürich meinte man, die Fakultät hätte dieses Gesuch gerne schon früher entgegengenommen.

Das Beispiel statuiert: ein Weib gehört nicht zwischen Götter.

Noch immer, jetzt schon im fünften Jahr, wartete sie auf eine Änderung des Advokaturgesetzes im Sinn der Motion Curti. Sie hat ihren größten Wunsch nicht aufgegeben: in Zürich Anwältin zu sein.

Mit Gertrud in die Klinik von Dr. Tiburtius. Tochter und Mutter unterziehen sich einer gynäkologischen Untersuchung. Die Ärztin stellt bei der Tochter eine Schwangerschaft fest, bei der Mutter in der Gebärmutter ein in seiner Art und Größe nicht genau bestimmbares Gewächs.

Bedrohung, langsam anwachsend jetzt auch von innen. Dieses Gestrüpp von Widerständen, das sich mit jedem Tag verdichtet. Vögel bleiben im Dornengestrüpp hängen. Sie füttert am Fensterbrett ihren Tod.

Mathieu Schwann tauchte in Berlin auf, um Gertrud wiederzusehen. Die Kempin bestellte ihn in ihr Büro, unter dem Geschützfeuer seiner blauen Augen machte sie ihm Vorwürfe. Als er aufstand, sagte er zu ihr, sie sei ein überarbeitetes, hysterisches Weib.

Seit ihrem Fluchtversuch hat man der Kempin in der Friedmatt keine Schere mehr gegeben für ihre Weltordnungen.

Nur noch eine der beiden Schachteln mit ausgeschnittenen Zeitungsbildern ist da, die Clarissa Rosa entschuldigt sich, sie habe eine Verpackung gebraucht für das fertig gestrickte Babyjäckchen. Emily kippt den Inhalt der Schachtel auf die Bettdecke. Weibs- und Mannsbilder. Ein wirres Durcheinander von Einzelteilen. Frauenarm würgt Männerhals, Schnauzbart sticht Busen, Männerschirm bohrt sich in Frauenbein, Frack zwickt Frauenfuß, Wind bläst vom Fenster her in das wüste Getümmel, ein Krieg der Geschlechter, das habe sie nie gewollt, nie!

Die Kempin weint, ist an diesem Tag kaum mehr zu beruhigen.

Schwann: Er hat sie mitten ins Gesicht geschlagen. In der Leipziger Monatsschrift ›Die Gesellschaft‹ erscheint ein Artikel von Dr. M. Schwann mit dem Titel ›Zur Frauenemanzipation‹. Ein übler Erguß, in dem er schreibt: Studierte Frauen unterdrücken erst ihre Triebe, bis sie im mittleren Alter wild ausschießen, er, Schwann, wisse es aus eigener Erfahrung, *habe den Weg solch hochstehender von einem geschlechtlichen Fieber ergriffener Frauen gekreuzt...*

Postwendend ihre Antwort, die schon in der nächsten Nummer der ›Gesellschaft‹ unter dem Titel ›Emancipation und Ehmancipation‹ erscheint:

Ein derartiges Gemisch von Wahrem und Unwahrem besticht naive Gemüter und lullt den Leser zu gläubiger Nachbetung ein. Zu den Naiven in dieser Beziehung gehört in der Regel die Männerwelt... Emily Kempin zeigt die soziologischen Veränderungen auf, die so viele Frauen heute hindern, jung eine Ehe einzugehen. Kommt auf die Psychologie der Frau in der Lebensmitte zu sprechen: *So kann eine Frau oft spät zu einer ihrer ausgewachsenen Natur entsprechenden Liebe und der damit verbundenen Sinnlichkeit gelangen... Richtig ist ja, daß Sonja Kowalewska in ihrem vierzigsten Jahre die Liebe noch kennenlernte, aber nicht, weil sie vorher keine Zeit dafür hatte, nicht, weil sie in ihren gelehrten Forschungen aufgegangen war, sondern weil sie nach Absolvierung ihrer Studien und nach all ihren großartigen wissenschaftlichen Leistungen eine andere Sonja geworden war, ein neuer Mensch, der andere, neue Bedürfnisse hatte.*

April 1897. Unter den Linden gehen die Frauen ohne Mäntel, mit wiegendem Schritt, manchmal dreht sich eine um, als suche sie hinter sich die Leuchtspur bewundernder Augen. Die Plätze sind mehr als im Winter hungrig nach Menschen. Ehepaare. Untergehakt.

Ihre Schatten streifen die Stämme.

Hand in Hand geht, was zusammenstrebt, im andern den Teil sucht, den Mann sein möchte, Frau nie sein darf.

Zwei Hälften, die, werden sie auch so und so gedreht, nie zusammenpassen, weil man Abel sucht, den erschlagenen Zwillingsbruder, den nie ans Licht gezogenen Teil unseres Selbst. (Welche Macht spaltet uns in die, die wir sein müssen, und in die, die wir sein möchten und nicht sein dürfen, außer nachts im Traum?)

Pfarrer Spyri hat in der Kirche das Wort verlesen: *Der Mann ist das Haupt des Weibes, das Weib der Leib des Mannes.*

Da gehen die kopflosen Frauen.

Da gehen die leiblosen Männer.

Sie müssen einander beim Gehen festhalten, die beklagenswert Verstümmelten.

Sie schwenkt das Täschchen, er klammert sich an sein Portfolio mit den nichtigen Wichtigkeiten.

Wenn sie auch den Namen Schwann aus ihrem Leben gestrichen hat, so hat die Liebe sie verwandelt. Ihre Brust hat sich mit neuem Atem gefüllt, Zärtlichkeit kräuselt die Lippen, in die Augen ist Glanz gekommen. Was du wirklich liebst, bleibt bestehen, der Rest ist Schlacke. Auge in Auge stehen sie: der neue Mann, die neue Frau. Unter den Linden hält sie nach ihm Ausschau. Muß sie weiter in der Vereinzelung bleiben, ist er noch ungeboren?

Gertrud geht nur selten außer Haus. Du mußt aber, denk an das Kind, sagt die Mutter. Auch bei mildem Wetter schützt der Wintermantel ihren schwerfällig gewordenen Leib vor Blicken.

Was soll die Camouflage, die Spatzen pfeifen es von den Bäumen: Sie ist im fünften oder sechsten Monat. Und das muß ausgerechnet der Kempin passieren. Man gönnt es ihr. Sie hat sich, besonders in ihren Rechtsschutzstellen, zu heftig eingesetzt für leichtfertiges Volk, hat neulich in der Zeitschrift ›Die Zukunft‹ ledige Mütter, uneheliche Kinder verteidigt vor der öffentlichen Meinung, *diesem unfaßbaren, gräßlichen Ungeheuer.*

Dieses Ungeheuer, diesmal in Gestalt der Buchdrukker-Meisterin, hat ihrem Mann beigebracht, ein feines Geschäft, das auch den Hof beliefere, könne es sich nicht leisten, den Bruder »von so einer« in die Lehre zu nehmen.

Robert Walter wird entlassen.

Emily hört es bestürzt aus seinem Mund: Er habe nie Buchdrucker werden, habe schon immer Musik studieren wollen, er leide darunter, daß sie kein Geld hätten...

So studiere Musik, sagte die Mutter.

Noch einmal tauchte Schwann auf, erklärte der Kempin kurz und kühl, er habe sich für die Ehe mit Gertrud entschieden. Da er katholisch verheiratet sei, könne eine Trauung nur in London stattfinden, nächste Woche wollten sie heiraten.

Zu der Trauung sei sie, Emily Kempin, nicht eingeladen.

Der Vater der Braut, zu dem er ein ungestörtes Verhältnis habe, werde zugegen sein.

Während Gertrud die Koffer packte, ging Emily rastlos von einem Zimmer ins andere. Gertrud, die am Boden kniete, warf einen grünlichen Schatten an die Wand, Schwann saß auf dem Sofa daneben, rauchte. Einmal schoß ein Vogel gegen die geschlossene Fensterscheibe. Emily öffnete das Fenster, um ihn auf dem Pflaster zu sehen, beim Hinausbeugen wurde ihr schwindlig, ihr Herz krampfte sich zusammen. Als die Koffer gepackt waren, ging Schwann nach unten, um eine Mietdroschke zu rufen, Emily umarmte die Tochter lange, ahnend, daß sie Gertrud für immer entlassen mußte aus ihrem rasch sich verengenden Leben.

Auch Robert zog weg, nach München zu seinem Musikstudium. Da verblieb ihr, wie damals in New York, die Jüngste: Agnes. Die Sechzehnjährige sah niedlich aus, fast ein bißchen zerbrechlich, mit amberfarbenem gelocktem Haar. Die Mutter behütete sie, ihr sollte nicht dasselbe zustoßen wie der großen Schwester. Agnes ging gutmütig, aber mit verstecktem Schalk, auf die Behütungsmanöver der Mutter ein. Sie protestierte jedoch dagegen, noch länger zur Schule zu gehen, die Mutter gab ratlos den Widerstand auf.

Wie in New York fanden sie bald Gemeinsamkeiten. An

den Abenden lasen sie oder spazierten an den beleuchteten Auslagen vorbei, manchmal kam es Emily vor, sie seien wieder in Manhattan und kehrten nach dem Spaziergang zurück in die Nassaustraße in das sandfarbene, von Steinmetzarbeiten verzierte Haus. Gelegentlich sah sie, mitten im Arbeiten, New York vor sich, eine steinerne Woge, aufgerichtet gegen die Leere. Die Stadt schwebte, unter einem sanft geschwungenen Himmelsgewölbe, wie in einer Kugel an ihr vorbei, Häuser mit ihren Türmen und Zinnen unter der regenbogenfarbenen Haut, Episoden aus ihrem Leben.

Das Mädchen im Märchen vom Sterntaler möchte ich sein, sagte sie manchmal zu Agnes, das hebt sein einziges Hemd, die Sterne fallen als Taler hinein.

Immer diese Geldsorgen. Zum Glück verdient sie seit Januar dazu: Sie unterrichtet abends Frauen der Gesellschaft, Rechtskurse wie damals in New York, Frau Gnauck-Kühne vom Evangelisch-socialen Kongreß hat die Kurse organisiert. Die Gnauck-Kühne? Nein, keine dieser Dilettantinnen. Sie hat bei Schmoller Nationalökonomie studiert. Man trifft sich bei Frau Geheimrat Lippmann am Kurfürstendamm. Zur Begrüßung ist auch die Kaiserin erschienen, noch immer ist sie an der Frauenfrage interessiert, aber sie ist in Intrigen verwickelt, hat wenig Einfluß.

Seit einer Woche ist schon die Miete fällig. Emily bittet Agnes, sie zum Postamt zu begleiten: Williams, unser ehemaliger amerikanischer Kompagnon, schickt Geld.

Wirklich? Agnes schaut mißtrauisch. Dreimal hat sie die Mutter schon begleiten müssen, mit soviel Geld geht man besser nicht allein auf die Straße, und jedesmal hieß es am Schalter: Nichts da.

Aber heute? Gewiß. Es kommt.

Woher weißt du? Die Mutter schaut schelmisch, legt den Finger an den Mund: Geheimnis! Eine meiner Schülerinnen hat mich zu einer Spiritistensitzung eingeladen, das ist jetzt à la mode in Berlin, und da hat sich ein

Schutzgeist meiner erbarmt und Geld angekündigt, schön, nicht?

Ja, schön, Agnes schmunzelt.

Aufgeräumt gehen sie nebeneinander unter den schon sommerlich dichten Baumkronen zum Postamt. Der Postbeamte erinnert sich an sie: Wieder nichts, Frau Dr. Kempin.

Da beginnt Emily noch vor dem Schalter zu schluchzen, untröstlich, wie von Gott und der Welt verlassen, und Agnes, die ihre nüchterne, sonst so gefaßte Mutter noch nie so gesehen hat, erschrickt.

Das Leben irrlichtert. Geht nur noch aufrecht an der Krücke des Wahns. Nachts am Schreibtisch, rauchgraue, ziehende Schwaden. Der Schatten eines fremden Lebens greift nach ihr. Jenseitsstimmen. Undeutlich.

Mutter, hast du gerufen? Agnes steht im Nachthemd mit bloßen Füßen unter der Tür.

Nein, Agnes, ich spreche nur manchmal laut beim Schreiben. Geh schlafen.

Ihr Stil ist brillant geworden, messerscharf, klar. Sie spricht in diesem Sommer 1897 in Leipzig, am Evangelisch-socialen Kongreß. Viele der Frauenrechtlerinnen ärgern sich, wie kann eine jetzt, in der Zeit des Aufbruchs, über »Grenzlinien der Frauenbewegung« sprechen! Anderthalb Stunden lang. Man greift sie nach der Rede offen an: Widersprüchliches sei gesagt worden.

Das Leben ist widersprüchlich, gibt sie zur Antwort.

Der Sozialökonom Gustav Schmoller druckt die Rede vollumfänglich im ›Jahrbuch für Gesetzgebung, Verwaltung und Volkswirtschaft‹ ab. In seiner Einführung schreibt er: *Sie enthält so viel Lebenskenntnis und feine Beobachtung. Sie beherrscht die große Frage im ganzen mit so weitem Blick und so weiser Mäßigung...*

Sommerabende. Wolken von Lindenblütenduft im Zimmer. Agnes findet keinen Schlaf. Schritte im Treppenhaus, die Holzdiele knarrt.

Es klingelt an der Wohnungstür.

Sie tappt im Nachthemd durch den Flur, schaut durch das Schiebefensterchen. Geht dann zur halbgeöffneten Schreibzimmertür: Mutter, ein Mann ist draußen, es könnte ein Vertreter sein. Um diese Zeit?

Emily schaut nach. Im Halbdunkel steht Walter, den Blick gesenkt, in einem zu langen, schäbigen Regenmantel. Der Koffer von einer Schnur zusammengehalten. Sie läßt ihn ein.

Er bittet um Geld.

Er ist an der Hochzeit gewesen in London, braucht Geld für die Rückreise.

Sie gibt ihm aus einer Holzschatulle einen Schein, den letzten.

Mehr ist nicht da.

Die Miete ist noch nicht bezahlt.

Sie wurde krank, irgendwann zu Beginn des Septembers. Eine Migräne, das Zimmer zerbarst in brandfarbene, sich schnell drehende Kreise. Die Augäpfel traten heraus, am Hals flatterte der Puls.

Agnes, die sich fürchtete, rief den Arzt, einen Freund des Pfarrers von Soden.

Der Arzt zog Agnes ins Vertrauen, sie kam sich erwachsen vor.

Hat sich Ihre Mutter in letzter Zeit aufgeregt?

Da war ein Brief aus der Schweiz... Nationalrat Curti hat ihr geschrieben, daß seine Motion angenommen worden ist, endlich, im nächsten Jahr könne sie in Zürich Anwältin werden, ihr größter Wunsch...

Und?

Die Mutter hat geweint: zu spät, ihre Kräfte aufgebraucht. Sie müsse die Ehre ihrer Schülerin, der Mackenroth, überlassen.

Nervenzusammenbruch, diagnostizierte der Arzt. Sie müsse fort, zur Kur. Nach Lankwitz, in eine private Anstalt.

Und wer bezahlt? fragte die Kempin.

Das lassen Sie meine Sorge sein, die Jerusalemkirche hat eine Kasse für solche Fälle.

Emily ließ sich überreden.

Rechnete mit drei Wochen. Packte angefangene Artikel ein, damit die Zeit nicht ungenutzt verstreiche.

Agnes begleitete sie mit der Vorortsbahn nach Lankwitz. Die Klinik lag weit vom Bahnhof entfernt, sie mußten ein Stück weit dem Bahngeleise entlanggehen. Der Himmel hing schwer über dem offenen Land, erste Regentropfen fleckten den Schotter. In der Ferne glaubte Emily, zwischen Baumkronen das Haus zu erkennen, eisengraue Quadersteine, schmale, vergitterte Fenster.

Sie blieb stehen.

Ich möchte umkehren, Agnes.

Ein Zug brauste heran, Agnes, die neben dem Geleise gegangen war, konnte im letzten Augenblick beiseite springen. Emily zitterte an allen Gliedern, sie verfluchte ihren törichten Widerstand, der ihrer Tochter beinahe das Leben gekostet hätte.

Wortlos gingen sie weiter, der Eisenbahnlinie entlang bis zu der Klinik Berolinum, hinter deren Mauern Emily für anderthalb Jahre, bis zu ihrer nächtlichen Flucht im Unterrock zu Pfarrer von Soden verschwand. (1898, als das neue Gesetz ihr endlich erlaubt hätte, sich in Zürich als Anwältin niederzulassen, wurde sie auf das Zeugnis des Anstaltsarztes hin für unmündig erklärt.)

Ihre Kinder durften sie im Berolinum, angeblich aus Rücksicht auf ihren Gesundheitszustand, nie besuchen.

Noch einmal war ein Zug verhängnisvoll durch ihr Leben gefahren, hatte ihr den Fluchtweg abgeschnitten, sie auf das von geheimer Regie vorgesehene Geleise gezwungen.

Du streichst das Leben gegen den Strich, Emily.

Es knurrt, sträubt sich.

Da liegst du denn, vom Leben gebissen, krank.

Der untersuchende Arzt in der Friedmatt notierte: *Geschwulst beträchtlich gewachsen. Ulcus uteri handbreit über dem Nabel. Knollige Körper in der Vaginalgegend, die besonders links sehr schmerzhaft sind. Heute nacht wieder sehr viel herumrumort und viel geweint. Sie verweigert hartnäckig Morphium.*

Tage, überstäubt vom Mehltau des Schmerzes. Weiße, ausgeglühte Nächte.

Glast, der jede Weitsicht verhindert; die Verbindung zur Vergangenheit noch durch Stränge vorhanden, die bald durchschnitten werden.

Eine Schiffbrüchige.

Das Leben hat sich auf eine Insel gerettet von blendendem Weiß.

Nur noch das Bett, der Stuhl.

Das Essen auf dem Tablett unangetastet.

An den Rand der Welt gerückt das, was sie Leben nennen: der Kampf um das Alltägliche, das Verheddern im Gestrüpp der Bedürfnisse, die Sorge um Miete, Nahrung, Kleidung.

Schwimmen, schwimmen mußte sie, keuchend gegen den Widerstand herandrängender Wellen. War eine genommen, rollte die nächste heran. Schwimmen mit nachlassender Kraft.

Schwimmen um das nackte Leben.

Wozu? Um an Land gezogen zu werden, matt vom Leben, auf weißes Eiland.

Friedmatt.

Schmal lag sie da, das Bett ein Boot, das die Wellen der Nachtstunden durchschnitt.

Der Mann in ihrem Bauch, ein blinder Passagier. Die Schmerzen hatten sie ruhig gemacht, mild, zu allem bereit.

Sie sind so ruhig, so vernünftig geworden, wir brauchen die Türe nicht mehr zu verschließen, Frau Kempin.

Dr. Wolff rückte näher mit dem Stuhl, sie suchte mit den Augen den Glanz auf seiner durch Haarausfall hoch und fliehend gewordenen Stirn.

Wie heißt er, der Mann in Ihrem Bauch?

Sie schaute auf ihre Finger, lächelte.

Mann, einfach.

Das stimmt nicht.

Dann eben nicht.

Die Tage rieseln aus der Hängesilberlinde. Spinnfäden, blitzend im Morgenlicht.

Wenn sie, immer seltener, auf dem Parkweg spaziert, weigert sich ihr Körper, Schatten zu werfen. Sie steht lieber am offenen Fenster, begegnet sich im Glas.

Zwei Augenpaare, die, je näher sie der spiegelnden Scheibe kommen, zu einem einzigen Punkt verschmelzen.

Ein Stern. Versprühend. Eine Lichtdistel. Jeder Funke eine Emily.

Das Glas mit Atem beschlagen.

Das undeutlicher werdende Bild um Verzeihung bitten für all das, was du hättest werden können, nie geworden bist.

Die Nachwelt um Nachsicht bitten, daß alles, was so hoffnungsvoll begonnen hat, so früh abbricht. Emily Kempin, erste Juristin, im Irrenhaus geendet. Was für ein Nachruf. Es wäre doch, auch im Sinn der Frauenbewegung, viel erbaulicher gewesen, sagen zu können: Sie starb im hohen Alter im dankbaren Kreis der ihr nachfolgenden Frauen.

Die Kempin. Es geht mit ihr zu Ende. Sie trägt einen Unsichtbaren im schmerzenden, vom Geschwür geblähten Leib.

Heißt er Walter? Dr. Wolff faßt nach ihrer Hand. Sie wird rot, blinzelt durch die Lider.

Mann, Sohn, es waltert in ihrem Leben, eine Landschaft voller Walter, immer neue tauchen auf, sie setzen sich, wie Hügel in einer Landschaft, ins Unermeßliche fort.

Walter also?

Sie nickt: Walter Scott.

Der Dichter? Der ist doch schon lange tot? Dr. Wolff beugt sich über sein Heft, macht mit kratzender Feder Notizen.

Er wird neu geboren, sagt sie, unhörbar, nur zu sich selbst.

März 1901

Der körperliche Morbus nimmt immer mehr zu. Liegt jetzt viel zu Bett. Erhielt heute einen Brief des Berliner Generalanzeigers, in dem sie zur Mitarbeit aufgefordert wird. Sie setzt hierauf große Hoffnungen.

Die Schmerzen sind oft recht stark, trotzdem wird Morphium hartnäckig verweigert.

Sie schreibt an einem Artikel für den ›Generalanzeiger‹, überzieht Blätter mit ihrer dünnen Schrift, Ranken, die noch etwas einkreisen, einfangen.

12. April 1901 Exitus letalis.

Bei der Section ergibt sich ein Gehirngewicht von 1170 Gramm.

Die Hängesilberlinde vor dem Frauenpavillon der Friedmatt wirft auch neunzig Jahre später noch einen flockigen Schatten.

Von der Kempin ist hier keine Spur geblieben, Widerstände haben sie aufgerieben, der Krebs hat sein Werk von innen her getan, eine dünne Haut, zerfallen. *Nicht einmal eine Personalkarte,* hat der Direktor der Anstalt in Basel geschrieben. Es darf sie auch heute, hundert Jahre später, noch nicht geben, Emily Kempin-Spyri, erste Juristin.

Auf anderem Weg ist mir die Krankengeschichte aus

Lankwitz und Basel zugekommen. In dem Dossier auch sechs Briefe der Kempin, die nie abgeschickt worden sind. Schon nach dem ersten Jahr in der Heil- und Pflegeanstalt Lankwitz wurde sie – auf wessen Betreiben wohl? – entmündigt.

Unter den nie abgeschickten Briefen die Bitte um Aufnahme ins Burghölzli Zürich und das Bewerbungsschreiben als Magd.

Die kursiv gesetzten Stellen sind zeitgenössischen Dokumenten entnommen.

Mein Dank gilt den Verantwortlichen folgender Archive und Bibliotheken:

Dokumentationsstelle für Universitätsgeschichte Zürich
Universitätsarchiv Zürich
Archiv der New York University
Zeitungsarchiv der Stadt New York
Staatsbibliothek Berlin
Staatsbürgerinnen-Archiv, Tempelhof, Berlin
Kantonsbibliothek St. Gallen
Archiv der Kirchengemeinde Enge
Schweizerisches Sozialarchiv, Zürich
Frauenbibliothek, St. Gallen

Frau Dr. jur. Verena Stadler-Labhart, Betreuerin der Dokumentationsstelle für Universitätsgeschichte, Zürich, verdanke ich wertvolle Anregungen durch ihre Arbeit ›Erste Studentinnen der Rechts- und Staatswissenschaften in Zürich‹ (Zürcher Taschenbuch auf das Jahr 1981).
Sie hat die Entstehung meines Buches einfühlsam mit ihren Ratschlägen begleitet.
Mein besonderer Dank gilt auch Frau Susanna Woodtli, Zollikon; in ihrem Standardwerk ›Gleichberechtigung‹ (Verlag Huber, Frauenfeld) bin ich zum ersten Mal einem Brief von Emily Kempin begegnet. In großzügiger Weise hat mir die Autorin Einsicht in Dokumente gestattet.
Herrn Herbert Kempin, Zürich, bin ich dankbar für die in Gesprächen vermittelten persönlichen Erinnerungen. Der Juristin Marianne Delfosse verdanke ich wertvolle Impulse.

Verlag Nagel & Kimche

Eveline Hasler
Der Zeitreisende
Die Visionen des Henry Dunant
Roman. 318 S., geb.,

Ein Roman über die Kraft der Utopie, der ergreift und gefangennimmt. In einer Zeit der Gewalt, da in den Bürgerkriegsländern dieser Welt die Schutzrechte der Verwundeten, der Kriegsgefangenen und der Zivilbevölkerung mißachtet werden, erinnert Eveline Hasler an Henry Dunant: eine faszinierende und schillernde Persönlichkeit, deren Visionen weit über ihre Zeit hinausgingen. Nur in der Einbindung des weiblichen Prinzips sah er letztlich die Chance zur Eindämmung von Krieg und Gewalt.